JN411701

레이크에는
혼자 가겠습니다.”
사히 돌아올 수 있다고
장할 수도 없는 곳에
중한 아이를 데려갈 수는 없다.
레유는 입술을 깨물며
음을 굳게 먹었다——.

미레유
글리레스의 첫째 왕녀
카인
드레이크의 젊은 왕
에밀리아
외국에 시집간 미레유의 동생

젤기스
드레이크의 재상
루루
미레유의 시녀
클라우스
티거의 왕자

"——소중히 여기겠습니다."
필사적으로 이어지는 미레유의 말에
포개듯, 카인이 말한다.
순수하게 웃는 것처럼 입꼬리를 올리고,
만족한 듯 붉은 눈을 가늘게 뜨며.
압도될 만큼 아름다운 얼굴이 살며시 다정하게
미소 짓기만 해도 그토록 긴장해서
쿵쾅거리고 있던 심장이 딱 멈춘 기분이 들었다.

착각 결혼
가짜 신부인데, 어째서인지
용왕 폐하가 엄청 사랑해줍니다?!
1
모리시타 링고
Ringo Morishita
illustration m/g

Contents

프롤로그

하늘로 쏘아 올려지는 형형색색의 불꽃.

오늘을 축복하듯 흐드러지게 핀 꽃들.

역사와 품격을 이어받아 화사한 신전에는 엄숙한 공기가 감돌고 있었다.

하지만 그 이상으로 실내를 가득 채운 것은 사람들의 웃음.

이날, 어느 강대국의 젊은 왕이 멀리 떨어진 곳에서 온 신부를 맞이했다.

소문으로는 왕이 첫눈에 반하고, 부디 와달라고 간청했을 정도로 바라던 신부라고 한다.

특수한 종족인 까닭에 결혼은 아직 먼 훗날일 것으로 생각했던 사람들은 급작스레 결정된 예식을 기뻐하며 축하했다.

화제의 신부, 글리레스의 첫째 왕녀 미레유 글리레스는 누구나 부러워할 예쁘고 새하얀 드레스를 차려입고, 알록달록한 부케를 손에 들고서 버진로드를 걸어간다.

발걸음은 아무런 망설임도 없이 당당하다. 구경하는 사람들의 시선에도 움츠러든 기색이 없다.

하지만 베일 아래서는── 도저히 참을 수 없어 울음이 터지기 직전이었다.

(어, 어, 어, 어쩌지? 큰 나라인 건 알았지만, 설마 이렇게 성대한 예식일 줄은……. 급하게 정해진 일이라서 간소하게 치른다고 들었는데. 아니, 애초에 예식은 하지(夏至)에 치르기로 하지 않았어??)

설마 도착하자마자 웨딩드레스를 입게 될 줄은, 예상을 너무 벗어났다.

그렇게 속으로는 패닉 상태인데도 다리만은 어떻게든 앞으로 움직였다.

필사적인 심정으로 신랑 옆으로 다가가자, 예식을 주관하는 성직자의 엄숙한 목소리가 낭랑하게 울려 퍼지기 시작했다.

혼인 서약이 시작된 것이다——.

미레유는 흐르는 식은땀을 닦지도 못한 채 망연자실하게 서 있었다.

(하다못해 상대와 인사 한마디 나눌 시간 정도는 주셔야 하지 않나요?!)

그 시간만 있었다면 이 엄청난 착각을 알아차리고, 예식 자체가 취소될 것으로 믿었다.

그 기대가 무색하게 거침없이 진행되는 예식 때문에 미레유는 초조해 미칠 지경이었다.

(자, 잠시만 기다려 주세요…….)

전달받은 내용과 전혀 다른 전개에 속으로 아무리 멈추라고 외쳐도, 입 밖으로 낼 수는 없다.

이곳은 외국. 게다가 사방에 자기 편이 하나도 없다.

게다가 솔직히 말해서 진실을 누구에게 어떻게 전해야 할지도 알 수 없었다.

적어도 여기에 자기 편이 되어 줄, 미레유의 속사정을 아는 사람이 한 명이라도 있었다면 사태는 달라졌을지도 모르지만.

(말려드는 사람은 적을수록 좋다고 생각해서 혼자 온 건 조금도 후회하지 않아. 후회는 안 하지만!!)

머릿속이 핑핑 도는 가운데, 멍하니 있는 사이 예식은 막바지에 접어들었다.

눈앞에서는 '신의 종족'으로도 불리는 종족의 청년 왕이 이쪽을 보고 서서 미레유의 베일을 걷어 올렸다.

——가장 먼저 눈에 들어온 것은 그 찬란한 황금빛 머리카락과 붉은 눈.

(에밀리아와 똑같은, 진홍빛 눈…….)

친동생과 눈동자 색이 같다.

하지만 이 색은 훨씬 짙고 선명하다.

그 아름다운 눈을 넋 놓고 바라보다간 다 녹아서 타버릴 것만 같았다.

(소문은 들었지만, 정말로 신의 화신 같은 분이야.)

그에게서 흘러넘치는 마력은 끝을 알 수 없을 정도로, 마치 대지에 감싸인 듯 거대하고 견고했다.

공경과 두려움을 동시에 불러일으키는 압도적 존재감 앞에서, 평소의 미레유라면 똑바로 서 있지도 못했을 것이다.

하지만 이미 긴장은 한계 돌파.

감정 조절기는 이미 완전히 고장이 났다.

모든 감정이 표정근에 전해지지 않아 가면처럼 딱딱해진 미레유와 달리, 상대는 미레유의 얼굴을 보고 몹시 놀란 듯 붉은 눈을 크게 떴다.

"——흡."

작게 흘러나온 것은 숨소리조차 되지 못하는 희미한 소리. 하지만 그렇기에 그 동요를 강하게 느낄 수 있었다.

미레유는 바닥에 넙죽 엎드리고 싶은 충동을 필사적으로 억누르며 속으로 깊이 사죄했다.

(아아아아! 죄송합니다! 이런 상황이 되어서 정말 죄송해요!!)

상대가 놀라는 건 당연하다.

왜냐하면 상대가 그토록 간절히 원했던 신부는 내가 아니라 내 동생이니까——.

예기치 못한 소식

――일주일 전.

“나한테, 혼담이?”

그날, 미레유는 쉬면서 다음 자수 도안을 생각하고 있었다.

차를 준비하는 시녀 루루가 “엄청난 혼담이 들어왔대요!”라고 하는 말에 귀를 기울이고 있었지만, 그게 설마 자기 이야기일 줄은 생각지도 못해서 “응?”하며 고개를 갸웃거린다.

글리레스의 첫째 왕녀라고 하면 듣기에는 좋지만, 작은 시골 나라.

게다가 이 세계에서는 서열 최하위 종족인 설치족이다.

설치족의 조상은 쥐다.

――아득한 태고의 옛날, 동물은 인간으로 진화했다.

진화하지 않고 동물로 남은 것도 있지만, 설치족은 인간으로 진화한 종족 중 하나였다.

하지만 그래 봐야 쥐는 쥐.

마력도 능력도 대단하지 않아 싸울 수도 없다.

고작해야 농작물을 키우는 일만 할 수 있다.

게다가 인근 국가들이 분쟁을 일으키면 참전하지 않아도 강한 여파를 받을 정도의 약소국.

실제로 10년 전에도 이웃 나라, 뱀을 조상으로 둔 유린족과 까마귀를 조상으로 둔 조강족의 싸움으로 하마터면 굶어 죽는 사람이 생길 뻔했다.

그렇듯 가난한 나라의 첫째 왕녀인 미레유에게 혼담이 들어온 적은 지금까지 한 번도 없었다.

"그러고 보니 영장족 쪽에서 열세 번째 측실 이야기가 있었다고 들었는데, 그건가?"

원숭이를 조상으로 둔 영장족 왕에게서 측실로 받아 줄 수도 있다는 문서가 도착했던 것을 떠올리고 입에 올리자, 루루의 표정이 변했다.

"하반신에 뇌가 달린 노인은 당치도 않아요! 나이 팔십을 넘긴 주제에 손주보다 어린 공주님을 들이려 하다니 뻔뻔하기도 하지! 하반신이 썩어서 괴사하면 좋을 텐데!"

"루, 루루. 표현이 좀……. 조금만 자제해 줘, 응?"

루루의 엄청난 기세에 미레유는 멈칫한다.

속으로 '열세 번째 측실이라도 받아주는 게 어디야. 고마운 얘기네~.' 라고 생각했던 걸 말하지 않아서 다행이라며 가슴을 쓸어내리면서, 미레유는 루루를 달래기 위해 아직 입도 대지 않은 자신의 차를 내밀었다.

일반적인 시녀라면 마시라고 권해도 왕녀가 마실 것에 입을 대지는 않겠지만, 루루는 전혀 주저하지 않고 꿀꺽꿀꺽 마시기 시작했다.

"――푸하, 맛있어요!"

“후후. 다행이네, 루루가 홍차를 맛있게 끓일 수 있게 되었다는 증거야.”

미레유보다 세 살 어린 루루는 조금 덜렁대고 솔직하게 속마음을 드러내는 구석이 있지만, 미레유에게는 귀여운 동생 같은 존재다.

친동생이 조금 먼 존재인 만큼, 어릴 때부터 순수하게 따르는 것이 기뻐서 너무 오냐오냐하는 경향도 있지만, 되도록 단둘이 있을 때만 그러니 다른 사람에게 책잡힐 일도 없다.

진정된 루루를 바라보며, 미레유는 “그래도 말이야.”라고 말을 이었다.

“나는 이미 결혼할 때를 놓쳤고, 특별한 능력도 없어. 그런 사람에게 혼담을 보낼 분은 근처 나라에 안 계신다고.”

설치족의 노화는 빠르고, 수명도 짧다.

열다섯 살만 되면 대다수의 처녀가 결혼하는 와중에 미레유의 나이는 벌써 열여덟 살. 완전히 혼기를 놓친 노처녀다.

이렇다 할 미모나 능력 중 하나라도 타고났다면 희망이 있겠지만, 미레유의 머리는 약간 곱슬기가 있는 회갈색, 눈동자도 검정. 설치족에게 가장 흔한 색으로, 특필할 점은 하나도 없다.

이목구비도 평범하고, 너무 마른 몸은 풍만함이 부족했다.

게다가 쓸 줄 아는 힘도 자기 나라에서는 아무 가치도 없다고 비웃음당할 정도이며, 전체적인 마력의 양도 보잘것없다.

즉, 일부러 왕비로 맞이할 인재가 아닌 셈이다.

“근처 나라가 아니에요, 혼담은 드레이크에서 왔다고 해요.”

“어?”

머릿속에서 스치지도 않았던 나라의 이름에, 혹시 잘못 들었나 싶었다.

"드레이크……?"

아득히 먼 땅이긴 하지만, 드레이크라는 나라의 이름을 모르는 자는 제아무리 약소국 왕족이라도 없을 것이다.

동물이 인간으로 진화하는 발단이 되었다고 전해지는, 시초의 종족——.

용을 조상으로 하는, 그야말로 서열 최상위, 신의 종족이다.

그 힘은 압도적이며, 어마어마하게 많은 마력은 타 종족의 추종을 불허하고, 수천 년의 세월이 흘러도 쇠퇴할 줄 모른다.

용족이 이 세계를 이끌며 그 정점에 군림하고 있다고 해도 과언이 아니다.

"루루. 드레이크라는 곳은, 도저히 우리 같은 작은 나라를 상대해 줄 나라가 아니야……. 아."

어린아이를 타이르듯 하던 말을 도중에 멈춘다.

떠오른 것이다.

대체 어쩌다 그렇게 된 건지는 모르겠지만, 올해 풍작을 기원하는 축제인 기년제에 드레이크의 젊은 용왕이 방문했었다는 사실을.

"기년제에 오셨을 때, 첫째 왕녀이신 미레유 님께 첫눈에 반했대요. 그래서 부디 왕비로 맞이하고 싶다고. 필요한 준비와 자금은 전부 그쪽에서 마련해 준다나요."

"어쩜, 세상에……."

별로 놀라지 않은 투의 목소리가 실내에 메아리친다.

왜냐하면 어떻게 된 일인지 대충 예상했기 때문이다.

루루는 언제나 미레유를 '공주님' 이라고 부른다. '미레유 님' 으로 부른 데는 의미가 있는 것이다.

"정말 멋진 이야기네. 마치 동화 속 주인공 같아. ——하지만 한 가지 문제가 있어."

난처한 얼굴로, 미레유는 갸름한 뺨에 손가락을 댔다.

"나, 올해 기념제에는 참석하지 않았지?"

"네. 공주님은 몸이 편찮으셔서 불참하셨어요."

기본적으로 건강한 몸이 장점인 미레유지만, 그날은 심한 구역질과 두통으로 침대에 누워 있었다.

본래라면 첫째 왕녀로서 국빈을 맞이해야 했는데.

그런 미레유를 대신해 국빈을 맞이한 것은 다른 나라로 시집갔다가 이날을 위해 미리 귀성한 동생 에밀리아였다.

미레유와 달리 열다섯 살에 시집을 간 에밀리아는, 하얀 머리에 붉은 눈을 가진 희귀종 알비노.

게다가 설치족 중에서는 드물게 치유의 힘을 쓸 수 있어 '성녀님' 으로 불리고 있었다.

용모도 아름다워 누구나 지켜주고 싶어질 만한 미모는 작은 나라의 둘째 왕녀라 해도 여러 이웃 나라에서 신부로 원했을 정도다.

그날, 강대국 드레이크의 젊은 용왕을 모신 건 에밀리아였다.

나중에 듣기로 그 신의 종족조차 에밀리아에게는 시종일관 미소를 띠며 무척 신사적이었다고 한다.

에밀리아와 대화할 때 말고는 무표정하고 조금 언짢은 기색이어서, 그 차이에 역시 성녀님이라며 누구나 칭송했다.

모든 정보를 종합하면 결론은 하나.

"즉, 나와 에밀리아를 착각하신 거구나."

각국에 보낸 초대장에는 영접을 첫째 왕녀가 수행한다고 적혀 있었다.

이웃 나라 사람이라면 에밀리아를 보고 바로 둘째 왕녀임을 알아챘겠지만, 드레이크는 아주 멀리 떨어진 나라. 약소국 왕녀의 차이를 알 리가 없다.

"하지만 에밀리아는 이름을 밝히지 않았을까?"

그렇다면 착각할 리가 없다.

미레유의 의문에 루루가 남은 차를 들이켜며 말했다.

"그때 에밀리아 님은 엄청 들떴으니까 이름을 안 밝힌 거 아닐까요? 드레이크의 용왕님, 무지 미남이었거든요."

루루도 일손으로 불려 나갔기에 두 사람을 멀리서 봤다고 하는데, 왠지 말에 가시가 조금 있었다.

(내 간병을 못해서 아직 화가 안 풀린 걸까?)

아무래도 '루루는 기념제보다 공주님이 더 소중한데!!' 라며 격분했던 일을 떠올리게 한 모양이다.

"그, 그래. 그렇게 잘생긴 분은 이 세상에 더 없다고, 마치 살아 있는 보석 같은 분이셨다고 다들 소문이 자자했는걸!"

미레유는 점점 눈꼬리가 올라가고 볼을 부풀리기 시작한 루루의 기분을 풀어주려는 듯 목소리를 높였지만, 효과는 미미했던 것 같다.

"에밀리아 님보다, 공주님이 훨씬 상냥하고 멋지단 말이에요!

그걸 모르는 분 따위, 보석도 아니에요!"

루루는 분을 못 참고 "흥!"하며 고개를 돌린다. 화내는 느낌이 어릴 적부터 변하질 않았다.

미레유는 그만 웃음이 터지고 만다.

"루루가 그렇게 생각해 주기만 해도 기뻐."

"아이참. 진심으로 안 듣는 거죠! 용왕님이라도 공주님 곁에 있으면 알게 될 거예요! 그러니까 드레이크에는 공주님이 시집가면 된다고요!"

"어머, 그건 사기 행위야."

"사기 아니에요! 상대가 멋대로 착각한 건데요. 똑바로 조사도 안 하고 착각하다니, 상대가 더 무례한 거니까 시치미 뚝 떼고 공주님이 가셔도 할 말 없을 거예요!"

말을 막 하는 걸 보면 제아무리 미레유라도 쓴웃음을 지을 수밖에 없다.

"아무리 그래도 시치미 뚝 떼고 갈 수는 없지만. 나도 꼭 뵙고 싶긴 했어. 그날 몸이 좋았더라면 싶어서 아쉬운걸."

"공주님도 잘생긴 용왕님을 보고 싶으셨어요?!"

연애 이야기와 인연이 없는 미레유치고는 드문 일이라며 루루가 몸을 내민다.

"글쎄. 엄밀히 말하면 지금 임금님이 아니라 예전 임금님이지만…… 감사 인사를 드리고 싶었거든."

"감사 인사요?"

"루루는 벌써 기억 못 할지도 모르겠지만, 10년 전 전쟁을 끝내주신 건 드레이크의 임금님이셔. 아득히 먼 나라 분인데도 말

한마디로 싸움을 끝내셨지. 당시 임금님의 자비가 없었다면 우린 굶어 죽었을지도 몰라."

당시 여덟 살이었던 미레유는 그 가혹했던 나날을 선명하게 기억하고 있었다.

전쟁 중인 것도 아닌데, 날마다 사람들의 생활이 괴로워진다.

하루 한 끼, 그것도 아주 적은 보리로 입에 풀칠하는 나날.

왕녀의 신분임에도 식사는 얼마 되지 않았고, 그마저도 주변 가신들에게 나눠주곤 했다.

그 여파인지 미레유는 아직도 소식하고, 수수한 것을 선호하는 경향이 있었다.

"그렇다면 인사하러 가기 위해서라도 드레이크로 시집가요!"

"어, 이야기가 거기로 이어지는 거야?"

"물론 공주님이 시집가실 때는 저도 함께니까요! 꼭 데려가 주셔야 해요!"

"루루……."

어디든 따라가겠다고 선언해 주는 그 마음은 기쁘지만, 이루어줄 수 있을지는 별개다.

"아무리 그래도 상대의 착각인 걸 알면서 시집갈 수는 없어. 이 혼담은 아버님이 잘 정정하실 거야. 첫눈에 반한 상대인 에밀리아가 이미 외국에 시집을 갔다고 들으면 상대도 납득해 줄 테니까."

"뿌우……."

"자. 볼에서 힘 풀고, 차를 마시자. 내가 좋아하는 츄샤 열매가 맛있어 보이네…… 앗!"

루루는 납득하지 못한 채 바닥을 보고 있는데, 갑자기 소리를 지른 미레유에게 놀라 고개를 든다.

“공주님, 무슨 일 있어요?!”

“봐봐, 루루! 이거, 안에 알맹이가 두 개 있어!”

손끝이 튼튼한 설치족은 단단한 츄샤 열매도 어렵지 않게 깨부술 수 있다.

깨끗하게 갈라진 껍질 안에는 정말로 알맹이가 두 개 있다.

그걸 기쁜 듯이 루루에게 보여주는 미레유의 눈은 초롱초롱 빛나서, 진심으로 기뻐하는 걸 알 수 있었다.

“자. 두 개 있었으니까 루루한테도 하나 줄게.”

루루는 츄샤 열매를 받고 마음속으로 주먹을 꽉 쥐며 울었다.

――으아아앙. 우리 공주님의 행복이 너무 소박해요오오오!!

들이닥친 난제

“제가, 드레이크로…… 말인가요?”

사태가 엉뚱한 방향으로 흘러가는 건 그로부터 며칠이 지난 무렵에 알았다.

“하……하지만 청혼을 받은 사람은 에밀리아잖아요?!”

아버지인 글리레스 국왕의 말에 미레유는 너무 놀란 나머지 무심코 반걸음 앞으로 나섰지만, 왕은 딸의 경악 따위는 안중에도 없다는 얼굴로 담담하게 말을 이었다.

“정말로 시집가라는 소리는 아니다. 상대가 원하는 건 물론 에밀리아지. 너로는 대신할 수 없을 테니까. 하지만 에밀리아는 이미 스네이크의 왕세자비다. 결혼하자마자 더 좋은 혼처가 생겼다고 바치긴 어렵지.”

에밀리아가 시집간 유린족의 나라 스네이크는 뱀을 조상으로 둬서 그런지 호전적인 일면이 있는데, 글리레스는 여기에 복종함으로써 싸움을 피해 왔다.

하지만 에밀리아가 스네이크의 왕세자에게 시집감으로써 평화는 약속된 셈이다. 이제 와서 갈라놓았다간 새로운 불씨가 생긴다.

그걸 모르는 건 아니라고 말하는 아버지의 말에 미레유가 안도한 것도 잠시였다.

“하지만 상대는 신의 종족, 강대국 드레이크의 용왕이다. 게다가 측실도 아니고 왕비로서 맞이하겠다는 제안이지. 어느 쪽을 택하는 게 이득일지는 더 생각할 필요도 없이 명백하다.”

“——.”

“너는 에밀리아가 드레이크에 도착할 때까지 시간을 좀 벌어다오. 다행히 그쪽은 첫째 왕녀 미레유 글리레스를 왕비로 삼겠다고 했지. 너는 얼굴을 가리고 마중 나온 마차에 타기만 하면 된다. 물론 우리가 착각을 눈치챘다는 티는 내지 말고. 그사이 에밀리아를 이혼시키고 드레이크로 보내마.”

“그건 그 나라를 속이는 행위예요! 아무리 상대가 착각했다고 해도, 제가 가면 금방 알 일이에요. 시간을 끌어도 오래 못 가요! 게다가 만약 우리가 속이려 했다는 게 밝혀지면 얼마나 큰 노여움을 사겠어요. 애초에 드레이크는 말 한마디로 10년 전 전쟁을 끝낸 나라인걸요. 그 은혜를 잊으셨나요?!”

필사적으로 호소했지만, 애당초 미레유의 말을 들을 생각은 추호도 없었던 것이리라.

“그 입 다물어라!” 하고 호통이 날아든다.

“에밀리아가 시집가는 것이야말로 그 은혜에 보답하는 최상의 형태임을 왜 몰라! 잘 들어라, 네가 꼴사납게 몸져누웠던 기년제에서 그 왕이 에밀리아와 나란히 선 모습은 그야말로 한 쌍의 보석 같았다. 왕위를 이은 지는 얼마 안 됐다지만 도저히 그렇게는 보이지 않을 만큼 위풍당당한 자태, 사람을 끌어당기는 기운. 진작에 에밀리아가 그분을 만났다면, 신경질적이고 툭

하면 화를 내는 스네이크의 왕세자 따위에게 시집가지 않아도 됐을 텐데. 시집갈 곳을 잘못 골랐어. 아니, 내가 너무 성급하게 결단을 내리는 바람에 에밀리아에게 고역을 겪게 하고 말았다!"

"잠깐만요. 에밀리아는 왕세자를 좋아해서 결혼한 거예요."

결코 억지로 시집간 게 아니라고 전했지만, 반응은 냉담했다.

"이웃 나라 왕자 중에선 그렇다는 얘기겠지. 에밀리아에게도 의향을 물어봤는데, 그분의 곁이라면 기꺼이 가겠다고 승낙했다."

"네?"

떡 벌어진 입이 다물어지지 않았다.

시집가기 전부터, 아니 시집가고 나서도 왕세자에게 시집가서 행복하다고 그토록 말했으면서?

너무나 빠른 변심에 머릿속이 따라가지 못했다.

"잘 들어라, 예식은 하지에 치른다. 급하게 정해진 일이라 간소하게 한다지만 아직 시일은 있어. 그때까지 어떻게든 에밀리아를 드레이크로 보내겠다. 넌 그동안 조금이라도 시간을 버는 거다."

"그렇다면 처음부터 그렇게 설명하고, 이혼할 때까지 기다려 달라고 하면 되잖아요!"

그것이 가장 평화적인 방법이라고 진언했지만, 강하게 부정하듯 고개를 젓는다.

"그 왕이 에밀리아를 배려해서 물러나면 어쩔 거냐. 넌 그 자리에 없어서 아무것도 모르는 거다. 에밀리아를 향한 그분의 사랑은 깊다. 우리에게 제시한 지참금만 봐도 얼마든지 짐작할 수 있지."

그렇게 말하며 목록을 던지듯 건넨다.

조심스럽게 받은 그것을 보고, 미레유는 자기 눈이 잘못된 건가 싶어 몇 번이나 눈을 비볐다.

나라 하나를 세울 수준이었다.

"이만한 액수를 아낌없이 제시할 정도로, 그 왕은 에밀리아를 사랑하는 거다. 그렇다면 보답하는 것이 도리지!"

제정신이 아니다.

아니, 무슨 수를 써서라도 이 결혼을 성사하고자 잔머리를 굴린다는 점에선 제정신이 박힌 걸지도 모른다.

신부가 뒤바뀌는 일이 있더라도, 결과적으로 에밀리아만 시집가면 다 된다고 생각하는 것이리라.

냉정하게 생각하면 바늘 위를 맨발로 걷는 듯한 무모한 도박임을 알 텐데, 엄청난 돈을 보고 흥분했는지 완전히 이성을 잃었다.

"자기 마력만으로는 술식도 못 쓰는 반쪽이가 드디어 도움이 될 때가 온 게야."

"………….."

나라의 번영에 몸을 바칠 수 있는 행운을 기뻐하라고 은연중에 고하고 있다.

"상대는 아무것도 준비할 필요가 없다고, 몸만 오면 된다고 하더군. 진짜 신부인 에밀리아를 위해 국고를 털어서라도 준비해야 할 게 많다. 미안하지만 너는 상대 말대로 몸만 가거라."

정말이지 미안하다고는 눈곱만큼도 생각하지 않는 말투였다.
"하지만 시녀를 한 명도 안 데려가면 이상하게 보일 수도 있으니, 루루만은 데려가도 좋다."
하나하나 딱딱 정하는 아버지 앞에서, 미레유는 드레스 자락을 꽉 쥐었다.
이건 이미 결정된 사항이다.
거부권 따위, 처음부터 미레유에게는 없다.
지금까지 아무 도움도 안 됐던 첫째 왕녀.
마지막 정도는 나라에 보탬이 되라는 거다.
"아니요……. 루루는 데려가지 않겠어요. 드레이크에는 저 혼자 가겠습니다."
무사히 돌아올 수 있다고 보장할 수도 없는 곳에 소중한 아이를 데려갈 수는 없다.
미레유는 입술을 깨물며 마음을 굳게 먹었다——.

가짜 신부

(——그렇게 각오를 다지고 온 건 좋지만.)

패기만 넘치고 대책이 없었다며, 미레유는 자기 생각이 짧았음을 후회하고 있었다.

거의 아무런 설명도 듣지 못하고, 아무런 준비도 못 한 채, 마중을 나온 마차에 태워져 도착한 드레이크는 정말로 차원이 다른, 그야말로 딴세상이었다.

호화찬란한 왕궁에 규모가 너무나 다른 시내 풍경. 정비된 생활 환경에 흘러넘치는 활기와 마력.

그 엄청난 격차에 관습이나 생활 양식이 전부 달라 보여서, 예의에 어긋나는 발언을 하지 않을까 말 한마디 꺼내는 것도 무섭다.

(곤란하네……. 앞으론 어떡하면 좋지?)

용왕에게, 결혼식이라는 최악의 상황에서 얼굴을 보이고 말았다.

그 순간, 모든 것은 끝이고 강제 송환——이라고 생각했는데, 어째서인지 예식은 순탄하게 끝났고, 딱히 규탄받는 일도 없이 미레유는 여관장의 안내에 따라 왕궁의 끝없이 뻗은 하얀 대리석 복도를 걷고 있었다.

미레유를 에워싸듯 걷는 드레이크의 여관(女官)들은 다들 미레유 따위는 발끝에도 못 미칠 정도로 마력이 많고, 게다가 쳐다보면 눈이 멀 것 같은 미녀밖에 없다.

(이런 아름다운 분들에게 둘러싸여 있으니 시궁쥐 한 마리가 사이에 낀 느낌이 엄청나네.)

누가 어떻게 봐도, 내가 여관처럼 보이겠지.

특히 선두에 선 여관장 나일은 그중에서도 유달리 아름답다. 높게 땋아 올린 머리는 반짝이는 은색이며, 그 눈동자는 하늘보다 빛나는 푸른색이었다.

미레유보다 훨씬 왕녀다운 기품과 용모를 갖춘 나일을 힐끔 곁눈질한다.

나일은 미레유를 데리러 온 사절단의 일원이었다.

글리레스에서는 결혼 전 베일로 얼굴을 가리고 시집갈 곳으로 가야 한다――라는, 존재하지도 않는 관습을 멋대로 만들어 얼굴을 가리고 있었는데, 나일에게는 옷을 갈아입을 때 얼굴을 싹 보였다.

(나일 씨는 용왕님에게 용모 얘기를 아무것도 못 들은 걸까?)

빼어난 아름다움도 없고, 동생과는 머리도 눈도 색이 다른데, 나일은 놀란 기색이나 동요하는 반응이 없었다.

그때는 살았다 싶어 안도했지만, 왠지 석연치 않다.

이렇게 큰 나라, 수많은 가신이 있는 나라에서 그렇게 허술하게 정보를 주고받을까?

(하지만 급히 나온 혼담이었으니까, 준비하는 것만으로도 힘들었을지도 몰라.)

아무튼 간소하다고 들었던 예식조차 성대한 것이어서, '이 나라의 간소함이란 어느 정도를 말하는 걸까?' 하고 자꾸 생각하게 될 정도니까.

(다들 아무 말씀 안 하지만, 원하던 처녀와는 다르다는 건 이미 알 테니까. 내 처우를 어떻게 하면 좋을지 난감한 거겠지.)

예식이 끝나고 나서 한 번도 용왕과 만나지 않은 것도, 어째서 신부가 다른지 의논해서 그런 거겠지.

(당장 쫓겨나지 않은 것만으로도 감사하지만, 정말 마음이 괴로워…….)

"미레유 님?"

"네, 네!"

생각에 잠긴 사이에 문 앞까지 와 있었다.

"이곳이 방입니다."

"어. 아, 네."

"원래는 다른 방을 준비했는데, 약간의 착오가 있어서……."

죄송하다며 나일이 머리를 숙인다.

"아니에요. 신경 쓰지 마세요!"

엄청난 착오에 대해서는 자신도 잘 이해하고 있다.

분명 준비되어 있던 방은 신부를 위한 것이겠지.

진짜 신부가 아닌 미레유가 사용할 수 있을 리가 없다.

여기로 올 때 수많은 문 앞을 지나왔지만, 호화로운 문이 많았다. 눈앞의 문은 장식이 적은 구리색으로, 다른 것들에 비해서도 검소하다.

(가짜 신부인걸. 설령 먼지투성이 방이라 해도, 불만은 하나도

——.)

없다고 생각하기도 전에, 실내를 본 미레유는 입을 벌린 채 굳어버렸다.

원래부터 고향에 있는 자기 방도 간소한 테이블이나 침대가 덩그러니 놓여 있는 정도다. 그보다 못해도 전혀 상관없다고 생각했는데, 눈에 들어온 광경은 전혀 달랐다.

장식이 적은 문으로는 상상할 수 없을 만큼 넓은 실내는 내장재, 카펫이나 휘장, 모든 것이 호박색으로 통일되어 번쩍이고 아름답다.

비치된 집기도 미레유가 지금껏 본 것들과는 비교가 안 될 정도로 값비싼 것들로, 고향에서는 국보 취급을 받아도 될 물건들뿐.

3층에 있는 방인데도 올려다봐야 할 만큼 천장이 높고, 커다란 샹들리에가 두 개 달렸다.

볕도 잘 들어, 큰 창으로 들어오는 빛이 방 전체를 환하게 비추고 있었다.

“멋진 방이야…….”

무심코 탄식이 흘러나왔다.

“마음에 드셨나요? 미레유 님은 호박색을 가장 좋아하신다고 들어서, 이 방을 골랐습니다.”

그 말대로 드레이크로 오는 도중, 나일이 미레유에게 좋아하는 색이 뭔지 물어봤었다.

“가, 감사합니다.”

감사를 표하면서도 미레유는 반신반의했다.

가짜 신부 주제에 이토록 눈부신 방을 정말로 사용해도 되는지, 하고.

(사양하고 싶을 정도의 방이지만, 지금 거절하면 이상하게 생각하려나?)

아직 '신부가 다르잖아!' 라는 지적을 듣지 않은 상태에서 그걸 아는 듯한 언동은 피하고 싶다.

끙끙대며 고민하고 있자, 나일이 불안한 듯 묻는다.

"본국에서는 미레유 님이 붉은색을 좋아하신다고 들었기에 진홍빛으로 통일한 방도 준비했었는데, 그쪽이 나을까요?"

"네……?"

빨간색은 내가 아니라 에밀리아가 좋아하는 색이다.

(아차. 드레이크에서 보낸 사람에게는 에밀리아의 취향을 전했던 거구나…….)

본래 신부로 요구받은 사람은 동생 에밀리아.

그렇다면 나중에 지장이 없도록, 들키지 않을 정도의 정보는 에밀리아에 관해서 알려준 거겠지.

(아아아! 하다못해 사절단에 먼저 준 정보는 확인해 둘걸!)

어지간히 에밀리아의 이혼에 집중하고 싶었는지, 맨몸으로 쫓겨나듯 드레이크에서 준비한 마차에 탄 것은 실수였다. 지금은 얼버무리는 수밖에 없다.

"빠, 빨간색도 좋아하지만, 호박색도 좋아해서…… 멋진 방이라 무척 감동했어요!"

흥분한 기색으로 힘껏 대답하자, 나일은 안심했는지 미소를 짓는다.

"부족한 것이 있다면 바로 준비해 드릴 테니 뭐든지 말씀해 주세요."

"아뇨. 이미 충분하니까요! 부디 저는 신경 쓰지 마시고……."

양심의 가책을 견디지 못하고 뺨을 떨면서 말하자, 문득 시야에 어떤 물건이 들어왔다.

훌륭한 가구들 속에서도 돋보이게 아름다운 그것은, 지식으로만 알던 물건이다.

하지만 한눈에 진짜라고 느낄 수 있을 정도의 색을 띠었다.

(어…… 설마? 하지만 인공적으로는 도저히 만들 수 없을 것처럼 아름다운 일곱 빛깔 광채는 누가 봐도…….)

"저기, 이건 혹시."

조심스럽게 묻는다.

그것은 커다란 모래시계였다.

금으로 장식해서 겉보기에도 호화롭지만, 놀란 이유는 그게 아니다.

모래시계 속에 있는 것은 모래가 아니라, 수천 개의 일곱 빛깔 구슬이었다.

착각이 아니라면 이건——.

"《무지개석》, 인가요?"

"네."

나일이 아무런 주저 없이 웃는 얼굴로 대답한다.

너무나 태연하게 대답해서 미레유는 이중으로 놀랐다.

(어라…… 내가 잘못 아는 게 아니라면, 무지개석은 나라끼리 전쟁을 해서라도 손에 넣으려 할 정도의 물건이고, 엄청나게 희

귀한 보석 아닌가?)

왜 가난한 나라의 왕녀가 아는가 하면, 10년 전 분쟁의 불씨가 단 하나의 무지개석이었기 때문이다.

"무지개석은 우리 나라에서 캔 겁니다. 액막이도 되니 용왕 폐하께서 미레유 님의 방에는 반드시 두라고 명하셨습니다."

"네?"

그 다정한 배려는 본래 미레유에게 주어질 것이 아니다.

(나일 씨, 혹시 아직 내가 가짜 신부라는 얘기를 못 들었어?)

그렇지 않고서야 이런 보물을 가짜의 방에 두지는 않을 테지.

아무것도 모르고 상냥하게 미소를 띤 나일 때문에 또다시 양심이 쿡쿡 찔린다.

뭐라고 말해야 할지 몰라 망설이고 있을 때, 나일은 차분한 몸짓으로 미레유에게 의자를 권하고 테이블 위에 김이 나는 홍차와 알록달록한 과자를 가져오게 했다.

"입맛에 맞지 않으시면 다른 걸 대령하겠습니다."

"자, 잘 먹겠습니다……."

아직 머릿속은 혼란스럽지만, 안 마실 수는 없는 상황이라 미레유는 희미하게 떨리는 손으로 백자 찻잔을 들어 올렸다.

찻잔 테두리에는 금테가 있고, 그림은 호화로운 장미. 손잡이는 예쁜 나비 모양이다. 고향에서는 아무리 애써도 이토록 훌륭한 식기를 준비하지 못한다.

한 모금 꿀꺽 마시고 머리를 붙잡을 뻔했다.

찻잎도 지금까지 마셔 본 적 없는, 최고급 수준이다.

(——응, 무리야.)

홍차의 풍미가 입안에서 사라지기 전에 미레유는 마음속으로 단언했다.

무리다.

이 이상, 아무것도 듣지 못했을 나일 일행에게 대접받는 건 너무 마음이 괴롭다.

"저기, 나일 씨!"

"미레유 님, 처음 인사드릴 때도 말씀드렸지만, 제게 존칭을 쓰실 필요는 없습니다."

애써 이름을 부르자 즉시 쓴소리가 날아왔다.

"그건……."

용왕의 신부가 여관에게 존칭을 쓰는 것이 부적절하다는 사실은 안다.

하지만 미레유는 차마 그럴 수 없었다.

자신이 진짜 신부가 아니라는 자격지심도 이유 중 하나지만, 그 이상으로 이 세상의 도리에서 어긋나기 때문이다.

"'나보다 마력이 많은 분에겐 경의를 표할 것. 다른 종족이라면 더더욱'. 어머니에게 그렇게 교육받고 자랐습니다. 하위 종족의 열등감일 수도 있지만, 최소한의 예절은 지키고 싶어요."

조심스럽게 말하자 나일은 잠시 생각하는 몸짓을 보이고 엄숙하게 고했다.

"알겠습니다. 미레유 님의 뜻이 그러하시다면."

"억지를 부려서 죄송해요……."

"당치도 않습니다. 달리 더 원하시는 게 있다면 뭐든지 말씀해 주세요."

"! 그, 그럼 용왕님을 뵐 수 있을까요?!"
"카인 님을, 말입니까……."
그 요청에 나일의 고운 얼굴과 목소리에 그늘이 진다.
불쑥 튀어나온 그 이름은, 그때까지 입에 담았던 '용왕 폐하'의 존칭과는 달랐다.
"결혼식 전까지는 어려울 것 같습니다."
"네?"
(결혼식은 오늘 끝난 거 아니었나?)
의문이 얼굴에 드러났는지 나일이 고개를 갸웃한다.
"어머, 우리 나라 사람에게 못 들으셨나요? 오늘 예식은 임시 의식입니다. 용족의 혼례는 하지에만 허락되는 것으로, 이번에는 특례로 식을 치렀지만, 강제력이 없는 피로연에 가까운 거랍니다."
즉, 결혼식은 아직 끝나지 않았다?
(다행이야아아아아아아!)
오늘 처음 만난 분에게 거짓 혼례를 치르게 했다는 죄책감에서 해방된 미레유는, 너무 안도한 나머지 울상을 지었다.
그 표정을 보고 나일은 어떻게 착각한 것인지.
"죄송합니다, 저희가 서두르느라 배려가 부족했군요! 제가 용왕 폐하를 뵐 수 있도록 조치할 테니 잠시만 시간을 주세요!"
"가, 감사합니다……."
나일에게 이래도 되나 싶을 정도로 사과를 받고, 미레유는 아까와는 다른 죄책감에 시달렸다.

첫사랑인 그 사람

"하아……."

나일 일행이 떠난 조용한 실내에서, 미레유는 의자에 기대어 천천히 한숨을 토해냈다.

혼자가 되자마자 피로가 몰려와, 이대로 눈을 감고 싶어진다.

생각해 보면 아버지에게 명령을 받은 날부터 줄곧 긴장 상태였는지도 모른다.

"아니야, 쉬고 있을 때가 아니지. 생각해야 해……."

절레절레 고개를 저어 활력을 일깨우려 하지만, 오늘은 도무지 머리가 맑아지질 않는다.

"자업자득, 이네."

그때 아버지를 좀 더 말렸더라면, 이런 황당한 상황에는 빠지지 않았을 텐데.

벌을 받는 한이 있더라도, 내가 막아야 했다.

하지만 이제 와서 설득하지 못했던 자신의 역부족을 후회해도 아무것도 해결되지 않는다.

"그나저나 정말 여기서 쉬어도 되는 걸까?"

슬슬 원하던 신부가 아니라는 사실이 전해질 만큼 시간이 흘렀을 거다.

아직 의논 중이라 해도, 조금이라도 이쪽에 물어봐 준다거나 할 순 없는 걸까?

아무것도 모른 채 그저 기다리는 시간은 길고, 불안했다.

"부끄러운 짓이지만…… 조금만."

미레유는 떡갈나무로 만든 테이블에 귀를 대고, 귓불에 모이는 마력에 집중한다.

『——그래서 말이야.』

『아아——라고 들었어.』

누군가의 대화가 들려왔다.

(다행이다. 드레이크에서도 쓸 수 있나 봐. 아무래도 상대가 용족이라 못 쓸 줄 알았는데.)

미레유의 몇 안 되는 능력 중에는 멀리서도 음파를 잡아내는 힘이 있었다.

귀를 곤두세우고 다른 사람의 대화를 엿듣는다는, 빈말로라도 예의 바르다고는 할 수 없는 짓이라 고향에서도 별로 공언하지 않지만, 설치족의 《원시 능력》으로 불리는 힘이다.

『들었어? 오늘 오신 신부님의 여관 후보를 싹 교체한대.』

『어어? 왜? 엄선에 엄선을 거듭한, 마력도 집안도 모두 겸비한 인재로 구성된 사람들인데?』

『뭔가 착오라도 있었던 게 아닐까. 그 나일 님이 이마를 짚었다고 하니까.』

『어머! 그분이 이마를 짚다니, 어지간한 일이 있었나 보네.』

그쯤에서 귀를 확 뗐다.
여관을 싹 교체한다――.
자신이 가짜 신부라는 사실이 나일의 귀에도 들어간 거겠지.
알면서도 속이고 있었다는 사실이 괴롭다.
(여관 여러분, 분명 화났겠지…….)
시선을 내리고 머리 뒤쪽이 차가워지는 감각을 견딘다. 한동안 미동조차 할 수 없었지만, 억지로라도 몸을 일으켜 보니 무지개석 모래시계가 눈에 들어왔다.
미레유는 거의 무의식중에 일어나, 느릿느릿 모래시계 앞까지 다가가서 멍하니 그 아름다운 색을 바라보았다.
앞으로 내 신세가 어떻게 될지 모르지만, 이만큼 많은 무지개석을 볼 기회는 두 번 다시 없으리라.
그렇다면 적어도 이 아름다움만은 순전히 마음에 담아두고 싶었다.
"정말 신비로운 빛깔이야……."
보는 각도에 따라 색이 변하는, 신비의 돌.
무지개석의 빛깔은 넋이 나갈 만큼 아름다웠다.
이 돌 하나 때문에 전쟁이 일어났다는 사실에는 분노를 느끼지만, 이렇게 가까이서 보면 손에 넣으려고 혈안이 되는 마음을 조금 이해할 수 있다. 그 정도로 일곱 빛깔은 성스러웠다.
"하지만, 부름은 더 눈부셨던 것 같아……."
무심코 입 밖으로 흘러나온 이름을, 소중하게 부른다.

무지개석을 본 순간, 넘치듯이 되살아난 기억——.

그것은 10년 전 전쟁이 종결되기 조금 전의 기념제 날이었다.

식량난이라고는 해도, 농사로 먹고사는 나라에서는 중요한 식전이다.

비록 아무리 검소할지라도 기념제는 거행된다.

고난의 해였기에 더욱 그랬으리라. 성녀님으로 추앙받는 동생 에밀리아와 달리, 자신은 있어도 그만 없어도 그만인 존재였다.

태어날 때부터 특별했던 에밀리아.

대우의 차이는 명백했지만, 시기한 적은 없었다.

특별한 존재는 극히 소수라는 사실을, 미레유는 어릴 때부터 잘 이해하고 있었다.

아이를 많이 낳는 설치족의 인구는 제법 많지만, 대다수가 마력도 능력도 시시하게 태어난다.

왕족이든 귀족이든, 평민이든 마찬가지다.

그렇기에 자신이 특별하지 않은 것은 당연하며, 질투하는 것조차 엉뚱한 화풀이.

처음부터 가질 수 없는 것은 바라지 않는다.

바라는 것은, 하루라도 빨리 전쟁이 끝나는 것.

그렇지 않으면 유모의 딸, 루루까지 굶주림으로 고통받는다.

기념제가 끝나고 모두가 물러간 뒤에도, 미레유는 홀로 숲속 깊은 곳에 있는 사당에서 기도하고 있었다.

그곳에 쿵 하고 무언가가 떨어지는 소리가 울린다.

황급히 밖으로 나가자, 사당에서 조금 떨어진 곳에 자신과 비슷한 또래의 소년이 서 있었다.

(어…… 숲의 요정?)

그렇게 생각해 버린 건 그 머리카락이 눈부신 일곱 빛깔을 발하고 있었기 때문이다.

게다가 머리카락뿐만 아니라, 그 커다란 눈동자도 일곱 빛깔.

이 세상과는 완전히 동떨어진 광채였다.

너무 놀라 멍하니 서 있는 미레유를 눈치챈 소년이, 이쪽으로 달려온다.

그는 미레유의 눈앞에 서더니, 이쪽을 가만히 바라보며 그 일곱 빛깔 눈동자를 깜빡였다.

"나는, 부름. 너는 이름이 뭐야?"

"미, 미레유……. 글리레스의 첫째 왕녀, 미레유 글리레스예요."

이름을 대는 것만으로 이토록 긴장하긴 처음이었다.

평소라면 좀 더 그럴싸하게 자기소개할 수 있었겠지만, 오늘은 이름만 말하기도 벅찼다.

"미레유…… 귀여운 이름이네!"

일곱 빛깔의 소년 부름은 왕녀라는 사실에는 흥미가 없는 듯, 미레유의 이름만을 천천히 되뇌더니 명랑하게 웃었다.

그 미소를 본 순간, 산뜻한 바람이 불고 주변의 나무들마저 색이 선해진 것처럼 느껴졌다.

"난 어머니보다 《양력(陽力)》이 많은 아이는 처음 봐!"

"네?"

(양력이라니, 무슨 말일까? 마력을 말하는 건 아니겠지?)

숲의 요정이 느끼는 특유의 무언가인 걸까.

(부름의 마력이 하나도 안 느껴지는 것도, 마력을 대신하는 힘이 존재해서 그럴까?)

묻고 싶은 건 많지만, 무엇보다 이상한 것은 왜 이런 휑한 숲에 있는가 하는 점이다.

그걸 물어보자, 부름은 "으음."하고 조금 생각에 잠기듯 고개를 오른쪽으로 기울인다.

"뭔가 목적이 있는 건 아니지만. 잠깐 가출해 본 거라서."

"가출?! ……가출할 정도로 무슨 싫은 일이 있었어?"

생각지도 못한 대답에 미레유도 걱정스러운 투로 물었다.

부모님과의 말다툼?

아니면 형제 싸움일까?

"아버님이 일을 너무 안 해서, 장차 내가 그 뒤치다꺼리를 해야 한다고 생각하니 마음이 무겁거든. 외가 친척들은 매일같이 나더러 저렇게 되지 말라고 쫑알쫑알 잔소리하고."

"어, 어머……."

부름의 가출 이유는 미레유가 생각했던 것보다 심각했다.

또래 소년치고는 무거운 고민이다. 정말이지 선뜻 대답하기 어렵다.

당황하고 있자, 부름이 별일 아니라는 듯 묻는다.

"미레유의 아버님은, 제대로 일해?"

"어? ……그래."

조금 말문이 막힌 것은, 그 일이 국민에게 환원되지 않는다는 것을 알기 때문이다.

현재 벌어지고 있는 두 이웃 나라의 싸움을 제어할 국력이 이 나라에 없다는 사실은 알고 있다.

하지만 두 나라와 적대하기 싫은 나머지 어정쩡한 아버지의 대응은 쌍방을 부추기는 것처럼 보인다.

전쟁의 종결을 바라는 탄원서조차, 나라 사람들이 신음하고 있는 이 상황에서 한 번도 제출되지 않았다.

그것은 작은 나라가 살아남기 위한 고육지책인가, 문제를 뒤로 미루는 졸책인가——.

두 나라의 싸움을 멈출 수 없다면, 하다못해 백성이 더 고통받지 않도록 국고를 열어 비축된 식량을 백성에게 나눠달라고 청했지만, 그마저도 단칼에 거절당했다.

앞으로 어느 한 나라에 가세할 때 전쟁에 쓸 식량이 없어서는 곤란하다고.

아버지가 말하는 가세할 때란 한 나라가 승리를 목전에 두었을 무렵을 말하는 것이리라. 약삭빠르게, 승리가 확정된 나라에 빌붙기 위해서.

(지금도, 참전할 만한 힘이 있다고는 생각되지 않지만…….)

"무슨 일 있어? 슬픈 얼굴이네."

부름이 걱정하는 눈치로 얼굴을 들여다봐서, 미레유는 깜짝 놀라 뺨을 손으로 눌렀다.

조금 전까지 나는 잘 웃고 있었을 텐데.

어째서 기분이 우울해진 것이 전해진 걸까?

(안 돼, 가라앉은 기분을 얼굴에 드러내선 안 돼.)

그것은 돌아가신 어머니가 남긴 말이었다.
설령 마음속이 아무리 악천후라 해도 밝게 웃으면 기분도 환해질 거라고——.
다정하게 가르쳐 준 어머니의 마지막 말을, 미레유는 소중히 여기고 있었다.
그러니까 평소처럼 웃으며 '아무 일도 아니야.' 라고 말하면 된다. 그러면 아무도 더 신경 쓰지 않는다.
"아……."
아무 일도 아니야, 그렇게 말하려다가 말이 목구멍 안쪽에서 막힌다.
"미레유?"
"다툼은…… 어떻게 하면 없어질까 싶어서."
다정하게 이름을 부르는 소리에 무심코 불쑥 말이 튀어나오고 말았다.
부름이 멍하니 있다가 "다툼?" 하고 중얼거린다.
"미레유의 나라는 어딘가 다른 나라랑 싸우고 있어?"
"아니, 우리 나라가 아닌데……."
이웃 나라의 유린족과 조강족은 원래 사이가 나빴다. 그 결정타가 된 것이 무지개석.
하나의 보물을 둘러싸고 싸움은 격화되었다.
그런 이야기를 줄줄 늘어놓다가, 자기 이야기만 하고 부름의 고민은 전혀 해결해 주지 못했다는 사실을 깨달았다. 미레유는 황급히 손바닥으로 입술을 막았다.
"미안해. 부름의 고민이 먼저였는데, 나만 이야기해서."

"그런 거 신경 안 써도 돼. 미레유의 목소리는 상냥해서 좋으니까."

"어……?"

첫째 왕녀의 역할을 다할 만한 미모도 능력도 없는 공주라고 무시당하는 일은 허다했지만, 좋다고 칭찬받은 것은 처음이다.

쑥스러운 나머지 미레유는 뺨뿐만 아니라 눈꼬리까지 붉어진다.

"저기, 더 이야기해 줘."

보채는 말에 띄엄띄엄 마저 이야기한다.

부름에게는 재미도 없는 이야기일 텐데, 간간이 맞장구를 치며 귀를 기울여 주었다.

(신기한 남자아이…….)

처음 볼 텐데, 이 신기한 소년과 이야기하고 있으면 마음이 차분해지고 몸이 가벼워지는 기분이 든다.

그 뒤로 잡담도 섞어가며, 두 사람은 오래 이야기를 나눴다.

얼마나 시간이 흘렀을까.

문득 하늘을 올려다보니 파랗던 하늘은 어느새 호박색으로 물들기 시작하고 있었다.

슬슬 부름을 돌려보내야 한다.

성 사람에게 부탁해 데려다주겠다고 전하자, 부름은 "날아서 갈 거니까 괜찮아."라며 고개를 가로저었다.

"날아?"

부름의 조상이 어떤 동물인지는 모르지만, 설령 새를 조상으로 둔 종족이라도 날 수는 없다.

희귀한 상위 종족 중에는 태초의 모습이 될 수 있는 자도 있다고 들은 적이 있지만, 그건 옛날이야기 같은 신화에 가깝다.

역시 부름은 숲의 요정인 걸까? 그렇게 생각하며 다시 하늘로 눈을 돌리자, 커다란 수목이 시야에 들어왔다.

저도 모르게 "아……." 하는 소리가 흘러나온다.

수목의 가지가 우거진 꼭대기 부분, 가느다란 가지 끝에 츄샤 열매가 두 개 달려 있었다.

부름도 미레유의 시선이 향한 곳을 눈치챈 듯했다.

"저 열매가 갖고 싶어?"

"응…… 하지만 저건 너무 높은 곳에 있어서 어려워."

가지 끝자락에 달린 열매 주위에는 발판이 될 만한 굵은 가지가 없다.

일찌감치 포기하고 미레유가 시선을 열매에서 부름에게 돌리자, 어찌 된 영문인지 그 손에 두 개의 츄샤 열매가 있었다.

"……어? 어어?!"

놀라서 다시 한번 올려다보니, 있어야 할 열매가 사라졌다.

마치 순식간에 이동한 듯한 일에 미레유는 눈을 동그랗게 떴다.

(바람에 떨어진 것도 아닌데, 어떻게??)

당황하는 미레유를 눈치채지 못한 건지, 부름은 웃으며 츄샤 열매를 내밀었다.

미레유는 그것을 얼떨결에 두 손으로 받고, 한동안 부름과 츄샤 열매를 번갈아 쳐다봤다.

"고마워, 부름. 루루에게 가져다주고 싶었거든. 하나 가져가도 될까?"

"루루?"

"내 유모의 딸인데, 동생처럼 무척 소중한 아이야. 언젠가 내 시녀가 되겠다고 말해 주는걸."

아직 어리니까 영양이 많은 츄샤 열매를 받아서 기쁘다고 전하며, 나머지 하나의 열매는 부름에게 돌려준다.

"난 됐어. 그게 루루라는 아이 몫이라면 이건 미레유 몫이야."

"안 돼. 부름이 딴 거니까 부름이 먹어. 아, 잠깐만. 내가 까줄게."

츄샤 열매는 단단한 껍질로 싸여 있다. 설치족이라면 간단히 깔 수 있지만, 부름에게는 어려울지도 모른다며 대신 까 주려고 했는데.

"아……."

본래 하나의 알맹이밖에 없을 껍질 속에, 두 개가 나란히 들어 있었다.

"대단해, 쌍둥이 열매야!"

알맹이가 두 개인 걸 처음 본 미레유의 목소리가 들뜬다.

"쌍둥이 열매는 길조이기도 해. 분명 멋진 행운이 부름에게 쏟아질 거야!"

루루에게 하듯이 부름의 입술 곁으로 츄샤 열매를 가져간다.

상냥한 부름은 모든 열매를 주겠다고 말할 것 같으니까 선수를 쳐서 먹여주고 싶었다.

부름은 한순간 미레유의 행동에 놀란 듯 눈을 깜빡이지만, 곧

순순히 입을 열었다.

"——응. 지금까지 먹은 것 중에서 제일 맛있어!"

"다행이다. 나도 정말 좋아해."

"그러면 나도 미레유에게 행운을 선물할게."

그렇게 말하며 껍질 속에 있는 다른 알맹이를 집어서 미레유의 입술에 살짝 댔다.

"이건 부름의 츄샤 열매잖아?"

"두 개 있었다는 건, 나눠 먹으라는 계시야."

천연덕스럽게 말하는 부름을 본 미레유는 키득 웃으며 입술을 벌렸다.

입에 머금은 츄샤 열매를 씹자 오도독 소리가 난다.

오물오물 씹어 삼키자, 그걸 바라보던 부름이 만족스러운 듯 희미하게 눈웃음을 지었다.

어린 남자애다운, 아직 동글동글한 느낌이 남은 뺨이 불그스름한 빛을 띠고, 일곱 빛깔 눈동자가 석양의 빛을 반사해 반짝반짝 빛난다. 마치 신화를 묘사한 그림처럼 고운 용모에 눈앞이 아찔해진다.

(꿈에서 보는 것처럼 예뻐…….)

부름은 나와 달리 특별하고 아름다운 생물이라고 생각했다.

동생 에밀리아와 같다. 아니, 그 이상으로, 특별하다는 틀로는 다 담을 수 없는 존재인 거다.

넋을 잃고 바라보고 있자, 부름이 수줍은 듯한 표정을 지었다.

"이거, 결혼식 같네."

"결혼식?"

"우리 나라에선 혼례 때 서로의 마력을 하나로 합쳐서 두 개로 나누거든. 그걸 입으로 받아들여서 유일한 짝으로 삼는 거야."

처음 듣는 외국의 의식에, 미레유는 "호오……." 하며 감탄의 한숨을 흘린다.

미레유가 아는 결혼식은 신에게 서약하는 말을 읊기만 한다.

마력을 하나로 합쳐서 나눈다는 건 처음 듣지만, 부름이 말하니까 무척 멋진 의식처럼 느껴졌다.

"부름의 신부가 될 사람은 정말 행복하겠다."

"정말?! 그럼 미레유가 내 유일한 짝이 되어 줄래?"

"어?"

그것은 틀림없는 프러포즈였다.

"하지만, 나는……."

첫째 왕녀인 미레유는 아버지가 원하는 상대와 결혼해야 한다.

본인의 의지나 호감은 관계없고, 선택의 권리 따위 존재하지 않는다.

알고 있다. 하지만——.

부름은 분명 앞으로 수많은 여성을 만날 것이다. 지금조차 이토록 아름다운 소년이다.

나이를 먹으면 누구나 넋을 잃을 미남으로 성장해, 모두가 사랑하게 되겠지.

(나 같은 건 분명 금방 잊어버릴 거야…….)

이것은 아이들 놀이 같은 맹세. 진지하게 거절하는 편이 숙녀로서 속 좁은 짓이다.

그렇게 생각했기에 미소를 띠며 고개를 끄덕였다.

"기뻐. 고마워, 부름."

"정말이지?! 약속한 거야!"

부름은 약속을 받아냈다는 듯이 기뻐하더니, 살며시 미레유의 이마에 입을 맞췄다.

"――?!"

그 순간, 입 맞춘 이마가 아니라 가슴에 따스한 불이 켜진 듯 신비한 열기가 퍼졌다.

놀라서 가슴에 손을 대지만, 딱히 아무 변화도 보이지 않는다.

"나, 빨리 어른이 될 거니까 기다려 줘! 미레유를 데리러 금방 갈 거니까!"

후광이 비칠 정도로 환하게 웃은 소년은 휙 하고 사라졌다.

눈 깜짝할 새도 안 되는 시간에 사라져 버린 것이다.

"어…… 부름?"

주위를 둘러봐도 이미 그 모습은 없고.

미레유의 눈에 남은 것은 호박색으로 물드는 하늘뿐이었다.

조금 전까지 진짜로 있었던 온기가 순식간에 사라진 것이 이유도 없이 쓸쓸해서, 미레유는 울 것 같은 기분이 된다.

성으로 돌아와 바로 일곱 빛깔 소년의 이야기를 했지만, 아버지도 신하도 꿈을 꾼 거라며 웃어넘길 뿐 진지하게 상대해 주지 않았다.

실소를 산 탓에 미레유도 부름은 꿈이나 환상이었던 걸지도 모른다고 생각하게 되어, 지금에 이르렀다――.

(그건 꿈. 다정한 꿈…….)

하지만 꿈인 줄 알면서도 여전히 기다렸던 건지도 모른다.

데리러 가겠다고 말해준 소년을.

계속, 계속.

(아마, 앞으로도——.)

동생과 달리 누구도 원하지 않고. 첫째 왕녀의 의무를 다하지 못하고. 뻔뻔하게 아직도 자기 나라에 눌러앉아 산다고 헐뜯겨도, 부름과의 추억이 있었기에 마음이 상하지 않을 수 있었다.

"나도 참 뻔뻔하네."

내가 생각해도 너무 멍청해서 웃음이 나와버린다.

피식 웃는 소리를 흘리고, 문득 그 이름을 떠올린다.

"그러고 보니, 이름이……."

오늘 만난, 부름과 같이 특별한 사람.

이 세계의 최고종, 용족의 왕.

"그분, 카인 님이라고 하셨지."

아버지의 명으로 여기까지 왔지만, 용왕의 이름조차 직접 듣지 못했다는 사실을 방금 깨달아버렸다.

아까 나일이 왕의 이름을 부르지 않았더라면, 끝까지 몰랐을 거다.

(갑작스러운 일이라 경황이 없었다고는 해도, 이 정보 부족은 치명적이야.)

고향에서 얻을 수 있는 정보는 어떻게든 얻어야 했다.

자신의 미숙함과 어리석음에 또다시 한숨이 나온다.

"곤란하네. 이제 와서 누구한테 물어볼 수도 없고……."

아무리 그래도 드레이크 사람에게 무식함을 드러내며 꼬치꼬치 캐물을 수도 없는 노릇이다.

머리를 굴리며 테이블로 돌아오자 접시 하나가 눈에 띄었다.

"어라?"

비싼 찻잔과 아름다운 과자에 점령당해 몰랐지만, 테이블 구석에는 낯익은 수수한 덩어리가 있었다.

"츄샤 열매네. 여기서도 딸 수 있는 걸까?"

계피 향이 감도는 케이크나 산딸기 잼을 올린 쿠키는 화려하고, 고향에서는 좀처럼 먹을 수 없을 만큼 값비싸다. 하지만 미레유는 그것들에 손댈 마음이 생기지 않았다.

하지만 눈에 익은 츄샤 열매에는 손을 뻗고 만다.

익숙한 손놀림으로 껍질을 까자.

"아, 쌍둥이 열매……."

쌍둥이 열매는 정말 보기 드문 길조의 열매다.

처음 본 것은 부름과 만난 날.

두 번째는 루루와 마지막으로 차를 마신 시간.

세 번째가 지금.

하지만 여기에는 부름도 루루도 없다――.

"이제, 같이 먹어 줄 사람은 없는 거구나……."

그런 사실을 새삼스레 실감하니 무척이나 쓸쓸해진다.

어느샌가 뺨을 타고 흐른 물방울이 호박색 카펫을 적시고 있었다.

접견

결국 단죄받는 일 없이 하룻밤을 보낸 미레유는 다음 날 안뜰에 마련된, 계절에 맞는 꽃이 흐드러지게 핀 정원에 있었다.

나일이 약속대로 다과회라는 명목으로 용왕과의 접견 자리를 마련해 준 것이다.

무척 고맙고, 얼마나 감사해야 할지 모를 지경이다.

하지만――.

(너, 너무 분위기가 무거워…….)

그 주위에는 마력, 기력이 넘치는 용맹한 용기사들이 대기하고 있어 압박감이 엄청나다.

직사각형으로 긴 테이블을 사이에 둔 좌석 위치도 다과회치고는 거리가 너무 멀다.

(만날 기회를 준 것만으로도 무척 영광스럽고 황송하긴 하지만…….)

하지만 이건 이미 다과회가 아니라 군사회의 분위기 아닐까?

그때 문득 깨닫는다.

(그래. 나는 초대받지 않은 신부. 상대가 위험인물로 의심해도 어쩔 수 없는 처지야.)

이건 미레유로부터 왕을 지키기 위함이겠지.

누가 봐도 능력도 마력도 시시한 계집애라도 만에 하나를 대비해 임전 태세를 풀지 않는 점은 역시나 서열 최상위, 신의 종족답다.

왕녀 신분이어도 평범하게 시정에 내려가 백성과 대화하는 최하위 설치족과는 격이 다르다.

(역시 큰 나라는 다르구나.)

하지만 이렇게 되니, 자기가 있어서 번거롭게 한 것이 미안하다. 사과하고 싶어도 말하는 바람에 잔꾀가 들킬 가능성을 생각하면 섣불리 머리를 숙이기도 어렵다.

적어도 기지를 발휘할 힘이 있었으면 좋았을 텐데, 안타깝게도 그런 게 있을 리도 없어서.

물에 빠진 생쥐처럼 어깨를 축 늘어뜨리고 움츠러든 미레유를 어떻게 생각한 건지, 상대가 먼저 말을 꺼냈다.

"무언가…… 불편한 일이라도 있습니까?"

"어……?"

크지 않은데도 귀에 잘 들리는 목소리는 젊으면서도 차분했다.

임시 의식 때도 대답하는 목소리는 들었지만, 직접 말을 듣긴 처음이다.

(불편한 일?)

가장 불편한 건 내가 아니라 당신 아닐까.

아무튼 예쁘지도 젊지도 않은, 덤으로 마력도 능력도 시시한, 전혀 모르는 여자가 왔으니까.

(아…… 혹시 이건 에둘러서 신부가 뒤바뀐 일을 언급하는 걸까?!)

배려 속에 다른 의도를 담아, 이쪽의 속내를 떠보려는 것인지도 모른다.

이건 신중하게 말을 고를 필요가 있다.

가장 무난한 대답은 역시 '아니요. 없습니다.' 겠지.

다소 뺨이 떨리면서도 어떻게든 미소를 띠며 대답하자, 카인은 표정을 바꾸지 않고 "그렇습니까……."하고 작게 중얼거렸다. 길고 갸름한 눈이 조금 아쉬운 듯 아래를 본다.

기대했던 대답이 아니었다는 것은 명백해서, 미레유는 죄책감으로 속이 쿡쿡 쑤셨다.

(죄송해요! 하지만 제가 먼저 말할 순 없어요!)

만약 격이 높은 나라를 상대로 알면서도 속이고 있다는 사실이 밝혀지면 얼마나 큰 죄를 물을까?

설치족 따위, 용족이 진심으로 움직이면 하루는 고사하고 순식간에 싹 날아가 버린다.

결국 양쪽 다 더 말을 꺼내지 못하고 그 자리에 침묵이 깔린다.

(이대로 아무 말도 안 하는 건 역시 무례하겠지? 하지만 도대체 무슨 이야기를 해야…….)

내가 접견을 부탁했는데, 이래서는 자리를 마련해 준 나일이 난처해진다.

어제 엿들은 내용으로 보아 이번에는 진짜로 미레유가 바라지 않던 신부임을 알았을 텐데도, 나일은 어제와 다름없이 정중한 태도를 잃지 않았다.

상냥하게 "안녕히 주무셨습니까?"라며 챙겨주고, 몸단장을 도와주었다.

다른 여관에게 척척 지시를 내리면서도 미레유의 몸에 직접 닿는 행위는 나일이 전부 도맡았다. 준비되어 있던 드레스나 귀걸이를 센스 있게 맞춰 주기도 했다.

슬프게도 미레유는 드레스를 본 순간 원단, 치밀한 자수, 꿰매진 보석의 숫자에 겁을 먹고 굳어버렸기에, 나일이 없었다면 애당초 아침 단장이 끝나지 않았을 것이다.

그렇게 빠릿빠릿 움직이던 나일이 유일하게 망설였던 것이 목걸이였다.

왠지 가슴팍을 장식하는 장신구만은 몇 개씩 바꿔 보더니, 최종적으로 "역시 목걸이는 없는 것이 문양을 돋보이게 해서 아름답네요."라고 말하며 뺐다.

(그건 대체 무슨 의미였을까?)

그때는 귀걸이의 다이아몬드 크기에 뇌가 정지해서 앞으로 분에 넘치는 장신구를 피할 수 있다면 다행이라고 좋아했지만.

(아무튼, 나일 씨에게 더 폐를 끼치지 않기 위해서라도 빨리 본론으로 들어가야 해! 그런데…… 어떻게 전하면 좋을까?)

전전긍긍할 뿐 생각은 정해지지 않는다.

말 없는 남자와 생각에 너무 집중하느라 고개를 숙인 여자.

다과회는 어느새 묵언 수행 같은 식사 자리가 되어 있었다.

그렇듯 얼음판 같은 공기를 누그러뜨린 것은 재상이라고 소개된 남자, 젤기스였다.

"두 분 다 너무 긴장하지 마시고, 조금만 더 편하게 차를 즐기시지요."

이 사람은 카인의 숙부뻘 되는 모양이다.

확실히 왕족의 피를 이었다는 것을 한눈에 알 수 있을 정도로 마력이 넘쳐흘렀다.

미남인 카인과 나란히 서도 손색이 없을 만큼 잘생긴 얼굴로, 짧은 머리인 카인과 달리 젤기스는 흐르는 것처럼 긴 갈색 머리다. 눈동자는 연마된 보석을 끼워 넣은 듯 아름다운 초록색. 그 눈이 프레임이 얇은 은테 안경 너머로 미소를 띤다.

위풍당당하고 지적인 분위기를 풍기는 사람이지만, 재상의 직함을 가진 것치고는 무척 젊어 보인다.

(이렇게 젊은 분이 재상이라니, 대단해.)

그걸로 치면 카인도 나이는 열여덟.

에밀리아보다 세 살 위라고, 기념제가 끝난 뒤 소문으로 들은 적이 있었다.

소문이 사실이라면 그 또한 너무 젊은 왕이라 할 수 있다.

(열여덟 살…… 나랑 동갑이라고는 생각되지 않는 풍모야.)

카인의 늠름한 자태에 멍하니 넋을 잃고 있자, 젤기스가 걱정스러운 듯 말을 건다.

"어젯밤에도 식사를 별로 안 하셨다고 들었습니다. 이곳의 식사는 입에 맞지 않습니까?"

"아뇨, 원래 입이 짧을 뿐이라서요! 요리도 무척 맛있었어요!"

허둥지둥 사과하자, 젤기스는 생각하듯 손가락을 턱에 댔다.

"그렇다면 영양이 많고 먹기 편한 것을 준비하도록 하지요."

"그런 배려는……."

"그쪽 나라와는 기온이나 기후 등 여러모로 다른 점도 있겠지요. 안 그래도 용족의 혼례는 긴 여정이니까요. 혼례의 날까지는 특별히 미레유 님의 건강 관리에 만전을 기하겠습니다."

"가, 감사합니다."

(어째서? 어째서 젤기스 님은 이렇게까지 나를 신부로서 대해주는 거야?)

설마 재상의 지위에 있는 그가 신부가 뒤바뀐 건을 듣지 못했을 리가 없다.

이것도 아까 카인과 마찬가지로 속내를 떠보기 위한 수법인 걸까?

잘 말하지 못하는 미레유와 반대로, 젤기스는 미소를 짙게 지으며 가벼운 투로 말을 이었다.

"그렇다 해도, 아직 하지의 혼례까지는 시간이 있으니 방에선 자유롭게 지내십시오. 뭔가 취미 같은 게 있다면 나일에게 준비시키겠습니다. 어떤 것을 좋아하십니까?"

생각에 잠긴 탓에 순간 젤기스의 질문을 흘려들을 뻔했다.

미레유는 황급히 머리를 굴려 자신의 취미를 생각했다.

"취미, 말인가요…… 아, 식량 비축을 잘 계산하는데——."

요——라고 끝까지 말하기 전에 발언의 심각성을 깨닫고, 핏기가 싹 가셨다.

정적.

정적.

정적.

쥐 죽은 듯한 고요함이 피부를 찌른다.

아무리 그래도 왕녀라는 사람이 좋아할 취미가 아니라는 건 본인도 잘 아는데, 무심코 성급하게 대답하다가 익숙한 것이 입에서 불쑥 튀어나와 버렸다.

조심스럽게 카인에게 시선을 돌리자, 완전히 표정을 잃은 얼굴로 굳어 있었다.

(아아아아. 아무리 생각해도 이 대답은 아니겠죠!)

카인에게서 감돌던 마력의 소용돌이에는 희미하게 분노의 감정이 섞여 있었다.

가짜 신부 이전에, 이 시점에서 버려지는 걸까?! 황급히 사죄의 말을 이으려 했으나.

"양곡을 소중히 여기는 그 정신은 참으로 훌륭하다고 생각합니다."

옆에서 대기 중이던 나일이 맑고 고운 목소리로 칭찬의 말을 건넸다.

고향에서는 왕족 사이의 대화에 제삼자가 끼어드는 것은 용서받지 못할 행위지만, 나일은 평범한 여관이 아닌지 아무도 눈총을 보내지 않았다.

오히려 젤기스 역시 납득한다는 듯 고개를 끄덕이고 있다.

카인의 표정은 여전히 딱딱했지만, 생각지도 못한 나일의 도움에 미레유는 무심코 두 손을 모아 기도할 뻔했다.

이 은혜에 보답하기 위해서라도 한시라도 빨리 가짜 신부의 여관 자리에서 해방해 줘야 한다며 혼자 의욕을 다지는데,

"자, 오늘 다과회는 여기까지 합시다. 카인 님, 슬슬 공무를 보러 돌아가시지요."

"아…… 그래."

젤기스가 폐회를 선언하자 카인도 정신을 차린 듯 응답했다.

(어, 이걸로 끝인가요?!)

결국 가짜 신부 건에는 아무런 언급도 없이 싱겁게 다과회가 끝나버렸다.

어젯밤까지만 해도 자리만 마련하면 가짜 신부 건을 추궁할 줄 알았는데, 아무래도 남에게 의지해서는 안 되는 모양이다.

(드레이크 같이 큰 나라에선 실수를 인지해도 정정하는 행위 자체가 어려울지도 몰라. 카인 님은 아직 즉위하신 지 얼마 안 됐다고 아버님도 말씀하셨고.)

일찌감치 신부 건으로 착오가 있었다고 하면 역시 남들 눈에 곱게 보이지 않으리라.

그렇다면 이쪽에서 핵심은 피하면서도 정답으로 이끌어야만 한다.

나일과 다른 사람들에게 더 폐를 끼치지 않기 위해서도――.

(우선 중요한 건, 카인 님이 첫눈에 반한 건 첫째 왕녀 미레유 글리레스가 아니라, 동생인 에밀리아라는 사실을 전해 오해를 푸는 거야.)

느려진 머리가 서서히 움직이기 시작한다.

뭔가 좋은 표현이 없을까 머리를 최대한 굴리고 있는데, 카인이 자리에서 일어났다.

정중하게, 먼저 자리를 뜨는 것을 사과하며.

그 배려에 등을 떠밀려 미레유는 과감하게 등을 향해 말을 걸었다.

"카, 카인 님!"

이름을 부르자 카인은 놀란 듯 뒤돌아보았다.

미레유의 목소리 크기에 놀랐는지 붉은 눈이 크게 떠진다.

“저, 저기, 제게는 알비노인 동생이 있는데…… 그게, 드레이크를 한번 방문해 보고 싶다고 하거든요. 호, 혼례 전에 동생의 입국을 허락해 주실 수 있을까요? 이름은, 에밀리아라고 하는데요…….”

이쪽에선 신부가 바뀐 사실을 전혀 모르는 척하며 필요한 정보는 전부 집어넣는다.

속으로 ‘이러면 어때!’ 라는 듯이 똑바로 응시하자, 카인은 허를 찔린 듯한 표정으로 석류석보다 찬란한 눈을 깜빡였다.

하지만 크게 뜨였던 눈은 금방 초승달처럼 가늘어지고, 얇은 입술이 살며시 미소를 띤다.

“그건── 환영하도록 하죠.”

무표정한 미남은 얼음 조각 같아서 어딘가 차갑고 무서운 이미지가 있었지만, 갑자기 봄날의 나뭇잎 사이로 비치는 햇살처럼 따스하게 변한다.

(어, 라……?)

귓불이 떨릴 듯한 목소리는 듣기만 해도 다리에서 힘이 풀릴 듯한 위력이 있었지만, 미레유의 의식은 다른 쪽으로 향한다.

이 익숙한 느낌은 대체 뭘까?

다정하게 미소 짓는 카인의 표정에, 누군가의 웃는 얼굴이 겹친 듯한?

떠올려 보려고 기억을 더듬지만, 그 전에 카인은 공무로 복귀하고 말았다.

지키는 사람의 맹세

(일단 중요한 건 전했을 거야…… 맞지?)

안뜰에서 방으로 가면서, 미레유는 다시 한번 확인했다.

동생이 있다는 사실도, 에밀리아의 이름도 전할 수 있었다.

알비노라고 하면 머리색, 눈동자 색이 명백하다.

이걸로 분명 기념제에서 만난 소녀의 정체를 알아챘을 거다.

(그렇게나 기쁜 듯이 미소를 지어 주셨는걸!)

카인의 그 미소는 첫눈에 반한 여성의 신원을 알게 된 기쁨에서 비롯된 것임이 틀림없다.

무거운 책임을 하나 완수한 안도감 때문인지, 미레유의 얼굴은 어제보다 훨씬 혈색이 좋아졌다.

(하지만 난 이대로 두는 걸까?)

원하던 신부의 정체를 알았다면 볼일은 끝났다는 듯 나라로 돌려보낼 법도 한데.

착각에 대해 어지간히 언급하고 싶지 않은 건지, 대우가 어제와 전혀 달라지지 않았다.

상대는 진짜 신부를 확인할 때까지 침묵을 고수할 작정일까?

(그렇다면 무사히 에밀리아가 도착할 때까지는 안심할 수 없겠는걸…….)

결과적으로 아버지의 밀명을 수행할 수 있어서 다행이지만, 그토록 서두르고 허둥댄 청혼이었던 것에 비해 에밀리아를 당장 불러들이지 않는 건 조금 이해할 수 없다.

이것은 압도적 강자의 여유일까, 아니면 문화의 차이일까.

(그나저나 카인 님의 미소…… 어디선가 본 기분이?)

어제 처음 만난 분이다.

그런데도 그 미소를 어디선가 본 것 같은 기분이 들었다.

"미레유 님."

"……. 네!"

너무나 눈부신 카인의 미소가 낯익은 사실이 마음에 걸려 너무 몰두한 탓인지 호들갑스러울 정도로 어깨를 흠칫했다.

말을 걸기만 했는데 그토록 놀랄 필요는 없지만, 아까부터 쭉 카인 생각만 했다는 게 부끄러워 그만 심하게 반응하고 말았다.

미레유는 얼버무리듯 소리를 높였다.

"무, 무슨 일이세요?"

"실은 어제 소개해 드린 여관 말인데, 저희의 불찰로 인원을 조금 줄여서 모시게 된 점, 부디 용서해 주십시오. 미레유 님께 불편함이 없도록 조치할 테니까요."

나일은 그렇게 말하며 진심으로 사과하듯 몸을 숙였다.

실제로 아침에 준비를 도와준 사람이 어제와 숫자가 다르다는 건 눈치채고 있었다.

『오늘 오신 신부님의 여관 후보를 싹 교체한대.』

(차마 엿들었다고 말할 순 없지만, 당연한 대처겠지.)

본래 좀 더 험하게 대해도 할 말이 없는 처지인데, 나일은 카인과의 접견을 위해 완벽하게 준비해 주었다. 게다가 다과회에서 도와주기도 했고.

나일에게 고맙기만 한 미레유는 부드럽게 웃는다.

"다들 바쁘실 테고, 전 전혀 상관없어요."

"저희의 단련이 부족하여 미레유 님께 불편을 끼칩니다."

"……단련, 인가요?"

참 특이한 표현이다.

이건 용족 특유의 표현일까?

아니면 미레유가 모르게 말을 얼버무리는 건가.

속으로는 고개를 갸웃하면서도, 미레유는 나일에게 감사를 전하는 것을 우선했다.

"나일 씨는 여러모로 마음 써 주셔서. 정말 고마웠습니다."

"어머, 과분한 말씀이세요. 앞으로도 제가 성심성의껏, 죽을힘을 다해 모시겠으니 부디 안심하세요."

(주, 죽을힘을 다해?)

뭔가 흉흉한 말이 포함된 것 같지만, 그보다도――.

"저기, 나일 씨도 바뀌시는 건 아닌가요?"

다과회에서 발언이 허용될 정도의 인물이다.

당연히 나일을 필두로 모두 교체될 거라고 생각했다.

"아니요. 저는 그대로 모시겠습니다."

말투는 부드럽지만, '당연하죠!' 라는 강한 의지가 느껴진다.

(어어? 괜찮은 걸까?)

미레유가 가짜 신부인 걸 알면서도 쫓겨날 때까지 돌봐줄 생각인 걸까?

솔직히 곁에 있어 주는 건 무척 든든하지만, 동시에 마음이 아프기도 하다.

혼란스러운 미레유 옆에서 한 여관이 나일에게 무언가 귓속말을 했다.

나일은 그 말에 깊게 고개를 끄덕이더니, 엄숙하게 손님이 왔음을 알렸다.

"손님? 저한테요?"

자신을 찾아올 손님이 있을 리가 없다.

"무언가 착오가 있는 건 아닐까요?"

"고국에서 온 분이라고 합니다."

나일의 대답에 더욱 혼란스러워졌다.

미레유는 맨몸으로 쫓겨난 거나 다름없다.

이제 와서 자기 나라 사람을 보내다니, 도저히 생각할 수 없는 일이다.

(아버님이 심부름꾼을 보내신 걸까? 하지만 출발할 때의 그 부산함을 봐선 그럴 여유는 없었을 텐데…….)

의아해하면서도 안내받은 방에 들어서고, 그곳에서 기다리고 있던 인물을 본 미레유는 놀라 신음했다.

눈에 익은 작은 등과 어깨에 겨우 닿는 검정 머리.

동그랗고 큰 눈동자는 너무나 익숙한 것으로――.

"공주니임……."

"루루?!"

루루였다.

이런 먼 땅에 있을 리가 없는 루루의 모습에, 미레유는 나일 일행의 존재도 잊고 달려간다.

"어, 어째서……? 루루, 어떻게 여기까지 왔어?!"

아버지가 보냈다 해도 이상하다.

드레이크는 아득히 먼 땅.

강한 마력으로 강화한 말이라면 며칠 만에 도착할 수 있지만, 설치족의 말로는 몇 달이나 걸리는 거리다.

하루이틀에 도착했을 리가 없다.

놀라움과 당혹감에 저도 모르게 루루의 어깨에 손을 대자, 루루는 참았던 것을 쏟아내듯 소리를 질렀다.

"고, 공주님이 루루를 버리고 갔어어어어어!! 쭉 같이 있겠다고 했으면서어어어어!!"

고개를 들고 아이처럼 눈물을 흘린다.

루루가 우는 모습은 어릴 때와 전혀 변하지 않았지만, 미레유를 허둥대게 하기에는 충분한 위력이 있었다.

"버, 버리고 간 게 아니야……!"

울음소리가 넓은 실내에 울려 퍼지는 것을 나일 일행이 어안이 벙벙해져 바라보고 있다는 것은 짐작하고 있었다.

행실이 바른 사람들이 보기에 루루의 행동은 정말 시녀가 맞냐고 의심할 정도이리라.

하지만 지금의 미레유는 그걸 신경 쓸 여유가 없다.

아무튼 필사적으로 달래자, 루루는 겨우 울음을 그쳐 주었다.

"그래서? 루루는 어떻게 여기까지 온 거야?"

다정하게 묻자, 루루는 아직 조금 훌쩍거리면서도 미레유가 드레이크로 떠난 날의 일부터 이야기하기 시작했다.

"방에 가도 안 계시길래 이상하다 싶어서……. 그래서 여러 사람한테 물어보니까, 공주님은 아침 일찍 드레이크 사람과 성을 나가셨다고 했어요."

불쌍하다고는 생각했지만, 미레유는 루루에게 설명하지 않고 드레이크의 마차에 탔다.

사전에 말하면 분명 루루는 자기도 따라가겠다고 할 것을 알고 있었으니까.

하지만 이건 단순한 여행이 아니다.

낯선 땅에, 그것도 가짜 신부로서 가는 미레유와 동행하게 할 수는 없었다.

"어쩌면 루루를 잊어버려서 금방 돌아와 주실지도 모른다고, 쭉 밖에서 기다렸는데…… 몇 시간이 지나도 돌아오시지 않아서…… 흑."

글리레스는 드레이크와 달리 1년 내내 기온이 낮은 땅이다.

겨울에는 눈이 쌓여 앞이 보이지 않을 정도. 지금 시기에도 연일 차가운 눈이 내려 쌓인다.

그렇게 추운 하늘 아래서 루루가 혼자 덩그러니 기다렸을 걸 생각하니 가슴이 아프다.

"그랬더니 본 적 없는 문장이 그려진 커다란 짐마차가 지나가는 거예요."

짐을 끌고 있는 것은 이 주변에서는 왕족조차 소지하지 못한 훌륭한 백마 여섯 필. 짐칸에 그려진 문장은 용.

그것을 본 루루는 본능적으로 그 마차를 좇았다.
길이 좁아서 천천히 이동하던 짐마차에 타는 건 간단했다.
"설마, 그 짐마차를 타고 여기까지 온 거야?"
"원시 쥐니까요, 숨는 건 특기예요!"
울던 얼굴이 묘하게 자신만만하게 밝아진다.
그와 반대로 미레유의 얼굴은 새파랗게 질렸다.
"루루, 그건……."
완전히 밀입국.
나라에 따라 다르겠지만, 고향에서는 신청 없는 입국을 금지한다.
밀입국은 이유가 있어도 용서받을 일이 아니다.
드레이크의 법률로는 어떻게 처벌받을까?
지식이 없는 만큼, 안절부절못하는 미레유의 안색은 나빠질 뿐이다.
(둘만 있을 때 물어봤어야 했어!)
나일 일행 앞에서 들을 이야기가 아니었다며 미레유는 황급히 뒤돌아본다.
하지만 예상과 달리 사람들의 눈에 비난의 기색은 없었고, 오히려 자애가 넘치는 표정으로 루루를 바라보고 있었다.
"어머, 어쩜 이렇게 기특할 수가……!"
나일이 눈가에 눈물을 글썽이며 검지로 닦는다. 다른 여관들도 마찬가지로 살며시 눈가에 손가락을 대고 있었다.
(기, 기특해서 용서해 주는 거야??)
하지만 곧바로 '아니, 그럴 리가 없지.'라며 제정신으로 돌아온다.

"저기, 순서가 거꾸로 되었는데, 루루의 입국을 허가해 주실 수 없을까요?!"

루루가 죄를 추궁당하는 것만은 어떻게든 피해야 한다며 필사적으로 간청하자, 나일은 의아한 듯 고개를 갸웃했다.

"죄라뇨, 당치도 않습니다. 루루 님은 용왕 폐하의 허가를 받아 이곳으로 온 분입니다. 도대체 누가 벌을 줄 수 있을까요."

"……네?"

생각지도 못한 대답에 미레유는 눈을 동그랗게 뜬다.

"허가를…… 받았다는 건가요?"

"네. 손님과 똑같이 대접하도록 지시하셨습니다."

"가, 감사합니다……?"

감사를 표하면서도 머릿속은 혼란스러웠다.

선선히 허가된 것도 그렇지만, 손님과 똑같이 대접하라니, 그게 무슨 말이지?

보통 시녀를 손님과 똑같이 대접하라고 지시하나?

이게 대사나 특사라면 또 모를까, 카인에게 루루는 단순히 하인이다.

(관대한 처분은 카인 님의 인품인 걸까? 아니면 에밀리아에게 마음이 끌리신 탓에 우리 나라 사람을 친절하게 대해 주시는 걸까?)

"미레유 님도 루루 님과 함께라면 적적함도 달래시고, 식사도 잘 드시지 않을까요. 아까도 거의 드시지 않으셨으니 바로 준비해 드리겠습니다."

'네?' 하고 생각하기도 전에 나일 일행이 움직인다.

어제와 마찬가지로 재빠른 움직임으로 가벼운 식사와 과자가 올려진 3단 트레이가 놓이고, 어제와는 다른 무늬의 찻잔이 2인분.

선명한 파란색과 금색으로 꾸민 무늬가 아름다운 찻잔을 본 루루가 "와!" 하고 외치고 굳어버린다.

세밀하고 섬세한 문양과 색채가 풍부한 꽃들이, 손에 쏙 들어오는 크기의 물건에 훌륭하게 그려져 있는 것이다.

하나의 예술품이 눈앞에 놓이면 루루가 아니라도 굳어버릴 것이다.

미레유는 그 심경을 누구보다도 잘 이해하지만, 수습할 틈도 없이 "어어." 하는 사이에 세팅이 끝나고, 어느새 테이블에는 훌륭한 다과회가 펼쳐져 있었다.

"필요하신 게 있으면 바로 불러 주세요."

우아하게 인사를 남기고, 나일 일행이 퇴실한다.

그것을 멍하니 서서 배웅하고 있자, 갑자기 소매가 당겨졌다.

"공주님…… 루루가 싫어지셨어요?"

울상을 하고 힘없이 소매를 쥐는 모습에, 그만 강하게 부정하는 말이 튀어 나갔다.

"그럴 리가 없잖아! 루루는 나에게 소중한 가족이야! 가장 소중한……."

명색이 왕녀 신분으로 가장 소중하단 말을 써서는 안 된다는 건 이해하고 있었다.

하지만 아버지보다, 친동생보다, 미레유는 루루가 소중했다.

"루루가 있어 줬으니까, 나는……."

자기도 모르게 아랫입술을 깨문다.

사랑하던 어머니가 돌아가신 뒤, 루루의 존재가 고독한 미레유의 마음을 위로해 주었다.

미레유의 어머니는 에밀리아를 낳은 직후 숨을 거두었다.

가장 사랑하는 어머니를 잃은 슬픔은 커서, 미레유의 마음에는 늘 비가 내리고 있었다. 하지만 아버지나 신하들은 희귀종 알비노인 에밀리아의 탄생을 기뻐한 나머지 비탄에 잠긴 미레유의 마음을 헤아려 주지 못했다.

오히려 어머니의 죽음의 원인이 된 동생을 미레유가 해코지하지 않을까 우려하여 자매를 완전히 떼어놓아 버렸다.

어머니가 지키고 목숨을 걸고 낳은 동생을 쌀쌀맞게 대할 리가 없는데.

하지만 그 목소리가 닿는 일은 없었고, 미레유는 홀로 고독한 나날을 견뎠다.

그 마음을 달래 준 것은 몇 달 뒤 태어난 유모의 딸 루루였다.

빤히 바라보는 큼직한 눈이 귀여워서. 루루의 작은 손가락이 자신의 검지를 꼭 쥐는 모습에 미레유는 어머니가 돌아가신 뒤 처음으로 웃을 수 있었다.

태어나고 반년 이상이 지나도 여전히 얼굴도 모르는 동생보다 먼저 만난 루루.

미레유에게 있어 동생은 루루였다.

작은 루루를 안아 올렸을 때, 내가 지켜주고 싶다고 생각했다.

지켜줘야 한다고 맹세했다. 맹세했던 것이다——.

"루루를 말려들게 하고 싶지 않았어……. 나는 이 나라 사람들에게 죄인이나 마찬가지야. 죄를 추궁당하면 같이 있기만 해도 루루도 똑같이 벌을 받을지 몰라. 그런 곳에 너를 데려갈 수는 없어."

루루의 두 손을 잡고 작아지는 목소리로 호소하는 미레유에게, 루루가 불쑥 중얼거린다.

"루루는 공주님이랑 같이 있고 싶어요."

"어쩌면 죄인으로서 목이 베일지도 모른다고. 아버님은 여차하면 나를 버릴 거야. 그때 가서 후회해도 늦어. 그러니까……."

그 전에 고향으로 돌아가 줘――.

그렇게 말하려던 입술이, 곧게 자신을 응시하는 루루의 까만 눈을 보고 멈춘다.

"설령 목이 댕강 잘리더라도, 좋아하는 사람이랑 같이 지낸 시간까지 슬픈 것이었다고 루루는 생각 안 해요! 어차피 설치족 수명 따위 처음부터 짧잖아요. 그럴 바엔 루루는 공주님이랑 같이 있을 수 있는 시간을 택할래요!"

말투도, 말의 내용도 약하지 않다. 아주 옛날부터 가슴에 품던 것을 조용히 풀어놓는 듯한 강인함이 배어 나오고 있었다.

"목숨이 내일 끝나더라도, 몇 시간 뒤라 하더라도. 루루에게는 공주님이랑 같이 있을 수 있는 시간이 더 중요해요! 누가 뭐라 해도, 훨씬 가치 있는 거라고요!"

"루루……."

내가 지켜주고 싶다고 생각했다.

지켜줘야 한다고 맹세했다.

“루루의 인생은 루루가 정해요. 루루는 공주님이랑 같이 있겠다고 정했다고요!”

하지만 사실은 알고 있었다―― 사실은 내가 지켜지고 있었다는 걸.

언제나 나를 따르고 생각해 주는 루루가 있었기에, 평온한 마음으로 하루하루를 보낼 수 있었다.

왕녀라는 신분상 희로애락을 마음껏 표현하는 것이 허락되지 않는 미레유 대신 화내고 웃어 주는 루루.

휙휙 변하는 루루의 표정을 보기만 해도, 그것이 허락되지 않는 처지를 치유해 주었다.

“그러니까 루루는…… 공주님?”

눈에서 툭 하고 눈물이 흘러내렸다.

뺨을 타고 흐르는 조용한 물방울이 아니라, 마치 진주알이 미끄러져 떨어지듯 후드득후드득.

미레유의 눈물을 태어나서 처음 본 루루가 “힉.”하고 얼빠진 소리를 낸다.

“고, 공주님, 어? 어? 울지 마세요오오.”

이번에는 루루가 허둥지둥 당황하기 시작한다.

두 손을 미레유의 뺨에 대고 눈물을 멈추고 싶다는 듯 눈을 막으려는 서투른 몸짓이 묘하게 그리워서, 눈물이 멈추지 않았다.

“고마워…… 루루. 나도 루루가 없어서 외로웠어.”

꼬옥. 한결 작은 몸을 껴안고 미소를 짓자, 루루도 꽃이 활짝 핀 듯이 웃으며 미레유의 목덜미에 얼굴을 묻는다.

"춥지는 않았어? 다친 데는 없고?"

"괜찮아요, 다들 친절했거든요! 짐마차 사람도 밥을 줬고요!"

어깨 너머로 묻자 씩씩한 대답이 돌아왔다.

그 말에 미레유의 눈물이 멈춘다.

"밥을 줬어?"

"네, 물이랑 밥을 루루 근처에 놔줬어요!"

직접 말을 걸지는 않았지만, 자고 일어나니 근처에 밥이 있었다고 한다. 그리고 이불도 덮어줬다며 말하는 루루에게 미레유는 쓴웃음을 짓는다.

아무래도 전혀 숨지 못한 모양이다.

"그분에게 감사는 전했어?"

"아니요. 도중에 폴짝 내려버려서."

시무룩하게 고개를 숙인다.

고맙다고 말하고 내려야 했다며 후회하고 있는 듯하다.

"그러면 어떻게 성까지 왔어?"

"내린 곳에서 축제를 하고 있었어요! 엄청 큰 축제라 노점도 많이 있었고요!"

초롱초롱한 눈으로 말하지만, 아마 그건 축제가 아니라 시장일 것이다.

드레이크에서는 일상적인 풍경이다.

번성한 정도가 고향과는 비교가 안 되어서 그런지, 루루는 큰 축제라고 생각한 모양이다.

"고기가 맛있어 보인다~ 하고 보고 있었더니, 거기 주인아주머니가 꼬치를 주셨어요. 루루, 돈이 없었는데, 애가 그런 거 신경 쓰면 안 된다고. 결혼도 할 수 있는 훌륭한 숙녀니까 어린애가 아니에요! 라고 말했는데…….”

웃으면서 머리를 쓰다듬었다며 말하는 루루의 눈빛은 풀이 죽어 있었다.

고향에서도 루루의 행동은 별로 어른스러워 보이지 않는데, 용족 사이에서는 더욱 아이처럼 보일 것이다.

애초에 체격부터가 너무 다르다.

고기를 주고 신세 한탄까지 들어줬다는 주인아주머니는 성에 가고 싶다는 루루를 위해 근처를 걷던 용기사를 붙잡아 안내해 달라고 부탁했다고 한다.

“그래서 이 방까지 안내받았어요!”

“잠깐만. 그렇게 간단히 들어올 수 있는 거야?!”

그렇게 일사천리로 입성이 허가되다니, 작은 시골 나라에서도 있을 수 없는 일이다.

신분을 증명할 수 있는 것이 하나도 없는 상태에서 어떻게 미레유의 시녀라고 납득해 준 걸까?

미레유는 루루가 큰 부상도 고생도 없이 성까지 올 수 있어서 무척 고마운 일이지만, 그렇다 쳐도 일이 너무 순조롭게 진행되어 오히려 불안해진다.

(적이 될 종족이 없으면 이렇게까지 느긋해지는 걸까?)

작은 나라의 왕녀에게 이 나라의 ‘보통’은 이해할 수 없는 영역이다.

“루루, 이 나라가 좋아요오. 날씨도 따뜻하고 밥도 맛있었거든요~.”

볼에 손을 대고 황홀한 느낌으로 고기 맛을 이야기한다.

어지간히 맛있었는지 식욕이 자극된 듯, 루루의 배가 꼬르륵 울렸다.

"배고파요……."

뺨에 대고 있던 손을 배로 옮기며 호소하는 루루에게 미레유는 피식 웃었다.

"모처럼이니 차를 마실까?"

"루루도 먹어도 돼요?"

테이블에 놓인 형형색색의 과자는 본 적도 없는 것들뿐. 루루도 흥미는 있는 듯하지만, 본래 시녀 신분으로 미레유와 같은 자리에 앉으면 안 된다.

아무도 없는 자기 나라의 미레유 방이라면 몰래 둘이 같이 차를 마시거나 하기도 하지만, 여기는 외국이다. 불안한 얼굴을 하는 루루에게 미레유는 웃는 얼굴로 대답했다.

"나일 씨가 권했으니까 괜찮아."

나일이 거짓말이나 마음에도 없는 소리를 할 것 같지는 않다.

무엇보다 한층 더 공이 들어간 가벼운 식사와 과자는 무슨 일이 있어도 먹이고 말겠다는 강한 마음의 표현처럼도 보인다.

"와, 보석처럼 예뻐요! 먹기 아까울 정도예요!"

두근두근 신나서 테이블을 바라보는 루루를 보니 미레유도 사라졌던 식욕이 솟아난다.

나일이 한 말이 맞아서 단순한 자신에게 웃음이 나온다.

(루루가 온 건 예정에 없었지만, 용족 여러분은 사소한 일에 별로 신경 쓰지 않는 것 같으니까 벌을 받는다 해도 루루만은

용서해 주실지도 몰라.)

벌은 나 혼자 받게 해달라고 부탁하자고 생각하면서도, 왠지 모르게 카인은 무자비하게 처단하는 일이 없을 것 같다는 기분이 들었다.

(처음 만난, 전혀 모르는 분인데 왜 그렇게 생각하는 걸까?)

아까도 조금도 세련되지 않은 취미를 말해서 노여움을 샀다.

분명 멍청한 여자라고 생각했겠지.

멸시하는 눈에는 익숙하지만, 상대가 카인이라고 생각하니 왠지 기분이 축 처진다.

"그러고 보니 공주님, 감사는 전하셨어요?"

"어?"

"감사 인사요. 전쟁을 멈춰 주신 예전 임금님께 감사하다고 말하고 싶으셨잖아요?"

"아……!"

루루가 말해 줄 때까지 까맣게 잊고 있었다.

동시에 상왕과 왕대비 부처도 임시 의식 때조차 배알이 허락되지 않았다는 것을 깨닫는다.

"선대 국왕님께 고마운 마음을 전해달라고 카인 님께 부탁드릴걸……."

할 수만 있다면 직접 전하고 싶지만, 자신이 가짜 신부라는 점을 생각하면 앞으로 그 기회가 주어질 것 같지 않다. 그렇다면 적어도 카인에게 전언을 부탁했어야 했다.

(이번 카인 님과의 접견도 특별히 마련해 준 자리인데. 모처럼 생긴 기회를 나는……!)

"루루도 고맙다고 말해야 할 사람이 잔뜩 생겼어요! 짐마차 사람이랑 주인아주머니랑 용기사님이랑."

"아, 그래. 루루가 신세 진 분들은 나도 감사를 전하고 싶네."

루루가 손가락을 꼽는 모습에 미레유는 일단 자신의 문제는 제쳐두기로 하고, 유일하게 직접 챙겨 온 짐을 뒤진다.

"음, 쿠션 커버 정도라면 만들 수 있으려나?"

가방 안에는 바늘과 자수용 실. 그리고 몇 장의 천.

짐이 너무 없는 것도 어색할 것 같아서 가져온 것이다.

"짐마차를 몰던 분과 용기사님에게는 파란색이나 초록색을 중심으로 초목을 연상하게 하는 걸. 주인아주머니에게는 꽃 자수를 놓자. 완성되면 나일 씨에게 전해달라고 부탁해 볼게."

루루의 은인은 미레유의 은인이기도 하다.

감사를 조금이라도 형체로 남기고 싶은 미레유가 그렇게 말하자, 루루가 기쁜 듯 테이블 밑에서 다리를 파닥거렸다.

"감사합니다! 루루도 열심히 도울게요!"

"루루는 지켜봐 주면 기쁘겠어."

바늘을 쥐자마자 자기 손가락을 힘껏 찌르는 루루를 보고 싶지 않은 미레유는 뺨을 떨며 사양했다. 루루는 그 말에 잠시 시무룩한 얼굴을 보이지만, 금방 부활해 만면의 미소로 말한다.

"공주님 자수, 언제나 예쁘니까 기대돼요!"

"자수…… 그래, 자수라고 말하면 되는 거였어!"

일단 얼마 없는 취미 중에는 자수도 있었다.

글리레스에서도 미레유의 자수는 평판이 좋아, 친하게 지내는 상회에서는 비밀리에 매입해 줄 정도다.

굳이 따지자면 취미보다는 근로의 일종이어서 염두에 없었다.

(왜 그때 취미는 자수라고 말하지 못했을까.)

정말이지 자신의 멍청함에 머리를 짚으며 중얼거린다.

"역시 루루가 와 줘서 다행이야……."

나 혼자서는 정말 안 되겠다고 통감하며 뺨에 손을 대고 시선을 내리는 미레유에게, 루루는 의미를 몰라 "네?" 하고 얼빠진 소리를 냈다.

용족의 젊은 왕

커다란 창문이 여럿 달린 넓은 방에는 최연소로 왕위를 계승한 용왕 폐하. 그 옆에는 재상 젤기스가 서 있었다. 문 앞에서는 몇 명의 용기사가 부동자세를 유지하고 있지만, 몸을 꼿꼿이 펴고 있는 것에 비해 안색은 별로 좋지 않다.

카인은 어딘가 마음이 딴 데 가 있는 표정으로 서재 책상에 놓인 서류에 잉크를 떨어뜨린다.

순식간에 검은 얼룩이 퍼졌지만, 타오르는 듯한 진홍빛 눈동자는 그것을 바라볼 뿐 펜이 움직이는 기색은 없어서.

"카인 님, 헛되이 마력을 방출하지 마십시오. 다른 자들이 겁먹습니다."

젤기스가 상냥한 미소로 충고하지만, 카인은 젤기스를 힐끗 보기만 하고, 열풍처럼 방에 가득한 마력은 좀처럼 가라앉지 않는다.

그 기분은 다과회에서 돌아오고 나서 쭉 이 상태라, 아무리 마력과 체력이 뛰어난 용기사라도 슬슬 한계가 가까웠다.

그래도 용기사의 오기로 뻗어버릴 수는 없다.

어쨌든 이 피어오르는 듯한 마력조차 카인에게 있어서는 아주 작은 조각에도 미치지 못하는 근소한 것이니까.

“정말이지, 뭘 그리 초조해하십니까? 모처럼 염원하던 신부와 만나셨는데.”

못 말리겠다며 고개를 젓는 젤기스를 본 카인은 서재 책상을 내리친다.

“뭐가 염원하던 신부를 만났다는 거냐!”

의자에서 일어나 언성을 높이는 모습에 용기사들이 흠칫하며 움츠러든다.

평소 언성을 높이는 성격이 아님을 잘 아니까 그 분노가 더욱 무섭게 느껴졌다.

그런 용기사들과 대조적으로 젤기스는 안색 하나 바꾸지 않고 마그마 웅덩이 같은 카인의 눈동자를 응시한다.

“무슨 불만이 있습니까?”

“알면서 시치미 떼고 묻지 마!”

두 사람은 숙부와 조카라는 관계지만, 연공서열 따위 용족에게는 존재하지 않는다.

아무리 용에서 사람의 모습을 취한다 한들, 약육강식은 자연의 법칙.

그런고로 젤기스는 어떠한 상황에서도 카인을 조카가 아닌 왕으로 대한다.

하지만 이때만큼은 젤기스가 속으로 재미있어하고 있다는 게 빤히 보였다.

카인은 비난하듯 젤기스를 손가락질하며 엄하게 말했다.

“저런── 겨우 반각도 안 되는 시간으로 만났다고 할 수 있냐?! 이쪽은 신혼이라고, 조금은 신경 써 줘도 되잖아!!”

목소리와 함께 아까 이상의 열풍이 휘몰아친다.

젤기스는 자기 마력으로 그것을 억누르며 담담하게 부정했다.

"아직 신혼이 아닙니다. 임시 의식을 치렀을 뿐, 혼례는 끝나지 않았습니다."

덧붙여 잔소리하는 것도 잊지 않는다.

"애초에 시간이 짧아서 싫다고 하실 거면 좀 더 살갑게 굴지 왜 그러셨습니까. 뭡니까, 그 꿀 먹은 벙어리는. 첫사랑인 그분을 눈앞에 두고 제대로 대화도 못 하다니 한심하게."

"윽……!!"

기가 막힌다는 투의 지적에 카인은 말문이 막힌다.

"그건, 어쩔 수 없잖아……."

"뭐가 어쩔 수 없다는 겁니까?"

그는 임시 의식 때부터 몹시 안절부절못하는 모습이었다.

엄밀히 말하면 신부가 쓰고 있던 베일을 걷었을 때부터.

베일로 가린 신부의 모습을 본 순간, 조금 떨어진 장소에 있던 젤기스조차 알 수 있을 정도로 카인은 당황하고 있었다.

"임시 의식용으로 급히 만들게 한 드레스가 마음에 안 드셨습니까? 그것도 미레유 님에게 잘 어울렸다고 생각합니다만."

준비한 드레스는 부순 무지개석을 사용한, 용왕의 신부만이 착용을 허락받는 물건이다.

급조했다고는 하나 품질이 떨어지는 것은 아니다.

"하지에 있을 결혼식에선 더욱더 정성을 들인 신부 의상을 짓고 있으니……."

"그게 아니야."

고개를 숙이고 웅얼거리듯 중얼거리는 카인에게 젤기스는 고개를 갸웃한다.

"그럼, 다른 무슨 이유라도?"

"……었단 말이야."

"네?"

"——예뻤단 말이야!!"

바닥에 떨구고 있던 시선을 들며 외치는 카인에게 젤기스는 눈을 깜빡였다.

예뻤다? 그게 어째서 그 정도의 동요로 이어진단 말인가.

예기치 못한 대답에 당황하고 있자, 카인은 주먹을 꽉 쥐고 이야기하기 시작했다.

"처음 미레유와 만났을 때, 커다란 눈동자도 작은 입술도. 그 입술에서 나오는 부드러운 목소리도 전부 귀여웠어!"

10년 전, 가출한 곳에서 만난 첫사랑.

그날의 일을 선명하게 기억하는 카인에게 있어 미레유는 '귀여운 여자아이' 였다.

하지만 임시 의식에서 재회한 미레유는 '귀여운 여자아이' 에서 '아름다운 여성' 으로 성장해 있었다.

앳된 얼굴은 아름답고 갸름한 얼굴이 되고. 밤하늘 같은 눈동자에는 윤기가 더해지고. 지체는 봄바람에 불려 흔들리는 늘씬한 꽃과 같았다.

그 모습을 눈이 포착한 순간, 온몸의 피가 끓어오르는 듯 격렬한 느낌이 퍼졌다.

재회한 날에는 그날 못다 한 이야기를 계속하자고. 잔뜩 이야기하고 싶다고 생각했었는데, 싹 날아가 버렸다.
오늘 다과회도 그렇다.
나일의 안내를 받아 나타난 가녀린 모습을 눈에 담은 순간부터 표정 근육이 정상적으로 움직이지 않고, 단숨에 심박수가 뛰어올라 태어나서 처음으로 긴장한 나머지 토할 뻔했다.
결국 다과회에서도 임시 의식 때처럼 똑바로 이야기도 못 하고, 재치 있는 말 한마디 못 하고.
그렇다면 미레유가 곤란해하는 걸 해결해 주면 이야기도 이야기꽃이 필까 싶어서 물어봤더니, 정중하게 거절당하고――.
"대화의 실마리가 하나도 안 보여……!"
머리를 감싸는 젊은 용왕을, 젤기스는 기가 막힌다는 얼굴로 바라보았다.
"만난 날에 용약(竜約)까지 맺어놓고 뭘 이제 와서."
"만나자마자 가출했다고 말할 정도의 어린애였다고! 적어도 어른으로 성장한 모습을 보여주지 않으면 실망할 거 아니야!"
"어른, 말입니까? 그건 어른이라기보다는 그냥 과묵하고 무뚝뚝한 남자였는데요. 화기애애한 다과회였다면 공무 시간을 미뤘을 겁니다."
카인의 마력에 취해 미레유가 쓰러지지 않도록 일찌감치 다과회를 끝냈지만, 예정대로라면 좀 더 시간을 가질 터였다.
그런 말을 뒤늦게 듣고, 카인은 분한 듯 원망 섞인 말을 내뱉는다.
"그런 건 미리 말해……!"
그 정보를 사전에 알고 있었더라면, 무슨 일이 있어도 감정을 조절해 마력이 밖으로 방출되지 않게끔 노력했을 텐데.
"다, 다음 기회는?!"
"혼례 날이겠군요."
"멀어어어어! 석 달이나 뒤잖아!"
"당연하죠. 이번에는 미레유 님의 간곡한 희망이라 특별히 시간을 마련했지만, 본래라면 혼례까지는 대면 금지, 접근 금지. 카인 님이라 해도 양해하시지 않았습니까."
확실히 양해했다.
그 대신 임시 의식이라는, 본래라면 존재하지 않는 식전을 만들어 미레유가 시집오는 날을 앞당기는 것을 조건으로.
"그때는 초조해 미칠 지경이었고…… 어쨌든 미레유를 한시라도 일찍 이 나라로 불러들이고 싶은 마음밖에 없었어."
"뭐, 심정은 이해합니다만."
"난 그날까지 고작 10년밖에 기다리게 하지 않았다고 생각했단 말이다!"
수명이 긴 용족에게 10년이라는 기간은 아주 짧은 시간이다.
그렇기에 미레유에게 기다려 달라고 한 것이다.
하지만 미레유의 종족, 설치족에게 10년이라는 세월은 인생의 3분의 1에 해당하는 시간이었다.
그 사실을, 카인을 포함해 젤기스와 다른 신하들조차 최근까지 몰랐다.
——아득한 태고의 옛날, 한 마리의 용이 덧칠한 《시작의 시간》부터 세상은 그 형태가 크게 바뀌었다. 그와 동시에 용은 그 압도적인 힘을 제어하기 위해 몇 가지 제약을 걸었다.

그중 하나로 일컬어지는 것이 《열여섯 살까지의 조화 맹약》.

그것은 어떤 종족이라도 열여섯 살까지는 같은 시간의 흐름 속에서 똑같이 성장한다는 것이다.

하지만 열여섯 살이 지나면 그때부터는 종족별로 수명이 달라지고, 원시의 피가 크게 작용한다.

용족이 다스리는 드레이크의 주변국에는 상위 종족들만 모이며, 그들의 수명은 용족만큼은 아니지만 제법 길다.

상위 종족이기에 긴 수명. 하지만 용족은 그것이 세상의 평균일 거라며 의심조차 하지 않았다.

"사전에 설치족의 생태를 조사해 뒀어야 했군요."

"왜 조사해 두지 않은 거야……."

"그건 당신이 신부의 이름 말고 다른 정보를 말하시기도 전에 용왕의 의식에 들어가 버렸으니까요."

"……그, 랬던가?"

10년 전, 갑자기 용왕의 외아들이 사라졌다.

하지만 아무도 걱정하지 않았고, 찾지도 않았다.

태어날 때부터 제왕의 마력을 가진 아이를 도대체 누가 해칠 수 있으랴.

이게 아버지였다면 "또 도망쳤군!"이라며 혈안이 되어 수색대를 보냈겠지만, 그 아이는 어리긴 해도 아버지와 달리 똑 부러진 성격.

조만간 돌아오려니 하고 생각하고 있는데 일찌감치 귀가하고 선언한 것이다.

'결혼 약속을 하고 왔어. 용약도 맺었으니까 지금부터 바로 용왕의 의식에 들어갈래.' 라고.

《용왕의 의식》이란 말 그대로 왕이 되기 위한 의식.

하지만 도저히 여덟 살 아이가 치를 수 있는 것이 아니었다.

용족이 성룡으로 간주되는 것은 열여덟 살로 정해져 있지만, 성룡이 되고 수십 년 뒤에 용왕의 의식을 치른다 해도 아직 이르거늘, 여덟 살에 치르다니 제정신이 아니다. 당연히 주변에서는 말렸다.

용왕이 되지 않더라도 혼례는 성룡이 되면 치를 수 있다. 그러니 열여덟 살을 기다려 결혼식을 올린 뒤 의식에 들어가면 된다고 타일렀지만.

'빨리 어른이 되겠다고 약속했어! 성룡이 된 것만으로는 훌륭한 어른이 되었다고 할 수 없잖아. 용왕으로서 제대로 나라를 통솔할 수 있는 인물이라면 분명 미레유도 인정해 줄 거야!'

그건 좀 아니라며 젤기스는 식은땀을 흘렸다.

용족의 역사를 잇는 용왕의 의식은 사느냐 죽느냐다. 나라를 통솔하는 것보다 훨씬 힘들다.

젤기스 자신도 용왕의 피를 이어받았지만, 어릴 때부터 자신에게는 의식을 견딜 만한 자질이 없음을 감지할 정도로 위험한 것이었다.

용왕의 의식은 《시작의 땅》으로 불리는 거대한 화산 안에서 행해지는데, 그곳은 그야말로 마공간. 안에 들어가는 것만으로도 일개 용족이라면 몸이 찢겨 나갈 듯한 마력에 짓눌린다.

설령 안에 들어갈 마력이 있다 해도 용왕의 소질이 조금이라도 떨어지면 의식 도중에 힘이 다해서 탈피 부전 같은 상태에 빠져 죽음에 이르는 일도 흔하다.

의식 동안에는 화산에서 나올 수 없기에 신하들은 그저 기다릴 수밖에 없다.

하지만 그런 걱정을 아랑곳하지 않고 카인은 본래 몇십 년이나 걸리는 의식을 최연소로 최단이라 할 수 있는 시간에 끝냈다.

신하는 눈물을 흘렸고, 용기사는 기뻐했다.

카인의 아버지인 흑색의 흑룡왕은 일을 내팽개치고, 가출하고, 조는 게 일상다반사인 나태왕이었기에, 그 전담 수색대나 억류조, 체포조 등 수많은 용기사가 필요했다.

용기사는 1개 소대로 이웃 나라를 전멸시킬 정도의 힘이 있지만, 흑룡왕이 상대여서는 대대가 똘똘 뭉쳐도 막아내는 것조차 불가능. 나태왕이라 불리더라도 그 힘은 진짜다.

매번 왕에게 일을 시키려고 막대한 국력을 행사하고 있었지만, 기본적으로 성실한 카인에게는 그럴 필요가 없다.

업무가 눈에 띄게 진행되는 것에 신하들은 이 모든 게 신부의 존재 덕분이라며 감사했고, 이어서 깨달은 것이다.

'그 신부는 도대체 어디 사는 누구지?' 라고——.

"좀 더 일찍 의문을 느껴도 됐잖아!"

"의문이 없던 건 아니지만, 이미 용약까지 맺었다고 들으면 이미 반쯤 결혼한 거나 다름없다고 안심하게 되지 않습니까."

"나도 그렇게 생각했었어!"

용족은 모두 《용약》이라고 하는, 마력에 의한 계약을 맺는다. 이것은 실질적인 약혼이다.

그때 신랑에게는 오른쪽 손등에, 신부에게는 가슴에 용인(竜印)으로 문양이 새겨진다.

어느 한쪽의 변심이 없는 한 그 증표가 사라지는 일은 없다. 반대로 말해 아주 조금이라도 마음이 변하면 용인이 흐려지고, 본래의 형태를 유지할 수 없다.

"의식 중에도 용인은 사라지지 않았어. 그래서 안심하고 의식에 집중할 수 있었고, 의식에 실패해서 죽을 수는 없다며 힘낼 수 있었지."

아직 어린 용의 몸으로 계승의 의식을 견뎌낼 수 있었던 것도, 미레유가 기다려 주고 있다는 것을 선명하게 보여주는 용인 덕분이다.

그리고 드디어 재회 준비가 갖춰진 날.

그것은 기이하게도 그날과 같은 기념제 날이었다.

카인은 기념제에 참석하려고 방문한 것이 아니라, 미레유를 데리러 간 날이 우연히 축제 날이었을 뿐이지만, 운명적인 것을 느낄 정도로는 들떠 있었다.

하지만 안타깝게도 미레유는 기분이 별로여서 방에서 쉰다는 말을 들어 어깨를 떨구었다.

오늘 드디어 만날 수 있다며 기뻐했던 만큼 충격으로 표정이 흐려져 버렸지만, 미레유의 친동생에게는 온 힘을 다해 친한 척했다.

10년 전 대화에서 미레유에게 동생이 있다는 건 알고 있었다.

그 동생이 하얀 머리에 붉은 눈이라는 것도.

용모뿐만 아니라 이름도 들어서 이름을 댔을 때 바로 미레유의 동생임을 알 수 있었다. 친동생인 줄 몰랐다면 무시했을 것이다.

미레유의 친척에게 미운털이 박히지 않도록 세심하게 주의를 기울이지 않으면 외가 친척들에게 단단히 찍힌 아버지 꼴이 날 수도 있다.

그것만은 죽어도 싫다며 빈틈없이 행동하면서도, 머릿속을 차지하고 있는 건 미레유에 대한 생각.

어떻게든 한 번만이라도 만날 수 없을까. 방으로 찾아가는 건 아무래도 인상이 나쁘려나? 하고 인기척이 드문 곳에서 고민하고 있는데, 문득 멀리 떨어진 위치에서 다른 손님의 대화가 귀에 들어온다.

"미레유 님은 구역질 때문에 올해는 불참인 모양이야."

"몸이 안 좋으신가. 몸 튼튼한 것만이 장점인 분이라고 생각했는데, 드문 일도 다 있군."

(구역질? 기분이 별로여서 방에서 쉬고 있는 거 아니었나?)

구역질이라면 이상하다. 용약에 의해 새겨지는 용인은 신부의 몸을 지키기 위한 인장.

말하자면 미레유의 몸을 지키는 최강의 방패다.

(어지간한 일이 없는 한, 몸 상태가 나빠지는 일은 생기지 않을 텐데…….)

자신의 오른쪽 손등에 새겨져 있는 용인을 바라보며 고개를 갸웃하고 있는데, 터무니없는 말이 귀에 날아들었다.

"구역질이라…… 혹시 임신이라도 한 거 아니야? 영장족한테서 측실 이야기가 들어왔다고 들었어."

"아아, 확실히 그 원숭이라면 족히 그러고도 남을 놈이지!"

비웃음 섞인 대화에 머릿속이 하얗게 되었다.

(뭐? 임신? 미레유가?)

진위를 따지기 이전에 솟구쳐 오른 노기.

그것이 일대 전체를 다 태워버릴 업화가 되기 전에 카인을 말린 것은, 함께 와 있던 외사촌 클라우스였다.

클라우스는 자신의 마력과 함께 부족한 부분은 마도구를 구사해 카인을 말리더니, "멍청한 자식!"이라고 일갈하고, 덤이라는 듯 발을 밟았다.

"신부님의 고향을 불태울 셈이냐?! 상식적으로 생각해서 그냥 헛소리라는 거 알잖아!"

"——그렇군. 태워 죽인다면 영장족 쪽인가."

"사람이 하는 말 좀 들어라……."

카인의 진홍빛 눈동자는 완전히 어둠에 삼켜진 어두운 빛을 띠고 있었다.

어릴 적부터 그를 알고 있는 클라우스가 아니었다면 맨발로 도망쳤을 것이다.

"이봐, 임신이라니 있을 수 없잖아. 네 그 용인은 장식이냐?"

카인의 오른손을 가리키며 클라우스가 잇는다.

"용인이 있는 한 변심 따위 생각할 수 없어. 지금도 너를 생각하고 있다는 증거야. 그 용인이 지키는 신부님을 동의 없이 해치려 했다간 상대는 순식간에 재가 돼. 임신이라니 만에 하나라도 불가능하잖아."

확실히 미레유와 맺은 용약은 파기되지 않았다.

용인은 조금도 흐려지지 않고 지금도 카인의 오른손에 선명하게 새겨져 있으니까.

이 상태에서 욕망을 품고 미레유에게 닿으려 한 순간, 상대는 용약의 불꽃으로 먼지가 된다.

그랬었다며 안도하는 카인의 옆에서, 클라우스는 어이없다는 얼굴로 머리를 긁는다.

"그나저나 왜 측실이니 뭐니 뚱딴지같은 얘기가 나온 거야? 헛소리치고는 목숨 아까운 줄 모르는군."

아니, 나라 아까운 줄 모르는 거다. 순식간에 자기 나라를 소멸시키고 싶은 건가. 용왕이 마음만 먹으면 손가락 하나로 일은 끝난다는 것을.

"설마 싶긴 한데……. 사자는 보냈지?"

"무슨 사자?"

"무슨 사자긴……."

카인의 대답에 클라우스는 성대하게 미간을 찌푸렸다.

이런 당연한 질문에 질문으로 되받아치다니.

"네가 마음에 둔 사람은 이 나라 왕녀잖아. 그렇다면 당연히 이 나라의 왕인 글리레스 왕한테도 결혼 의사는 전했을 거 아니냐?"

"안 했는데."

즉석에서 가볍게 고개를 저어 부정하는 카인을 보며 클라우스의 입술이 씰룩 떨린다.

"농담하는 거지……? 넌 용왕의 의식 때문에 산에 틀어박혀 있었다 쳐도, 그동안 약혼 절차를 진행해 두라고 신하한테 지시 안 했냐?!"

"용약은 맺었어. 약혼 따위 필요 없잖아."

"그건 개인 사이의 이야기잖아!"

"혼인은 개인 사이의 이야기잖아?"

용족의 혼인은 완전히 개인과 개인 사이에서 완결된다.

쌍방의 동의가 있으면 설령 부모라 해도 제삼자가 개입하는 일은 없고, 필요한 것은 서로가 진정으로 원하는 것뿐.

"진짜냐……."

몇 초 동안의 침묵 뒤, 클라우스는 머리를 감싸고 신음했다.

"이래서 용족은……!!"

"뭐가 문제야?"

카인은 분노와도 비슷한 클라우스의 경악을 도무지 이해할 수 없었다.

클라우스는 단정한 눈매를 치켜올리며 조용히 말했다.

"외모도 속도 고모님을 닮았다고 생각했는데 역시 용족이구나. ――너, '용족의 상식은 세상의 비상식' 이라는 말 아냐?"

"뭐?"

"개인 사이에서 결혼이 성립하는 건 용족뿐이야. 평범한 일반 종족은 대개 부모나 친족이 결혼 상대를 정한다고. 하물며 왕녀라면 더더욱."

"뭐? 어머니도 직접 정해서 아버지랑 결혼했잖아. 꽤 일방적으로."

"고모님은 특별해! 안 그랬으면 누가 용족 따위한테 시집보내겠냐고!"

그 용족의 젊은 왕을 눈앞에 두고 클라우스는 단언했다.

심한 말이지만, 카인은 안색 하나 바꾸지 않고 흘려넘긴다.

이미 몇만 번이나 들어서 딱히 아무런 감정도 생기지 않았다.

원래 클라우스의 일족인 호족은 덜렁대면서 힘만 남아도는 용족을 눈엣가시로 여겨 적대국으로 인식하고 있었다. 그리고 이제 그 감정은 증오에 가깝다.

이유는 클라우스의 모국에서 《나라의 보물》로 존경받던 카인의 어머니가 하필이면 나태왕인 아버지에게 시집간 데 있었다.

그렇게 싫으면 말리면 되지 싶지만, 입 밖으로 내지는 않는다.

'할 수 있었으면 그랬지!' 하고 으르렁거릴 게 뻔하니까.

용족의 피를 이어받았다곤 하나, 어느 쪽인가 하면 어머니를 닮은 카인은 나라의 보물이 낳은 아이로서 호족에게도 귀여움을 받았다.

그래서인지 어릴 때는 지겹도록 "나태왕처럼은 되지 마!"라는 충고를 듣곤 했다.

(뭐, 그게 원인으로 가출해서 미레유를 만났다고 생각하면 감개무량하군.)

그런 의미에서는 아버지에게 감사하고 있지만, 애초에 카인이 용왕이 되겠다고 이른 결단을 내린 이유는 미레유가 시집왔을 때 너무 일을 안 하는 아버지에게 기가 막혀 충격을 받지 않도록 배려했기 때문이기도 했다.

처음 만났을 때의 대화에서도 미레유의 아버지는 제대로 일하고 있다고 말했기에 더욱 필요한 조치다.

"야, 내 말 듣고 있냐?"

미레유 생각으로 머리가 꽉 차 있던 카인은 "고모님은 호족의 자랑거리였는데!"라며 열변을 토하는 클라우스의 이야기를 전혀 듣지 않고 있었다. 딱히 흥미도 없다.

"미안해. 안 듣고 있었다. 그래서 왕녀의 경우는 어떻게 해야 하는데?"

"진짜 용약밖에 안 맺은 거냐……."

어안이 벙벙해진 클라우스는 작게 중얼거린다.

"이 주변의 약소국 수준 종족이면 애당초 용인을 눈으로 볼 수조차 없을 텐데. 조금은 자신들의 힘을 과신하라고…… 이래서 용족은!"

매번 나오는 '이래서 용족은' 부분밖에 못 알아들은 카인은 다시 한번 되묻지만, 클라우스는 기막히다는 시선을 던질 뿐.

이때 클라우스도 몰랐던 것이다.

설마 카인 등 용족 대다수가 '약소국 수준의 종족은 용인을 인식하는 것조차 불가능할 정도의 마력밖에 없다'는 것을 모른다는 사실을——.

"아무튼 신부님을 만나기 전에 글리레스 왕한테 사자를 보내. 제대로 결혼 의사를 밝히라고. 그렇지. 지참금은 고모님과 같은 정도의 액수를 제시하면 확실하겠군."

"어, 미레유를 만나는 건?"

"나중인 게 당연하잖아. 순서를 틀리지 마, 결혼은 두고두고 뒷말 나오는 중요한 의식이니까. 정말이지, 신부님도 참 용케 10년이나 끈기 있게 기다려 줬네."

"?"

"넌 신부님한테 두고두고 감사해라. 설치족 수명을 생각하면 보통이라면 용인이 사라져도 이상하지 않을 시간이잖아."

"——뭐?"

"…………설마, 설치족의 수명을 모르는 거냐?"

의식 때문에 산에 틀어박혀 있던 카인은 눈앞에 들이밀어진 사실에 아연실색했다.

동시에 왜 클라우스의 일족이 이렇게까지 용족을 혐오하고 있었는지도 납득한다.

방대한 마력, 넘치는 전력, 그리고 긴 수명.

다른 나라의 도움이 필요 없고, 모든 것이 자국만으로 성립되는 환경.

나라를 위협하는 외적 요인이 존재하지 않는 압도적인 강자는 너무나도 세상을 몰랐다.

아니, 알려고 하지 않아도 그것이 허용되고 있었다.

그 오만함이 무엇보다도 불쾌하다는 거다——.

기념제에서 클라우스와의 사이에서 있었던 일은 지금 생각해도 간담이 서늘해진다.

설치족이 봤을 때는 진작 결혼해서 아이를 낳았어도 이상하지 않을 나이까지 미레유를 기다리게 해 버렸다는 경악.

금방 데리러 오겠다고 하고서 전혀 금방이 아니었다는 사실.

현기증이 날 정도의 과오에 카인은 서둘러 사자를 보내 혼례 준비를 서두르게 했다.

"그때의 정신 상태는 용왕의 의식 때보다 훨씬 힘들었지……."

"우리는 모든 게 너무 이르다고 생각했지만, 설마 했던 함정이었죠. 하지만 결과만 좋으면 뭐든지 좋은 법. 너무 오래 기다리게 한 탓에 난항을 겪을까 우려했는데, 상대 나라에서도 선선히 혼인 허가가 떨어졌고, 미레유 님도 무사히 도착했습니다. 남은 건 혼례뿐입니다!"

태연하게 웃는 얼굴로 매듭지으려는 젤기스에게, 카인은 눈을 흘긴다.

"클라우스네 친척들이 우리를 혐오하는 이유가 그런 점이라고 생각하는데……."

"뭐, 본래 용은 나태하고 오만. 대개 참을성이 없는 생물이니까요."

카인의 아버지가 일을 싫어해 나태왕으로 불리면서도 여전히 용서받고 국민에게 사랑받는 이유는, 애초에 용이란 그런 생물이기 때문이다.

용과 다른 종족은 기본적인 사고방식부터 다르다.

그리고 젤기스는 그 나태왕의 친동생이다.

형과 달리 일이라면 전부 완수하는 사람이지만, 사소한 점에는 크게 신경 쓰지 않는 부분에서 확실히 용왕의 피를 이어받고 있었다.

"그나저나 설치족인 미레유 님에게 10년은 긴 세월이었을 텐데, 용인이 조금도 흐려지지 않고 그토록 선명하게 새겨져 있다니. 감동을 넘어서 감복하게 되는군요."

미레유가 임시 의식에서 몸에 걸친 웨딩드레스는 용인의 위치를 배려해 가슴이 파인 것이었다. 뽀얀 피부에서 선명하게 돋보이는 용인은 미레유가 거짓 없이 지금껏 마음속으로 생각해 주었다는 증거이기도 하다.

그 미레유가 아름답게 성장한 사실에는 동요를 감출 수 없었지만, 한편으로 가슴에 선명하게 새겨진 용인에는 진심으로 안도했다.

다행이다. 너무 기다리게 했다고 화내고 미워하지 않아서——라며.

파견한 사자에게 "뭔가 말이 안 맞물리는 것 같은데요……." 라는 보고를 받았을 때는 다소 불안했지만, 아무래도 괜한 걱정이었던 모양이다.

"카인 님, 미레유 님은 긴 세월을 기다려 주셨으니 고작 이틀 남짓 만에 미움받지 않도록 주의하세요. 오늘 같은 태도로는 머지않아 정나미가 떨어질 겁니다."

"?!"

무서운 말을 태연하게 하는 젤기스 때문에 숨이 멈춘다.

"어, 어떻게 해야 하지……?!"

"다과회 마지막에는 자연스럽게 웃지 않으셨습니까. 시종일관 그 느낌을 유지하시면 됩니다.”

미레유가 친동생 이야기를 입에 올렸을 때 카인은 겨우 미소를 보였다.

그 모습에 젤기스는 안도와 함께 ‘아니, 처음부터 그 웃는 얼굴로 대할 수는 없었던 거냐?’ 라며 진심으로 황당해했다.

본인도 그걸 아는지 어색한 듯 시선을 피하며 중얼중얼 변명을 입에 담는다.

“그건……. 부름이라는 아명이 아니라 카인이라는 이름으로 불린 건 처음이었으니까.”

용왕의 피를 이어받은 자는 모두 태어날 때는 일곱 빛깔 눈동자와 머리카락을 갖지만, 성룡이 되면 일곱 빛깔에서 색이 나뉘어 머리와 눈동자 색이 모두 달라진다.

의식 중에 화산 안에서 성룡이 된 카인은 《원시룡》으로서 조상과 같은 적룡이 되었고, 그 눈동자는 진한 붉은색으로 변화했다.

동시에 어머니가 지어 준 아명을 버리고 아버지가 지어 준 새로운 이름을 사용하는 것이 관례라, 이름도 아명인 ‘부름’ 에서 ‘카인’ 으로 바뀌었다.

“가능하면 존칭은 필요 없었지만…….”

그래도 처음으로 어른의 이름이 불린 것에 그때는 자연스럽게 미소가 흘러나왔다.

게다가 약간 상기된 뺨으로 똑바로 올려다보며 이름을 부른 것이다. 기쁘지 않을 리가 없다.

“그때 충동대로 껴안지 않은 나는 용기사라면 명예 칭호감이라고 생각해."

"무슨 잠꼬대를 하시는 겁니까. 애초에 임시 의식의 시점에서 동요가 컸는데도 뻔뻔하게 미레유 님 방을 자기 옆방으로 지시하다니 무슨 짓입니까."

"방을 지시한 건 임시 의식 전이야. 동요한 건 관계없어."

"제가 허가할 리가 없잖습니까."

그 탓에 다른 방을 준비하느라 얼마나 부리나케 움직여야 했는지 모른다.

신부가 좋아한다는 빨간색을 바탕으로 한 방을 마련하도록 지시했었는데, 당일 재확인해 보니 왠지 그 방이 카인의 옆방에 준비되어 있었다.

친절하게도 젤기스가 처음에 지시했던 방을 사용 불능으로 만들어 놓고.

황급히 빈방 중 신부에게 어울릴 방을 준비하게 했지만, 그것도 임시 의식이 끝나기 아슬아슬한 시간이었다. 그때 마침 신부는 빨간색보다 호박색을 선호한다는 사실을 나일에게 전해 듣고, 즉시 호박색으로 방을 꾸밀 수 있었던 것만은 불행 중 다행이라 할 수 있다.

"혼례까지는 무턱대고 접촉하지 말라고 그토록 당부했는데. 대면 금지, 접근 금지를 잊으셨습니까?"

"대면 금지에는 저촉되지 않잖아. 접근 금지라 해도 실내라면 모습도 안 보이고 허용 범위다."

어린아이 변명 같은 말을 씩씩하게 단언하는 카인을 보며 젤기스는 눈살을 찌푸렸다.

“카인 님, 설령 용왕이라 해도 용약은 거스를 수 없습니다. 아시지 않습니까?”

용약은 계약자에게도 유효하며, 혼례 전에 욕망을 품고 신부에게 손대려 하면 카인이라도 제거당한다. 용약이란 두 사람을 위한 것이 아니라 신부를 지키는 데 특화된 계약인 것이다.

혼례까지의 접촉 금지도, 다과회에서의 엄중한 경비도 모두 카인이 정신 못 차리고 미레유에게 접촉하는 것을 저지하기 위함이었다.

“욕망에 눈이 멀면 용 통구이가 완성될 뿐입니다. 혼례를 앞두고 당신이 죽으면 곤란합니다.”

“아직 손가락 하나도 안 댔어! 방도 벽으로 가로막혀 있으니까 옆 정도는 괜찮잖아!”

“그런 건 손가락 하나로 날아가잖습니까.”

“그렇게까지 내가 못 미더운 거냐?!”

“당신을 못 믿는 게 아닙니다. 같은 용족 남자로서 용족의 자제심을 믿을 수 없는 겁니다. 아시겠습니까. 아까도 말씀드렸지만 본래 용은 나태하고 오만. 대개 참을성이 없는 생물입니다. 사람의 모습을 취하게 되고 나서는 꽤 흐려졌지만, 그건 백성들 이야기. 원시룡에 가까운 힘을 가진 왕족은 별개입니다. 자기 피를 얕보지 마십시오.”

“그렇다고 굳이 제일 먼 방으로 하지 않아도…….”

“채광 양호, 정원이 가장 아름답게 내려다보이는 창문 위치. 원래 왕대비 마마께서 서재용으로 쓰시던 방입니다. 단점은 너무 급박하게 처리해서 미레유 님을 외부의 위협에서 지키는 마력 봉인문의 사양이 간소해져 버렸다는 점인데, 그걸 빼면 최상급 방이라고 봅니다."

"너무 멀어……."

"어차피 손가락 하나 못 대는데, 멀든 가깝든 매한가지 아닙니까."

"기분이 다르잖아!"

"카인 님의 기분에는 대응해 드리지 않습니다."

"그건 대응해 줘!"

소리치는 순간 고조된 카인의 마력이 방출되어 방 전체로 퍼진다.

하지만 강한 바람이 순식간에 그것을 지워버렸다.

마력을 동반한 바람이 누구의 힘인지는 확인하지 않아도 알 수 있다.

진심이 아니라고는 하나 카인의 마력을 봉인할 수 있는 사람은 현재 이 성에 젤기스 말고 한 명밖에 없다.

"——나일……."

문 쪽에서 이쪽으로 유연하게 발걸음을 옮기는 나일을 보며 식은땀이 흐른다.

카인의 얼굴에는 '큰일났다' 라는 기색이 성대하게 드러나 있었다.

"마력 방출에는 주의해 달라고 거듭 충고했는데요."

"미, 미안해."

"특히 미레유 님 앞에서는 세심한 주의를 기울여 주십시오. 혼례가 무사히 끝나면 그 옥체는 용족에 가까운 것이 되지만,

지금은 약하고 섬세한 유리 세공과 같습니다. 다시 말씀드립니다. ——세심한 주의를 기울여 주십시오."

어조는 거칠지 않아도 땅에 깔린 듯한 목소리에서 나일의 진심이 전해진다.

용왕의 혈족이자 일족 중에서도 유달리 마력이 강한 나일은 카인의 어릴 적 가정교사이기도 했다.

카인뿐만 아니라 아버지인 흑룡왕도, 그리고 옆에 있던 젤기스도 그 가르침을 받았다.

그렇다. 나일은 설령 용왕이라도 적대해서는 안 되는 여성인 것이다.

"미레유 님에 대한 응답에 대해서도 낙제점입니다. 식량 비축에 대해 마음 쓰시는 등 훌륭한 정신 아닙니까. 어째서 그런 부정적인 감정을 방출하신 겁니까."

옛날부터 젤기스보다 훨씬 가차 없는 지적을 입에 담는 나일이 이번 다과회에 불만을 제기하지 않을 리 없다.

하지만 그 점에 대해서는 카인에게도 이론이 있었다.

"훌륭하긴 뭐가. 그건 미레유의 마음고생 그 자체라고."

미레유가 왜 식량 비축 계산을 잘하는가.

그것은 10년 전에 이웃 나라들 사이에서 일어난 싸움의 여파로 생긴 식량 부족이 원인이다.

설마 그때 말했던 특기가 지금까지도 이어지고 있을 줄이야.

"내가 의식에 들어가기 전에 모든 나라에 싸움을 멈추도록 지시했을 텐데. 식량에 대해서도 부족함 없이 공급하라고."

의식을 서두른 나머지 미래의 신부 정보를 전하는 걸 잊었던 카인이었지만, 그 지시만은 잊지 않았다.

신부의 몸은 용인이 지켜주지만, 그 소중한 사람들까지 지킬 수는 없다.

미레유의 마음이 아프지 않도록 그 주변 환경을 정돈하고 싶었다.

그 조국뿐만 아니라 모든 나라라고 지시한 것은 전 세계적인 안녕이야말로 미레유가 바라는 형태라고 짐작했기 때문이다.

"그 점에 대해서는 미비한 점은 없습니다. 싸우는 나라가 있으면 우리 용족을 적으로 돌리는 것과 같은 뜻――이라고 흑룡왕의 이름으로 전 종족에게 고시했고, 식량 공급에 관해서도 충분할 것입니다."

젤기스의 대답에 나일도 보충한다.

"모시러 갔을 때 미레유 님 조국의 내정도 조사했습니다만, 고시 이후 식량난 같은 건 일어나지 않았습니다."

"그렇다면 어째서……."

여전히 미레유의 마음에 식량난에 대한 두려움이 있는 건가.

"어릴 때 한 번 겪은 고생은 그리 쉽게 치유되는 게 아니겠지요. 하지만 우리 국고를 보시면 안심하실지도 모릅니다."

그렇게 제안하는 나일에게 카인도 좋은 방안이라며 깊게 고개를 끄덕인다.

몇 군데로 나뉘어 마련되어 있는 비축 창고는 백성의 수명이 긴 것을 고려해 수십 년 치의 식량을 보관하고 있다. 건국 이래로 단 한 번도 식량난에 빠진 적 없는 현재 상황을 자기 눈으로 확인하면 미레유의 근심도 조금은 개일지도 모른다.

"그러면 조속히 준비하겠습니다. 그리고 루루 님 건입니다만, 방금 무사히 미레유 님과 만나셨습니다."

"그래, 다행이다!"

루루도 확실히 기억하고 있던 카인은 용기사의 보고에 즉시 미레유 곁으로 보내라고 전했다. 면식은 없지만 설치족이고, 루루라는 이름.

무엇보다 짐마차에 숨어서까지 주군에게 가려는 대담한 행동은 어지간한 유대가 없으면 할 수 없는 일이다.

"두 분 다 무척 기뻐하시는 모습이라 제가 더 감격스러울 정도였습니다."

"미레유가 동생처럼 소중한 아이라고 말했으니까……. 하지만 왜 처음부터 같이 데려오지 않은 거지?"

당연히 루루만은 데려올 줄 알았으니까 그 점이 의아했다.

그 의문에 젤기스가 대답한다.

"그쪽 입장에서는 이쪽은 먼 이국이니까요. 데려오는 데 마음고생이나 망설임이 있었겠죠."

"그렇게까지 무겁게 생각하지 않아도, 친정 나들이 정도야 언제든지 얼마든지 해도 상관없는데. ――나와 함께라면."

"은근슬쩍 업무를 포기하고 미레유 님한테 들러붙을 생각으로 가득한 발언은 그만두세요. 그런 점은 정말 형수님과 판박이네요."

굳이 왕대비라는 경칭이 아닌 형수님이라는 표현을 입에 담자, 카인의 얼굴이 질색한 듯 일그러진다.

부모의 자유분방함이 초래한 수많은 여파를 어릴 적부터 경험한 카인은 부모를 닮았다는 사실이 별로 달갑지 않다.

“하나밖에 없는 아들의 혼례 전에 구속에서 풀려났다는 듯 희희낙락하며 나가는 아버지한테 당연한 듯 따라가는 어머니와 똑같이 취급받고 싶지 않아.”

적어도 며느리가 도착할 때까지 못 기다리냐는 생각에 정말이지 넌더리가 난다.

하지만 그 두 사람이 없어야 이야기도 평화롭게 진행될 것 같아서 굳이 말리지 않았다.

일단 혼례 전에 돌아오면 그걸로 됐다.

“지금은 부모님 일은 됐어. 그보다 나일, 루루가 미레유에게 동생이나 다름없다면 내게도 동생이나 다름없어. 잘 돌봐줘.”

“네. 두 분이 마음 편히 지낼 수 있도록 최선을 다하겠습니다. 하지만…….”

일말의 빈틈도 없는 인사를 하면서도 드물게도 석연치 않은 말을 이었다.

“무슨 일 있었나?”

“죄송합니다. 당초 예정했던 미레유 님 담당 여관이 오늘 전멸했습니다.”

“전멸? 어제는 몇 명 남았다고 했잖아.”

“제가 봤을 때는 어제 시점에서 모두가 기준 미달이라고 판단했습니다. 하지만 한 번만 더 기회를 달라고 울며 매달리기에 아직 간신히 움직일 수 있는 자를 데려갔습니다만――.”

“그 결과는?”

“모두 불합격입니다.”

조심스럽게 묻는 카인에게 나일은 예리한 칼날처럼 딱 잘라 말했다.

"모두 불합격인가……."

"엄격하게 말했지만, 능력이 특별히 떨어지는 것은 아닙니다. 하지만 미레유 님을 모시기에는 부적합합니다. 하나같이 미레유 님 곁에 다가가면 개박하에 취한 고양이 상태가 되어서 도저히 말이 안 됩니다."

"아아. 뭐, 그렇게 되려나…… 미레유의 그건 상식을 초월하니까."

"이야기는 들었지만, 그 정도로 양력이 강하실 줄은……."

마력 외에 존재하는 양력과 음력.

이 두 가지 힘은 감지할 수 있는 종족이 적어 일반적으로 잘 알려지지 않았다.

하지만 일부 고위 종족, 특히 용족은 유달리 이 힘을 중시했다.

"양력은 그분으로 익숙해졌다고 생각했는데, 미레유 님은 계통이 너무 다릅니다."

나일이 말하는 '그분'이란 카인의 어머니인 왕대비를 말하는 것이며, 마찬가지로 양력을 많이 보유한 여성이었다.

——양의 힘은 쏟아지는 태양의 은혜.

——음의 힘은 고요한 달빛.

용족 사이에서는 그렇게 표현하는 경우가 많지만, 개체에 따라 방출되는 기운에는 차이가 있다.

왕대비의 양력이 뜨겁게 내리쬐는 태양이라면, 미레유의 그것은 마치 햇볕이 따스하게 내리쬐는 대지 같다.

온화하고 마음의 안녕을 가져다주는 듯한 기운은 근처에 있기만 해도 꾸벅꾸벅 졸음을 유발한다.

미레유의 양력에 취한 여관들은 겉으로는 담담한 얼굴로 위장해서 움직이고 있었지만, 실제로는 긴장을 풀면 엄습하는 몽실몽실하고 기분 좋은 탈력감과 필사적으로 싸우고 있었다.

그 기개는 높이 평가하지만, 미레유에게 닿을 정도로 근거리에서는 힘이 미치지 못해 표정이 풀어질 정도라면 여관으로서는 실격일 수밖에 없다.

"어설프게 마력과 음력이 강한 자들로 구성한 게 오히려 독이 되었습니다. 다들 반드시 내성을 얻어 미레유 님을 모시는 일을 완수해 보이겠다고 간청하니 물리치기도 어렵습니다."

"미레유 님 같은 타입의 양력을 가진 분은 드무니까요. 그들도 당연히 물러서지 않겠죠."

양과 음은 그 힘이 강하고 대극에 있으면 있을수록 끌리기 쉽고, 집착 또한 강했다.

"하지만 어제는 그나마 멀쩡하게 움직였다면 조금 더 상태를 지켜봐도 되지 않을까?"

젤기스의 말에 나일은 고개를 가로젓는다.

"어제는 미레유 님 혼자셨으니까 그나마 유지했지만, 루루 님이 계신다면 그것도 어려울 듯합니다."

""?""

"두 분 다 루루 님을 보지 않았군요."

확실히 지시는 내렸지만, 한시라도 빨리 미레유 곁으로 보내고 싶었기에 만나지는 않았다.

"루루가 무슨 문제라도?"

"루루 님도 미레유 님 정도는 아니지만 양력이 강한 분입니다. 게다가 루루 님이 곁에 계시면 미레유 님의 마음도 편해지시는지, 더욱 양력이 증가되어……."

결국, 남아 있던 자들조차 탈락.

솔직히 그건 나일이라도 견디기 힘들었다고 하니 두 사람도 입을 다물었다.

"카인 님 대책을 중시해서 마력과 음력이 강한 자를 기준으로 선출한 게 실수였을까요……. 아니군요. 역시 대책은 필요하니까 말이죠."

힐끗 확인하듯 카인을 보는 나일의 눈은 젤기스와 마찬가지로 젊은 용왕의 자제심을 전혀 신용하지 않고 있었다.

"자네 혼자서도 어지간한 일은 수습할 수 있잖아? 역시 혼례까지는 카인 님 대책 중시로 가야 해."

"그렇군요. 지금 여관은 몇 명 남기고, 여차하면 일제 공격으로 막는 게 상책일까요."

"너희 말이야. 조금은 나를 신용해도 된다고 생각하는데."

카인은 팔짱을 끼고 발끈해서 말하지만, 젤기스는 담담한 표정을 허물지 않았다.

"카인 님이 재가 되면 곤란하니 당연한 대응입니다. 게다가 만약 당신이 용약에 의해 소멸할 경우, 미레유 님은 다른 누군가와 혼례를 올리게 되는 겁니다."

미레유의 양력과 푸근한 분위기에 홀릴 용족은 많을 것이다.

카인이 없어지면 '그렇다면 내가' 하고 주장하는 자가 반드시 나온다.

한순간 그걸 상상했는지 카인의 미간에 이래도 되나 싶을 정도로 깊은 주름이 잡혔다.

"죽어도 싫어!!!"

"그렇다면 그렇게 되지 않도록 철저히 대비하는 것이 최선이겠죠."

납득한 건지 납득하지 못한 건지 미묘한 얼굴을 한 카인에게 한 용기사가 다가온다.

"경호대 쪽에서 이것이 도착했습니다."

용기사는 그렇게 고하고 한 통의 봉투를 내밀었다.

손에 들기 전부터 불길한 예감이 든다.

경호대란 성을 지키는 자를 가리키는 말이 아니다. 아버지를 경호하고 있는 자들을 말한다.

즉, 내용은——.

솔직히 읽고 싶지 않지만, 읽어 보지 않을 수도 없다.

카인은 봉투를 뜯고 양피지를 훑어봤다.

"그 사람들은…… 여행지에서 대체 뭘 하는 거야……."

짜증과 황당함이 섞인 독백이 흘러나온다.

편지는 경호대의 보고인 줄 알았는데, 그 필적과 편지에 담긴 익숙한 마력은 어머니가 쓴 것이었다.

내용을 요약하자면 아버지가 실수로 악어족의 성을 반파했으니 보상해 주라는 거다.

“카인 님에게 용왕의 힘을 물려줘도 역시 형님. 힘은 전혀 쇠퇴하지 않는군요.”

“완파가 아닌 것만 해도 실수에도 성장이 엿보이네요.”

젤기스는 동생의 시선으로, 나일은 가정교사의 시선으로 각각 평한다.

18년밖에 살지 않은 카인보다 두 사람이 아버지가 일으키는 골칫거리에는 익숙했다.

마치 이 정도 일은 일상다반사라고 말하는 듯한 발언이다.

편지를 확 구겨버리고 싶어진다.

“제가 가서 대처할까요?”

“아니, 됐어. 부모의 뒤치다꺼리다. 내 쪽에서 대처하지.”

카인은 젤기스의 제안을 제지하고 경호대와 함께 와 있다는 악어족 사자와의 접견을 위해 방을 나섰다.

그걸 뒤에서 배웅하며 젤기스는 절실히 생각한다.

“카인 님은 미레유 님 일만 아니면 빈틈없이 안심할 수 있다는 점에서도 형수님을 닮았어.”

본인은 질색하지만, 젤기스로서는 기본적으로 손가락 하나 까딱하는 것도 귀찮아하는 형이 아니라, 자기 나라에서는 나라의 보물로 불리던 형수님을 닮아 줘서 다행으로 여겼다.

“………….”

“나일?”

평소처럼 농담한 건데, 장난이 지나쳤을까.

곁에 서 있는 나일의 침묵이 묘하게 무겁다.

하지만 전직 가정교사로서의 잔소리가 날아올 분위기가 아니라 뭔가 깊이 생각하고 있는 얼굴이었다.

"……그렇군요. 카인 님은 미레유 님과 관계가 있는 일에는 여러모로 얼빠진 구석이 있죠. 본래라면 예측할 수 있는 일도 미레유 님 생각으로 머리가 가득 차면 판단에 하자가 생겨, 본래 전해야 할 사항을 전하지 않는다. 그럴 가능성도 있지요."

"? 무슨 말이 하고 싶은 거야?"

"미레유 님은 어릴 때 용약을 맺은 상대가 카인 님이라고 이해하고 계시는 걸까요?"

"——뭐?"

"우리 용족에게 왕족이 일곱 빛깔을 가지고 태어나는 건 지극히 상식. 새삼스레 물어볼 것도 없는 일반 교양입니다. 성룡이 되면 이름이 바뀌는 것과 마찬가지로. 하지만 그 먼 땅의 설치족 여러분에겐 어떨까요?"

생각지도 못한 나일의 발언에 젤기스는 놀라고, 곧바로 부정했다.

"일반 백성이라면 몰라도 미레유 님은 설치족의 공주라고. 아무리 다른 종족이라고 해도 용왕의 혈통이 일곱 빛깔로 태어나는 걸 모르는 왕족은 없겠지. 특히 요 수십 년간 일곱 빛깔을 가진 아이는 카인 님밖에 없었어."

"아무한테도 듣지 못했다면 미레유 님이라 해도 알 길이 없을 수도 있지 않을까요?"

"…………뭐, 확실히 절대로 있을 수 없다는 건 아니지만, 가능성으로서는 희박하겠지. 미레유 님은 결혼을 승낙하고 이곳에 오신 거야. 만약 부름 님과 카인 님이 같은 인물이라고 생각하지 않는다면 낯선 자와의 결혼을 승낙한 셈이 돼. 그렇다면 아무리 상대가 같다 해도 카인 님을 만나기 전에 용약은 풀리고 용인은 소멸했을 터."

미레유의 용인은 사라지기는커녕 선명하게 가슴팍을 수놓고 있었다.

그것은 설치족에게 긴 세월을, 단 한 번의 변심도 없이 마음을 쭉 지켰다는 증거.

부정한 마음은 느껴지지 않는다.

"처음부터 결혼할 생각이 없이 왔다면 얘기는 다르지만, 미레유 님이 그런 행동을 할 분으로 보이나?"

"아니요, 무척 올곧은 분으로 보입니다."

그 말에 거짓은 없다.

하지만 마중 나갔을 때부터 미레유의 태도에서는 어딘가 두려움이 느껴졌다.

안색이 나쁜 것과 불안해하는 눈동자도 걸린다.

"오늘 다과회를 봐도 개운하게 재회한 연인 사이로는 별로 보이지 않았습니다."

"카인 님의 긴장이 옮은 거겠지. 자네가 미레유 님을 걱정하는 것도 알지만, 혼례를 앞두고 정서가 불안정해지는 건 여성에게는 흔한 이야기야."

"확실히 결혼 전에 나타나는 우울증일 가능성은 부정할 수 없습니다만……."

환경의 급격한 변화는 누구에게나 우울함으로 이어지는 법.

다이아몬드보다 강한 정신력을 가진 여성으로 칭송받는 나일에게는 별로 익숙하지 않은 감정이지만, 가녀리게 생긴 미레유라면 그럴 만도 하다.

"……그렇군요. 제 생각이 지나친 건지도 모르겠습니다."

속으로는 아직 조금 납득이 안 가지만, 다과회 후 미레유가 안도한 표정이었던 건 사실이라서 그 이상은 입을 다문다.

"미레유 님 입장에서는 주위가 온통 낯선 자들이야. 게다가 이쪽은 급하게 진행하느라 미비한 점도 많고. 자네에게 부담을 주지만. 잘 부탁하네."

"네. 맡겨 주십시오."

젤기스의 요청에 나일은 몸을 숙이고 짧게 대답했다.

"——아……."

오도독. 츄샤 열매를 손톱으로 깐 순간 계속 생각하던 익숙함의 정체를 알아차리고, 미레유는 작게 소리를 낸다.

(맞아. 부름이랑 닮았던 거야!)

머리카락과 눈동자의 색은 전혀 다른데도, 어릴 적 첫사랑인 그 소년과 카인의 부드러운 미소는 몹시 닮아 있었다.

(부름도 카인 님도 너무나 잘생긴 용모라 똑같이 느낀 걸까?)

하지만 아무리 부름을 닮았어도 용족의 왕 카인에게 가슴이 설레다니, 진짜 분수도 모르는 짓이다. 자기가 생각해도 웃음이 나온다.

(자각은 없었지만, 나도 참 얼굴만 보는구나.)

첫사랑이 부름이니 당연히 누굴 봐도 마음이 동하는 일이 없을 수밖에.

자조가 섞인 한숨을 흘리는 미레유에게 루루가 머핀을 입에 가득 물고 우물거리며 묻는다.

"공주님, 무흔 일 이떠여?"

"아니, 아무것도 아니야. 루루, 다 먹고 나서 이야기하자."

"네에!"

상냥하게 타이르자, 루루가 꿀꺽 삼킨다.

"그런데 공주님, 왜 츄샤 열매만 드세요? 이렇게 호화로운 과자가 잔뜩 있는데."

넓은 테이블에 늘어선 과자류는 보기만 해도 즐거워질 정도로 아름다운데, 먹어도 일품이다.

이렇게 맛있는 게 잔뜩 있는데도 눈길도 주지 않고, 미레유는 조국에서도 구할 수 있는 츄샤 열매만 집어 먹고 있었다.

"제일 마음이 편해서일까?"

"고향에 돌아가면 이제 이런 과자를 절대로 못 먹으니까, 이걸 드셔야 한다고요!"

"그러네. 하지만……."

지금만이라도 이 호화로운 생활을 즐기는 편이 낫다고 단언하는 루루지만, 미레유는 반대로 빨리 이 지나치게 호화로운 생활에서 도망치고 싶어 견딜 수 없었다.

에밀리아가 무사히 카인과 재회하면 자신에게는 더 볼 일이 없어서 고국으로 돌려보내질 거다. 그렇게 믿어 의심치 않는 미레유는 하루라도 빨리 그날이 오기를 바랄 뿐이었다――.

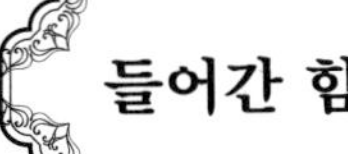

들어간 힘

"——네……?"

아침 몸단장이 끝나고, 잘 꾸민 미레유의 하늘하늘한 차림에 만족하고 있던 나일은 그 말에 즉각 반응하지 못했다.

"벌써 완성하셨습니까?"

겨우 내뱉은 대답도 눈치 빠른 나일치고는 드물게 재확인을 위한 것이었다.

눈앞에는 물어볼 필요도 없을 만큼 훌륭한 자수가 놓인 세 장의 쿠션 커버가 있는데도.

하지만 나일이 놀라는 것도 어쩔 수 없다.

미레유에게서 루루를 구해준 세 사람에게 보답하고 싶다는 상담을 받은 것이 어젯밤.

그때는 아직 도안이나 천에도 손대지 않았을 터다.

그게 단 하룻밤 만에 완성됐다고 들으면 귀를 의심할 만하다.

"공주님 솜씨는 우리 나라에서도 제일 예쁘고 빠르다고요!"

아연실색하는 나일 옆에서 루루가 자기 일처럼 자랑스레 가슴을 편다.

확실히 루루가 으스댈 만하다고 알 수 있을 정도로 세 장의 완성도는 훌륭했다.

남녀별로 색과 문양을 달리했다. 첫 번째는 꽃을 모티브로 한 화려한 것으로 비단실도 색채가 풍부하다.

두 번째와 세 번째는 차분한 색깔의 실을 썼지만, 그만큼 세밀하게 자수를 놓았다.

도저히 하룻밤 만에 완성했다고는 생각되지 않는 치밀하고 아름다운 솜씨지만, 나일을 경악하게 한 것은 그 아름다움만이 아니었다.

(양력이 들어갔어…….)

미레유가 자수한 것에서는 그 양력이 강하게 느껴졌다.

도대체 왜?

어떻게 해서?

미레유와 같이 강한 양력을 보유한 왕대비조차 이런 능력은 없다.

양력은커녕 마력이라 해도 특별한 방법을 쓰지 않으면 물건에 부여할 수는 없다.

“어떨까요? 용족 여러분께 드리는 보답으로는 초라할까요?”

걱정스럽게 묻는 말에 나일은 곤혹스러웠다.

초라하기는커녕, 양력이 담긴 물건이라면 가보로 취급되리라.

무사히 이걸 건넬 수 있다면 말이지만…….

설마 이렇게 빨리 완성될 줄은 몰랐기에, 나일은 아직 이번 일을 카인에게 전달하지 않았다.

(미레유 님의 양력이 이만큼이나 담긴 물건을 하사하게 된다면, 카인 님이 좋은 표정을 지을 리가 없어.)

무조건 반대할 것이다.

나일은 마음속으로 단언했다.

"——안 된다."

아니나 다를까, 단칼에 잘라냈다.

압력 있는 목소리에서도 참을 수 없는 분노가 느껴진다.

"애초에 미레유가 자수한 것이 왜 남편인 나보다 먼저 다른 자에게 넘어간단 말이냐! 보답이라면 이쪽에서 준비하면 되잖아!"

카인에게는 한 땀 한 땀의 자수에 양력이 담겨 있다는 미레유의 희귀한 힘에 대해 고찰하는 것보다, 직접 바느질한 물건이 남에게 넘어가는 것이 더 큰 문제인 모양이다.

"카인 님, 당신은 아직 정식으로 남편이 아닙니다."

젤기스가 이때다 싶어 지적하지만, 이쪽도 논점이 어긋났다.

"서류상으로는 정식 남편이다!"

"종이 한 장에 무슨 효력이 있다는 겁니까."

미레유의 조국 글리레스와의 사이에서 주고받은 혼인 협의서를 손에 들고 카인은 목소리를 높이지만, 돌아온 것은 냉랭한 반응이었다.

혼인 협의서는 세간에서 상식이라고 클라우스에게 거듭 충고받았기에 준비했지만, 용족에게 서면 따위는 의미가 없다.

용족에게 혼인은 하지에 거행되는 의식이 전부.

그건 카인이라도 잘 알고 있다. 하지만 용왕이라도 매달릴 수 있는 것에는 온 힘을 다해 매달리고 싶은 것이다.

"그렇다면 반대로 묻겠는데, 젤기스라면 네 반려의 양력이 담긴 물건을 기꺼이 넘겨줄 건가?"

"설마요. 날려버릴 겁니다."

웃는 얼굴로 태연하게 말하는 젤기스를 보며 옆에서 듣고 있던 나일이 정색한다.

날려버리는 건 물건일까? 아니면 하사받는 자일까?

딱 봐도 후자일 것이다.

(교육을 잘못 시켰어…….)

눈앞의 옛 제자들을 바라보며 나일은 작게 한숨을 흘린다.

"거봐, 내 말이 맞잖아! 나일, 역시 다른 걸 준비해 줘. 미레유가 수놓은 건 내가 갖겠다!"

"——카인 님."

나일은 보란 듯이 푸른색 눈을 곤두세우며 엄숙하게 고했다.

"젤기스 님의 멍청한 말에 귀를 기울이지 마세요. 아시겠습니까. 이건 루루 님을 도와준 자에게 감사를 전하는 물건입니다. 그걸 가로채면 미레유 님의 마음을 짓밟는 것이나 마찬가지. 도저히 양식 있는 남편의 행동이라고는 할 수 없습니다."

"윽!"

양식 있는 남편을 강조하면 카인도 입을 다물 수밖에 없다.

양식 없는 아버지를 보고 자랐기에 더더욱.

"아니, 가로채고 싶은 건 아니고. 다만 역시 미레유의 양력이 담긴 거라면 나도 갖고 싶으니까……."

자신의 욕망을 깨달았는지 주춤하는 카인에게 나일이 재빨리 말을 덧붙였다.

"그 마음은 잘 이해합니다. 그러니 미레유 님께 대안을 부탁드리도록 하죠."

"대안?"

❁❁❁

"공주니임. 약속하신 지 벌써 사흘이 지났는데, 아직 도안을 안 정했어요?"

루루는 딸기잼을 듬뿍 올린 쿠키를 손에 들고, 마주 앉은 미레유에게 물었다.

홍차와 과자를 앞에 두고 오물오물 먹는 루루와 달리 미레유의 눈앞에는 실패한 도안이 대량으로 깔려 있었다.

실패했다고는 해도 슬쩍 보면 좋은 디자인. 하지만 미레유는 그 모든 것이 납득이 가지 않아 울먹이며 루루에게 호소한다.

"나처럼 미숙한 사람은 용왕님께 어울리는 자수를 생각할 수 없어……!"

——3일 전. 미레유는 나일에게 어떤 의뢰를 받았다.

그것은 카인에게 줄 자수 품목.

보답으로 완성한 세 장의 물건을 본 카인이 그 솜씨에 감복하여 자기도 하나를 곁에 두고 싶다고 소망했다는 모양이다.

미레유는 즉시 거절했다.

용족의 왕에게 헌상할 물건을 바느질하다니 황송해서 받아들일 수 없다.

하지만 손수건에 간단한 자수 하나면 된다며 나일이 거듭 부탁하는 바람에 더 거절할 수 없었다.

이쪽은 가짜 신부. 그런 골칫덩이를 정중하게 대접해 주고 있다. 은혜에 보답하지 않으면 도리에도 어긋난다.

(루루에게 멋진 의상까지 마련해 주셨고.)

지금 루루가 입고 있는 것은 낡아빠진 고향의 시녀복이 아니라 나일이 준비해 준 귀여운 의상이다.

시녀 의상과 마찬가지로 바탕은 검정과 하양이지만, 치마에는 프릴 장식이 듬뿍 달렸다. 가슴에는 리본을 장식했다. 원단도 매끄러운 것으로, 입는 순간 무척 가볍고 착용감이 좋다며 루루가 폴짝 뛰며 기뻐했을 정도의 물건이다.

의복뿐만 아니라 식사도 그렇다.

카인의 손님과 같다는 선언대로 미레유와 같은 것을 준비해 주고, 동석도 허락해 준다.

이렇게까지 우대받으면서 '자신이 없어서 못 합니다' 같은 소리를 할 수 있을 리가 없다.

(하지만, 하지만. 도대체 어떤 자수라면 그분에게 어울린다는 거야?!)

동요한 나머지 쥐고 있던 펜이 떨려 잉크가 번진다.

"평소에는 술술 그려내잖아요. 나일 씨도 도안은 뭐든 좋다고 했고요."

"그런 건 상냥한 사교성 발언이지 본심이 아니라고."

상대는 신의 종족이다. 어지간한 물건으로는 용서받지 못할 거다…… 분명!

"그렇다면 용왕님이 좋아하는 걸 자수하면 되잖아요. 좋아하는 걸로 해주면 누구나 기뻐할 거예요!"

"좋아하는 거……?"

미레유는 입가에 손가락을 대고 생각에 잠긴다.

머리를 쥐어짜도 그 사람이 좋아하는 것을 하나도 모른다.

유일하게 아는 건 동생 에밀리아를 사랑한다는 사실 정도.

그렇게 생각하니 왠지 갑자기 속이 더부룩해진다.

딱 봐도 안색이 좋지 않은 미레유를 보고 루루는 의자에서 폴짝 내려와 활기차게 말했다.

"루루가 꽃을 받아올게요! 꽃을 싫어하는 사람은 없으니까요, 그걸 수놓아요!"

"어, 하지만 꽃이라면 저기에."

꽃병에 대량으로 꽂혀 있는 꽃을 가리켜 보지만, 생각에 잠긴 미레유를 위해 움직이고 싶었는지 루루는 말릴 틈도 없이 잽싸게 방에서 나갔다.

"꽃♪ 꽃♪."

방에서 보이는 좌우 대칭의 정원에 도착한 루루는 곧바로 꽃을 얻으려고 정원사를 찾는다. 하지만 아무리 주위를 둘러봐도 사람 그림자조차 찾을 수 없다.

그래도 조금 걸으면 누군가 만날 수 있겠지. 그렇게 생각한 루루는 씩씩하게 관목으로 둘러싸인 벽돌 길 안쪽으로 나아갔다. 완전히 탐험 기분이다.

얼마나 걸었을까. 점점 주위 나무가 높아지고 나무 그늘도 늘어난다.

"아무도 없네요……."

슬슬 돌아가자고 생각했을 때, 툭 하고 무언가가 가볍게 착지하는 소리가 났다.

소리가 난 쪽으로 시선을 옮기자 조금 떨어진 큰 나무 밑에 재킷을 걸친 남성의 뒷모습이 눈에 들어온다. 차림새로 보아 정원사는 아닌 듯하다.

"아——."

그 남자가 몸을 움직였을 때 힐끗 보인 얼굴에 루루는 소리를 질렀다.

"미남 용왕님이다!"

"?! ……루루인가?"

갑자기 낯선 소녀가 무례하게 손가락질하는데도 불쾌해하는 기색도 없이, 더군다나 자신의 이름을 불러 준 것에 루루는 눈을 깜빡였다.

고향의 기념제에서 모든 화제를 휩쓸었던 강대국의 용왕은 가까이에서 일했기에 알고 있었던 루루지만, 그가 자신의 이름을 알고 있을 줄은 생각지도 못했던 것이다.

"어떻게 루루 이름을 아세요?"

"나일에게 이야기는 들었으니까. 게다가 그만큼 양력이 넘치면 금방 알 수 있다."

"네?"

무슨 말인지 몰라 루루가 고개를 갸웃거리자, 카인은 갑자기 주위를 분주히 둘러보기 시작했다.

"미레유와 같이 있는 게 아닌가?"

루루가 여기 있다면 미레유도 곁에 있는 게 아닐까 기대했지만, 찾는 모습이 없음에 카인은 어깨를 축 떨군다.

"공주님은 방에서 용왕님께 드릴 손수건 도안을 생각하고 계세요."

"! 그, 그랬군!"

단정한 얼굴이 순식간에 풀어진다.

그 변화에 루루는 '그렇게 손수건이 갖고 싶은 건가?' 라며 고개를 갸웃했다.

본인이 지금 착용한 재킷도 검정 천에 금실과 은실 자수가 무척 선명하고 훌륭하다.

그만한 장인이 있다면 미레유에게 부탁하지 않아도 얼마든지 맞출 수 있을 텐데.

설마 눈앞의 남자가 가슴을 졸이며 미레유가 자수한 물건을 기다리고 있을 줄은, 루루는 상상조차 하지 못했다.

"그나저나 혼자인가? 여관은 어쩌고?"

키 차이를 고려해 몸을 숙여 묻는 카인에게, 루루는 가슴을 펴고 대답했다.

"루루는 제 몫을 하는 시녀니까 혼자서 일할 수 있어요!"

"일?"

"공주님께 꽃을 꺾어다 드리는 일이요!"

"꽃이라면 정원에 있잖아. 여기는 《아지랑이 숲》 입구라고. 어떻게 온 거지?"

그 정원에서 왔다는 루루의 말에 카인은 흠칫했다.

확실히 도보로 못 올 거리는 아니지만, 뒤얽힌 길은 《미궁의 길》이라고도 불릴 만큼 복잡해서 본래라면 도착하는 데 몇 시간이나 걸린다.

(경계선에는 울타리도 설치했으니, 실수로 들어올 일은 없을 텐데.)

"어떻게 울타리를……."

중얼거리다가도 루루를 보고 납득이 간다.

——작다. 말랐다.

이 체격이라면 울타리도 스르륵 빠져나왔겠지.

(미레유도 통과할 수 있겠군……. 나중에 젤기스에게 담장 시공을 지시해야지.)

자칫 잘못해서 헤매면 큰일이다.

그나저나 최단 거리로 아지랑이 숲까지 온 루루의 직감에는 눈이 휘둥그레진다.

감탄하는 카인을 곁눈질하며 루루는 용왕을 만난 기회를 놓치지 않았다.

"용왕님, 꽃은 뭘 제일 좋아하세요?!"

"뜬금없는 질문이군. 아니, 그러고 보니 꽃을 꺾으러 왔던가."

"네! 공주님이 용왕님 손수건에 뭘 자수할지 엄청 고민하길래, 루루가 꽃으로 하자고 제안했거든요. 꽃을 싫어하는 사람은 없잖아요? 꽃으로 해도 돼요? 무슨 꽃이 좋아요?"

연달아 질문이 쏟아져 카인은 대답에 궁했다.

꽃을 보고 예쁘다고 생각할 감수성은 있다.

손수건 도안이 꽃이라도 아무런 문제는 없다.
하지만,
(무슨 꽃을 좋아하냐고 물어보면…… 난감하군.)
카인은 꽃을 꽃으로 뭉뚱그려 인식하니까 그 차이를 모른다.
이 경우 아무 꽃이든 좋다고 대답하는 건 간단하지만, 미레유가 그렇게까지 고민해 주고 있다고 들으니 안이한 대답은 하고 싶지 않았다.
(하고 싶지는 않지만…….)
안타깝지만, 대답하고 싶어도 꽃 이름을 모른다.
"——그렇지! 미레유가 좋아하는 꽃은 뭐지?"
"공주님이요? 공주님은 칼라 꽃을 좋아하세요."
"칼라…… 어떤 꽃이지?"
"잠깐만 기다려 주세요!"
루루는 말하기 무섭게 달려가더니 금방 돌아왔다. 손에는 한 송이 꽃을 들고.
"자, 이 꽃이에요!"
활기차게 갓 꺾은 꽃을 내밀기에 감사를 표하며 받는다.
그것은 중앙의 선명한 노란색을 새하얀 색이 부드럽게 감싸 안는 것처럼 생긴 꽃이었다.
잎이 없는 훤칠한 줄기는 유연해 마치 미레유를 나타낸 듯한 모습이라서, 카인은 입가에 미소를 띠었다.
"귀엽고 예쁜 꽃이군. 내가 제일 좋아하는 꽃은 이걸로 하지."
사랑스럽다는 듯 눈을 가늘게 뜨고 꽃향기를 즐기는 카인을 보고, 루루는 뭔가 이상하다는 느낌이 강하게 들었다.

"용왕님, 공주님 좋아하세요?"
"? 당연하잖아."
곧바로 나온 대답에 루루는 멍하니 입을 벌렸다.

"다행이야! 늦어서 걱정했어."
방으로 돌아온 루루에게, 미레유는 안도하는 투로 말했다.
나일에게 정원을 자유롭게 산책해도 된다고 전달받기는 했지만, 여기는 드레이크.
고향과 달리 무엇이 금지령에 해당할지 모른다.
"죄송해요. 생각보다 많이 걸어버렸어요. 하지만 용왕님이 좋아하는 꽃을 물어보고 왔어요!"
"어머, 고마워. 나일 씨한테 물어봐 준 거야?"
나일에게 카인의 취향을 물어봐 준 것이라고 착각한 미레유는 온화하게 미소를 짓는다.
하지만 다음에 들은 말에 얼어붙었다.
"아니요. 용왕님 본인에게 직접 여쭤봤어요."
"——어?"
생각지도 못한 대답을 제때 이해하지 못했다.
(본인에게 직접 여쭤봤다……?)
잘못 들은 것이길 바라며 미레유는 조심스럽게 확인한다.
"루루…… 카인 님을 만난 거야?"
"네. 왠지 걷다 보니 계시더라고요."

길고양이와 마주친 것처럼 태연히 말해서 미레유의 핏기가 싹 가신다.

"그, 그건, 괜찮았어?!"

좀 더 다른 적절한 질문 방식이 있겠지만 혼란스러운 머리로는 말이 잘 나오지 않는다.

"네! 용왕님, 꽃은 칼라를 좋아하신대요!"

"어머, 그래……?"

진홍빛 눈과 단정한 얼굴 생김새 때문에 좀 더 현란한 꽃을 좋아할 거라고 상상했다.

하지만 그 늠름한 자태에는 확실히 칼라도 잘 어울릴 것 같다.

(――가 아니라. 그게 아니고!)

강대국의 왕에게 배알을 허락받을 만큼 루루의 언동은 성숙하지 않다.

만약 용왕의 노여움을 사면 미레유의 힘으론 막을 수 없다.

"카인 님한테, 그…… 꾸중을 듣거나 하지는……."

"조금 생각에 잠기시긴 했지만, 평범하게 가르쳐 주셨어요."

입술이 파래져서 묻는 미레유에게 루루는 담담하게 대답한다.

아무래도 최악의 사태는 생기지 않은 모양이다. 안도하며 가슴을 쓸어내린다.

"용왕님, 손수건도 칼라 꽃이 좋으시대요!"

"그렇게 카인 님과 대화를 할 수 있었다니 대단해."

나는 황송한 나머지 대화는커녕 생각도 똑바로 못 했는데.

"미남 용왕님, 기년제에서 봤을 때는 새침하고 차가운 분 같았는데, 왠지 상상하던 것과 다르게 편안한 분이었어요."

고귀함이 드러나는 용모와 압도될 정도의 마력. 팽팽한 긴장감 같은 분위기를 띤 카인이 편안해?

(전혀 감이 안 오는데…….)

그건 정말 내가 알고 있는 카인일까?

미레유의 곤혹은 아랑곳하지 않고, 루루는 걷느라 지쳐 목이 말랐는지 테이블에 둔 홍차를 꿀꺽꿀꺽 마시기 시작했다.

맛있게 홍차를 마시는 루루를 보자, 미레유도 조금 전의 경악으로 목이 마른 것을 자각했다.

아무리 그래도 왕녀로서 자란 미레유가 루루처럼 서서 마실 수는 없기에 의자에 앉아 찻잔을 든다.

매끄러운 도자기를 입에 댔을 때, 루루가 문득 생각난 것처럼 말했다.

"참, 공주님."

"응?"

"미남 용왕님, 공주님 좋아한다고 말씀하셨어요."

"——흡?!"

루루의 발언에 동요한 나머지 기침을 한다.

홍차를 입에 머금고 있던 건 아니라서 입에서 뿜는 추태만은 면했지만, 생각지도 못한 기습으로 당하고 말았다.

"무, 무, 무슨 소릴 하는 거야, 루루?!"

"공주님이 칼라 꽃을 좋아한다고 알려드렸더니, 자기도 제일 좋아하는 꽃은 칼라로 하겠대요!"

"그, 그건 갑자기 좋아하는 꽃을 물어봐서 금방 떠오르지 않으니까 그렇게 말씀하신 거야!"

평소 얌전하게 말하는 미레유치곤 드물게 확실한 부정이었다.
"공주님, 얼굴이 새빨간데요?"
뺨뿐만 아니라 귀까지 붉게 물들인 미레유에게 루루가 걱정스럽게 묻는다.
"이건…… 루루가 갑자기 이상한 소릴 하니까 놀라서……."
"이상하지 않아요. '공주님 좋아하세요?' 라고 물었더니 '당연하잖아' 라고 곧장 대답하셨는걸요."
"나, 나는 에밀리아의 언니니까. 마음에 둔 사람의 가족을 배려하신 말씀이야. 그 이상의 의미는 없어!"
"으음~? 그런 느낌도 아니었던 것 같은데??"
미레유의 설명에 루루는 납득이 안 간다는 기색으로 한쪽 눈썹을 올린다.
"그런 건 친절한 사교성 발언이지 본심이 아니라고."
"어~ 또 사교성 발언이에요오?"
꽃을 찾으러 가기 전과 똑같은 말로 타이르자, 루루는 볼을 볼록 부풀렸다.

"——완성……한 걸로 쳐도 될까?"
미레유는 완성된 손수건을 두 손으로 들고는 혼잣말했다.
비단 천에 테두리는 초록색 기하학무늬. 주역치고는 작지만, 오른쪽 끝에는 포개진 두 송이 칼라. 천은 흰색을 사용해서 칼라의 꽃싸개 부분은 굳이 크림색을 골랐고, 줄기 부분을 묶는 실은 카인의 아름다운 두 눈과 같은 진홍색으로 했다.

“남자가 쓸 물건은…… 별로 아닌 것 같기도?”

기하학무늬 테두리로 최대한 얼버무리기는 했지만, 흰색 천에 칼라 꽃은 남성용으로 보기에는 힘이 느껴지지 않는다. 누가 봐도 여성용이다.

이걸 세상을 석권하는 신의 종족인 용왕께 드린다고?

“부담이 너무 커……!”

하지만 더는 다시 만들 시간도 없다.

고작 손수건 한 장에 벌써 일주일을 소비했다. 더 기다리게 하려면 또 다른 용기가 필요해진다. 세 점의 물건을 하룻밤 만에 건넨 뒤라서 더더욱.

(분명 왜 이렇게 시간이 걸리는 건가 생각하고 계시겠지.)

도안에 4일, 자수에 3일.

지금까지의 인생에서도 최고로 많은 시간을 들여버렸다.

그런 데 비해 완성도는 수수하고, 디자인은 주인의 특징을 전혀 살리지 못했다.

이래서는 내가 좋아하는 꽃과 디자인을 카인에게 드린다는, 일종의 자기만족밖에 되지 않는 게 아닐까?

“역시 다시 만드는 게……. 하지만 나일 씨에게 오늘 드릴 수 있다고 선언해 버렸는데.”

이제 와서 아직 망설이는 마음을 털어내려고 미레유는 의자에서 벌떡 일어났다.

이런 일은 고민할수록 더 깊이 빠져드는 법.

(자수에 전념할 수 있도록 혼자만의 시간을 준 루루와 나일 씨를 위해서라도 여기서 겁먹으면 안 돼.)

마음에 안 든다면 다시 만들게 해달라고 하자.
그렇게 마음을 굳혀도 불안이 쉽게 사라질 리도 없어서.
"나일 씨에게 맡기기 전에 조금 진정 좀 할까……."
바람도 쐴 겸 미레유는 정원으로 나가기로 했다.

"어라?"
정원 길을 잠시 걷다가 어떤 사실을 깨닫고 발걸음을 멈춘다.
쇠 울타리가 있었던 곳에 어느새 높은 담장이 생겼다.
담장이 어디서 끝나는지 눈으로 좇아도 끝이 보이지 않을 만큼 길어서, 미레유는 잠시 생각에 잠긴다.
"울타리였다고 생각한 건 착각이었나?"
아무리 방에 틀어박혀 있기만 했다고는 해도 고작 일주일도 안 되어서 이렇게 높고 긴 담장을 완성할 수 있으리라고는 생각되지 않는다.
잘못 기억한 거라고 결론을 내렸을 때, 바로 옆에 무언가가 떨어졌다.
아니다. 새처럼 내려앉았다는 표현이 맞을 것이다.
그 정도로 중력을 느끼게 하지 않는 우아한 착지였다.
""——?!""
그게 사람이라고 깨달은 것은 내려선 인물과 눈이 마주쳐 서로 놀라 굳어버린 뒤다.
이 나라에 와서 아직 두 번의 대면만 허락된 상대—— 젊은 용왕과의 갑작스러운 만남에 미레유는 소스라치게 놀랐다.

"아…… 저기……."

이런 데서 만날 줄은 예상하지 못했기에 충격이 너무 커서 말도 안 나온다.

카인도 설마 담장 높이를 확인하려고 내려선 위치에 미레유가 있을 줄은 전혀 예상하지 못했다. 너무 놀란 나머지 표정과 함께 머릿속이 정지해 버린다.

잠시 흐른 침묵 뒤, 먼저 제정신을 차린 건 미레유였다.

약소국의 공주가 용왕을 상대로 예의도 갖추지 않고 멍하니 서 있는 일이 용서될 리가 없다.

어떻게든 태연한 척하고 드레스 자락을 잡아서 살짝 든 다음 몸을 숙인다.

(고향에서는 지위가 낮은 자가 먼저 말을 거는 건 금기지만, 용족은 어떠려나?)

이 나라의 예법도 고향과 같다고 생각해도 되는 걸까.

미레유는 열심히 생각해 보지만, 지식이 없어서 정답을 도출할 수 없다.

(아아, 배움이 부족한 게 이런 데서 발목을 잡다니!)

여자가 지식을 익혀서 국정에 참견하는 건 해악이라며 최소한으로 필요한 교육밖에 받지 못했지만, 그중에는 차단하지 말고 알아야 하는 정보가 잔뜩 있었던 게 아닐까? 그렇듯 뒤늦게 자신의 무지함을 후회한다.

(무사히 귀국하면 도서관에 있는 모든 책을 읽고 공부해야지.)

왕이나 신하에게 들키지 않도록 숨어서 봐야 하겠지만, 사서와는 친분이 있다. 부탁하면 조금 정도는 눈감아 줄 것이다.

향후 대책을 생각하며 조심스럽게 눈치를 살피자, 카인의 단정한 얼굴이 조금 떨리고 있었다.

이런 데서 가짜 신부 따위와 마주치고 싶지 않았던 거겠지.

(카인 님 입장에선 그저 불행한 조우일 거야.)

그런 식으로 이해하고 있어도 그 아름다운 자태에는 눈길을 빼앗긴다.

그 자리에 가만히 서 있기만 해도 존엄하고, 몸을 아주 조금 움직이기만 해도 긴장감에 숨을 죽이게 된다.

그야말로 타고난 제왕——.

루루가 말했던 '편안한 분' 이란 표현은 역시 어울리지 않는 것처럼 느껴졌다.

(내가 말을 거는 건 허락되는 걸까? 루루의 밀입국에 대한 관대한 조치에 한마디 감사를 전하고 싶은데…….)

과감하게 말을 걸려고 고개를 들자, 카인은 가만히 어떤 한 지점을 바라보고 있었다.

(뭘 보고 계신 걸까?)

"그건……."

그 시선을 따라가려고 하기도 전에 카인이 말을 걸었다.

"그건 나를 위해 자수해 주신 겁니까?"

"네?"

카인이 손으로 가리킨 것은 미레유의 오른손이었다.

손에는 카인을 위해 자수한 손수건이——.

"?!"

(어? 나, 무의식중에 챙겨온 거야? 테이블에 두고 왔을 텐데!)

지적받을 때까지 지금껏 손에 들고 있었다는 것조차 모르고 있었다.

미레유는 부끄러움에 뺨뿐만 아니라 손끝까지 빨개진다.

"아닙니까?"

동요한 나머지 카인의 목소리에 숨겨진 낙담은 눈치채지 못하고, 미레유는 손수건을 양손으로 꽉 쥔다. 구겨지는 것을 신경 쓸 여유도 없다.

"오, 오늘 드릴 예정인 물건이에요. 하지만 헌상하기에 좋은 물건이 아닌 것 같아서…… 그게."

횡설수설 말하는 미레유는 아랑곳하지 않고, 카인은 천천히 손수건으로 손을 뻗었다.

단정한 얼굴이 다가온 것에 놀란 미레유는 무심코 손의 힘을 풀었다.

그리고 어느새 손수건은 카인의 손으로 이동해 있었다.

"저기, 역시 다시 만들게요! 좀 더 당신께 어울리는 걸로."

"——소중히 여기겠습니다."

필사적으로 이어지는 미레유의 말에 포개듯, 카인이 말한다.

순수하게 웃는 것처럼 입꼬리를 올리고, 만족한 듯 붉은 눈을 가늘게 뜨며.

압도될 만큼 아름다운 얼굴이 살며시 다정하게 미소 짓기만 해도 그 전과는 다른 위력이 생겨, 그토록 긴장해서 쿵쾅거리고 있던 심장이 딱 멈춘 기분이 들었다——.

"아, 공주님. 어서 오세요!"

방으로 돌아오니 루루가 있었다.

평소와 같은 애교 넘치게 웃는 얼굴을 본 순간 안도감에 팽팽해졌던 것이 뻥 터져서, 미레유는 문을 등지고 그 자리에 주저앉았다.

"왜 그러세요?!"

달려오는 루루를 황급히 손으로 제지한다.

"아무 일도 아니야, 괜찮으니까……."

전혀 괜찮지 않았다.

솔직히 카인에게 손수건을 건네고 감사 인사를 들은 뒤의 기억이 없다.

그 뒤로 뭐라고 대답했는지도, 어떻게 방으로 돌아왔는지도, 전혀.

머릿속을 차지하는 건 손수건을 받았을 때 보여준 미소와 귓가에 언제까지나 남는 부드러운 목소리로 엮어진 감사의 말.

"~~~~~~으으!"

선명하게 떠올리자, 온몸의 피가 끓는 것처럼 뜨거워진다.

아까처럼 잘 익은 과실처럼 뺨을 붉게 물들인 미레유를 보고 루루가 허둥지둥 외쳤다.

"용왕님 손수건 너무 열심히 만드셔서 열나세요?!"

"부탁이야……. 루루. 잠깐만 기다려……!"

진정할 테니까. 진정시킬 테니까. 지금은 그 이름을 꺼내지 마.

고작 한 방울의 물방울조차 마음의 수면을 흔들어 버린다.

자신도 잘 이해할 수 없는 감정의 파문이 퍼지는 것을, 미레유는 필사적으로 억눌렀다.

❁❁❁

한편, 미레유에게서 염원하던 자수를 받은 카인은 기쁨으로 가득 차 있었다.

"기뻐하시는 와중에 죄송합니다만, 접근 금지 원칙을 잊으셨습니까?"

보고를 받은 젤기스가 당연하다는 듯 잔소리를 입에 담지만, 환희에 휩싸인 카인에게 그 설교는 대수롭지도 않다.

미레유에게 받은 손수건에는 사전에 본 세 장의 물건보다 훨씬 많은 양력이 있었던 것이다. 근처에 두기만 해도 마음이 편안해진다.

"다행이야……. 만약 이게 내 것이 아니었다면 날뛸 뻔했어."

안도가 드러난 투로 혼잣말을 중얼거리는 카인을 본 젤기스는 소름이 끼쳤다.

용왕이 날뛰는 건 웃어넘길 일이 아니다.

조금만 진심을 발휘하면 자기 나라만이 아니라 이웃 나라까지 순식간에 쑥대밭이 된다.

미레유가 좋아하는 꽃을 장식하고 싶다며 자기 방이나 집무실을 칼라 꽃으로 뒤덮는 정도라면 허용할 수 있지만, 나라가 멸망해서는 곤란하다.

하지만 유일무이한 보물을 손에 넣었다는 듯 만족스러운 젊은 용왕은 젤기스의 우려 따위 신경도 쓰지 않고 있었다.

가치관의 차이

“미레유 님, 이곳이 우리 나라에 일곱 개 있는 국고 중 하나인 《곡우(穀雨)》입니다.”

“어머……!”

무거운 쇠로 된 대문이 열리자, 끝이 보이지 않을 만큼 널찍한 공간이 나왔다.

안으로 한 발짝 발을 들이자, 국고 안을 채운 서늘한 공기가 뺨을 스친다.

“대단해요! 넓어요오!”

옆에 있던 루루가 흥분한 듯 양손을 파닥거린다.

내버려두면 뛰어갈 기세인데, 루루가 들뜨는 것도 이해가 갈 만큼의 규모였다.

기둥이 없는 공간인 국고 내부는 높은 선반이 쭉 깔려도 압박감이 없을 만큼 천장이 높다. 넓이는 고향의 왕성만 하다.

그 커다란 선반 전부에 크고 작은 나무상자가 빼곡히 진열된 모습도 압권이었다.

나일은 일곱 개 있는 국고 중 하나라고 알려주었는데, 이 곡우가 최대 규모인 것이 아니라 국고 모두가 같은 규모라고 하니, 미레유는 감탄의 한숨을 쉴 수밖에 없다.

(설마 식량 비축에 대해 계산하는 걸 잘한다는 말실수 덕분에 국고 안을 견학하게 될 줄은 몰랐어.)

귀중한 체험을 하게 해준 것에 대한 감사는 끝이 없다.

게다가 며칠 전 카인과 주고받은 대화가 머릿속에서 떠나지 않아서 무심코 떠올리곤 수치심에 몸부림치고 있었으니까, 오늘 견학은 기분도 바꿀 겸 잘된 일이다.

(정말 훌륭한 설비야…….)

황홀한 듯 넋을 잃고 주변을 둘러보는 미레유에게 한 여성이 다가온다.

흰색 의상에 붉은 띠가 돋보이는 드레스를 입은 여성은 미레유 앞까지 나아가 몸을 깊이 숙였다.

재빨리 나일이 소개한다.

"미레유 님, 이 사람이 일곱 국고의 총괄장입니다."

"처음 뵙겠습니다. 조강족의 도리스 이나라고 합니다."

(어…… 조강족 분이야?)

조강족이라 해도 그 조상은 다양하다.

까마귀나 참새가 조상인 일족이라면 알지만, 도리스의 조상은 학이라고 한다.

(학을 조상으로 둔 조강족을 보긴 처음이야.)

책에서 읽은 수준의 지식이지만, 그것에 따르면 한곳에 잘 머무르지 않는 일족이며 외모가 아름다운 자가 많다고 기록되어 있었다. 도리스는 그 말 그대로의 여성이다.

흰색과 검은색이 섞인 머리카락은 한 가닥만 붉고, 눈동자 색은 암갈색. 각지고 굵은 검정 뿔테 안경을 쓰고 있어도 그 아름다움은 충분히 엿보인다. 신비로운 용모를 지녔으면서 어딘가 느긋한 분위기를 풍기는 미녀다.

"오늘은 부디 잘 부탁드립니다."

미레유는 인사를 돌려주면서도 한 가지 의문을 품는다.

(여관은 다들 용족 분이었는데, 다른 종족도 계시는구나.)

게다가 국고 총괄이라는 중대한 임무를 맡고 있다니.

고향에서는 여성이라는 이유만으로 관직을 맡을 수 없다. 다른 종족이라면 더더욱.

그런 미레유의 의문을 눈치챘는지 나일이 설명해 주었다.

"우리 나라는 유능한 자라면 종족을 따지지 않고 등용합니다. 이분은 《냉각술》이 뛰어나다는 점, 연구에 전념하는 점을 인정받아 선대 용왕 시대부터 임무를 맡고 있습니다."

도리스 말고도 냉각술을 장시간 방출할 수 있는 마력량을 가진 자는 여럿 있지만, 그중에서도 수장으로 인정받은 것은 강한 연구 의욕 때문이라고 한다.

"무척 박식하신 분이군요."

왕녀로서 자기 나라의 역사나 최소한의 필수 지식은 배웠지만, 용족의 나라처럼 큰 나라에서 인정받을 정도의 학식을 갖추지 못한 미레유는 존경하는 눈으로 도리스를 바라보았다.

"아뇨. 별로 대단한 건 아닙니다. 처음에는 이 일곱 국고에 친 《보존술》을 연구하고 싶었을 뿐이거든요. 그러다 어느새 총괄장이 되어버려서……."

후후후, 하며 왠지 눈빛을 흐리고 도리스가 웃는다.

겸손과는 조금 다른 차원의, 피로가 드러나는 웃음이었다.

"저희 용족은 싸우는 것 말고는 별로 도움이 안 돼서, 도리스 같이 생활 마법을 쓸 수 있는 자는 중용됩니다. 적재적소죠."

"지위와 봉급을 많이 받는 건 더없는 영광입니다. 하지만 저로서는 연구에 더 힘을 쏟고 싶은 심정입니다."

"연구, 말인가요?"

그건 주로 어떤 연구일까.

아까 입에 올렸던, 보존술이라고 하는 낯선 마술도 궁금하다.

무심코 지적 호기심이 생겨서 묻자, 도리스는 눈을 초롱초롱 빛내며 느긋한 분위기에선 상상할 수 없는 기세로 떠들어댔다.

"미레유 님도 보존술이 궁금하신가요?! 당연히 그렇겠죠! 안 궁금하실 리가 없지요! 물론 저는 물건을 차갑게 하는 것을 주된 용도로 하는 냉각술을 잘 다루지만, 그것만으로는 이만큼의 식량을 오랜 기간 보존하긴 어렵습니다! 하지만 이 나라의 일곱 국고에는 처음부터 보존술이라는 것이 걸려 있어서요. 보존술이란 식품의 부패를 지연하는 효과가 있는 마술인데, 아니, 물론 이것 자체는 드문 게 아니지만, 이 나라의 보존술은——."

"도리스, 저는 당신의 견해를 미레유 님께 설명하라고 명하지 않았습니다."

노도와 같은 기세로 설명을 시작한 도리스를 나일이 차갑게 제지한다.

냉각술로 가득한 국고 내부보다도 차가운 목소리지만, 도리스는 아랑곳하지 않고 나일에게 대들었다.

"정말이지, 이래서 용족은! 이 보존술 장치에 흥미를 갖지 않는 건 당신네 일족 정도라고요! 좀 더 고마운 줄 알아야 해요!"

"은혜에 대해서는 감사하고 있습니다. 하지만 미레유 님께 그걸 강요하지 말라고 하는 겁니다."

"미레유 님도 다른 종족인걸요! 분명 깊은 흥미를 느끼시고 이해해 주실 게 뻔해요!"

"그러니까 그런 식으로 강요하지 말라고 하는데요."

격론을 주고받는 두 사람은 허물없는 사이인 모양이다.

나일에 대해 이렇게 쑥쑥 발언하는 인물을 보긴 처음이다.

그런 달아오르는 두 사람의 대화를 멈춘 건 국고 안을 대충 견학하고 난 루루였다.

"공주님도 차갑게 하는 마술 쓸 수 있어요."

평소의 명랑한 어조로 이야기에 끼어들자 두 사람의 대화가 딱 멈춘다.

"어머, 세상에 멋져라! 저와 같은 재주가 있군요!"

"경솔하게 미레유 님께 다가서지 마세요!"

희희낙락하며 미레유의 양손을 잡는 도리스에게 나일의 호통이 날아들지만, 그걸로 행동이 멈추지는 않는다.

한편 미레유는 도리스에게 이래도 되나 싶을 정도로 기대치가 높은 눈빛을 받아 당황하면서도 강하게 부정했다.

"아뇨, 전 마력도 적고, 냉각이라 해도 돌의 힘을 빌리지 않으면 성립하지 않는 마술이라서……. 도리스 씨처럼 장시간 마력을 방출할 수 있는 힘은 도저히 없어요!"

"——?!"

필사적으로 호소했더니 어째서인지 도리스의 표정이 큰 충격을 받은 것처럼 굳어졌다.

"그건……. 돌의 힘을 빌린다는 건 구체적으로 어떤 방법을 말하는 걸까요?"

잡고 있던 손을 천천히 놓으며 묻는 목소리는, 조금 전의 밝고 힘찬 목소리와 달리 어딘가 딱딱했다.

흥미는 없어도 예의상 하는 질문일 거라고 생각한 미레유는 자신의 마술을 더듬더듬 설명했다.

곁에 있던 나일은 도리스의 눈이 완전히 연구 대상으로 포착했음을 눈치챘지만, 미레유가 설명하는 말을 가로막을 수도 없어서 걱정스러운 시선으로 상황을 지켜본다.

"――그러니까. 돌에 마술을 부여하고, 돌의 힘에 의해 그 이후로도 힘을 유지한다는 건가요?"

미레유의 설명을 하나하나 곱씹듯이 도리스가 묻는다.

"네……."

실제로 미레유에게는 도리스의 냉각술과 비슷한 힘이 있다.

하지만 그건 자신의 마력을 방출함으로써 유지되는 것이 아니라, 돌에 마력을 가함으로써 힘을 발동하는 것이었다.

말하자면 돌이 없으면 쓸 수 없는 불완전한 마술.

다들 당연하게 자신의 마력으로 힘을 발하는데, 돌에 힘을 부여하지 않으면 술식조차 성립하지 않는다.

그 이질감과 빈약함은 아버지도 반쪽이라며 멸시할 정도다.

가족조차 눈살을 찌푸리는 무능함을 입에 담는 것은 몹시 부끄러웠지만, 도리스의 눈에는 비웃는 기색이 없고 무언가 생각에 잠긴 얼굴이다.

"그렇군요……. 미레유 님의 나라엔 그런 분이 또 계십니까?"

"아뇨. 돌이 필요한 건 저 정도일 거라고 하는데……."
"그렇겠죠! 그런 분이 다수 있다고 들으면 제가 찾아가지 않았을 리가 없으니까요!"
도리스는 혼자 납득하듯 몇 번이나 고개를 끄덕인다.
기분 탓인지 목소리도 들떠 있는 것처럼 들린다.
"도리스 씨?"
"미레유 님은 자신의 힘을 겸손해하시지만, 마력의 주인에게서 힘을 분리한 상태로 술식을 유지하는 행위는 본래 무척 어려운 일이에요."
"……네?"
"그걸 가능하게 한 분은 제가 아는 한에서 오로지 한 분── 초대 용왕 폐하 말고는 들어본 적이 없습니다."
나온 이름에 미레유는 숨을 삼킨다.
"초대, 용왕 폐하……?"
"그분이 이 일곱 국고에 건 마술── 보존술도 미레유 님과 마찬가지로 모종의 형태로 유지되는 술식입니다. 하지만 그 마술이 건물 전체에 걸린 건지, 아니면 무언가에 걸린 마술이 건물 전체를 에워싼 건지는 아무에게도 해명되지 않았죠. 현재 알고 있는 것은 단 하나. 이 마술이 《영구술》로서 완성되어 있다는 것뿐입니다."
이미 존재하지 않는 분의 힘이 지금도 살아 있다.
그건 터무니없는 일이 아닐까?
"저기…… 비교하기엔 너무 차원이 다른 것 같은데요."
"아뇨. 다르지 않습니다! 돌의 힘을 이끌어내서 마력을 적게 소비하고 술식을 성립시키다니, 무척 고도의 마술 아닙니까!"

"과, 과대평가예요. 정말로 제 마술은 그렇게 대단한 게……!"

미레유의 마술은 자국에서는 정말 무용지물 취급이었다.

1년 내내 기온이 낮은 고향에서 식품은 저장고에 넣어두면 그만이다.

애초에 썩을 정도로 많이 저장하지도 못한다.

"이게 특이한 힘이라 해도…… 그게 다예요. 도움이 되는 건 아니에요."

목소리가 점점 작아지며 부족한 자신감이 드러난다. 비굴한 자신을 감출 수 없다.

(안 돼. 이래서는 도리스 씨를 불편하게 할 거야.)

적어도 좀 더 유익하고 흥미를 끌 일은 없을지 궁리하다가 문득 친동생이 생각났다.

"! 그래요. 도리스 씨도 제가 쓰는 불완전한 마술보다 동생의 힘에 더 관심이 생길 거예요. 동생은 치유의 힘을 쓸 수 있어요. 조만간 찾아올 예정이니 꼭 만나──."

"아뇨. 치유의 힘에는 관심이 없으니 됐습니다."

이야기 도중에 딱 잘라 부정당해 미레유는 말문이 막힌다.

"네? 그 치유의 힘이라고요? 희귀한 줄 알았는데……."

"제 관심사는 아닙니다."

(치유의 힘에…… 관심이 없어?)

저도 모르게 아연실색한다.

고향과 주변 나라 사람들은 치유의 힘이라고 들으면 무척 놀라며 우러러본다.

흥미 없다고 잘라 말하는 사람은 지금껏 만난 적이 없었다.

"치유의 힘은 어느 나라든 어느 정도 쓸 줄 아는 자가 있고, 용족이라면 타고나는 힘입니다. 제게는 매력이 없어요."

"그런……가요?"

저도 모르게 나일에게 시선이 간다.

루루도 궁금했는지 천진난만한 눈으로 나일에게 묻는다.

"나일 씨도 치유의 힘을 쓸 수 있어요?"

"네. 사지 절단 정도라면 순식간에 고칠 수 있습니다."

나일의 태연한 대답에 미레유와 루루가 동시에 굳었다.

"사지……."

"절, 단?"

숨을 꿀꺽 삼키고, 두 사람은 놀라움과 공포를 드러내며 복창했다.

(그, 그건 이미 치유의 힘이 아니라 완전 회복 아니야?!)

그야말로 신의 영역.

나라의 보물로 소중히 여겨지던 동생 에밀리아도 가벼운 부상이나 병을 고칠 수 있는 정도. 절단된 사지를 고치는 건 불가능하다. 힘의 규모가 너무 다르다.

"용족은 싸우는 것에 특화된 생물이니까 사지 절단 정도 순식간에 고치지 못하면 말이 안 되죠."

정보를 추가하는 도리스를 보며 미레유는 절실히 생각했다.

이 나라에 와서 몇 번이나 느낀 거지만, 다시 한번 가슴속으로 되뇐다.

가치관과 가지고 있는 힘이 너무 달라——!

"아, 물론 현명하신 동생분의 힘을 얕보는 건 아닙니다. 부디 기분 상하지 말아 주세요."

도리스는 아차 싶었는지 자신의 발언을 사과하지만, 확실히 용족의 힘과 비교하면 그 눈에 찰 리가 없다.

"아니요. 여러분의 능력도 모르고 안이한 제안을 입에 담고 말았네요."

남에게 의지하려는 자신의 태도를 부끄러워하고 있는데, 아까 이상의 힘으로 덥석 양손을 잡힌다.

"하지만 저도 연구자입니다! 돌에 힘을 부여해서 사용하는 마술이라고 들으면 마석을 방불케 하여 가슴이 설레지 않을 수 없습니다! 마석이라도 한계가 있고, 마석 없이는 마도구도 제작할 수 없죠!"

"네? 네에?"

도리스의 뜨거운 열변에 머리 위로 물음표가 날아다닌다.

마석? 마도구?

둘 다 신화 속에서만 들어본 적이 있는 단어였다.

"이, 이쪽 대륙에는 마석이 현존하고 있는 건가요?"

"아차, 실수했네요. 용족만이 가지고 있는 물건이라 귀에 익숙하지 않겠군요."

도리스는 즉시 연구자의 얼굴로 해설에 들어간다.

"《마석》이란, 간단히 말하자면 '술식을 담음으로써 언제든지 마술을 사용할 수 있는 상태'로 만들 수 있는, 귀중한 돌을 말합니다."

"술식을 담음으로써……?"

“네. 마석은 술식을 담는 자를 가리지 않고, 마력의 크기에 차별받지도 않습니다. 한 번 담긴 술식은 그 후에도 공급이 필요 없고, 부여한 마술을 유지할 수 있습니다.”

놀라움에 눈을 크게 떴다.

미레유가 아는 신화 서적에서는 마석의 힘을 자세히 언급하지 않는다.

원시 시대, 세계를 바꾼 신물(神物) 중 하나라고 서술하고 있을 뿐이다.

어릴 때 어머니가 자장가 대신 읽어주던 미지의 보물이, 유례없는 힘을 가지고 아직 이 세계에 남아 있다는 사실에 미레유는 가슴이 뛰었다.

흥분한 표정으로 이야기를 듣는 미레유 옆에서 루루는 고개를 갸웃했다.

“돌에 힘을 담으면 쓸 수 있는 건가요? 왠지 공주님 힘이랑 비슷하네요.”

“그렇습니다!”

“네? 네에에? 아니, 하나도 안 비슷하잖아요?!”

루루와 도리스의 견해에 미레유는 놀라며 곧바로 이의를 제기했다.

“저는 제 몇 안 되는 마술밖에 부여할 수 없고, 술식의 범위나 유지할 수 있는 시간도 얼마 안 돼요!”

대상자를 가리지 않고 마술을 부여해 행사할 수 있는 마석과는 희소성이 전혀 다르다고 호소했지만, 돌아온 것은 “아뇨!”라는 힘찬 부정이었다.

"마술을 부여해 유지할 수 있다는 것 자체가 특이한 겁니다!"

"하지만…… 그렇게 훌륭한 게 있다면 제 마술은 하찮을 거 같은데요."

"——마석은 초대 용왕 폐하의 유산입니다."

두 사람의 문답에 냉정한 어조로 끼어든 것은 그때까지 침묵하고 있던 나일이었다.

"오랜 세월이 지나도 곤란하지 않을 만큼의 양을, 초대 용왕 폐하께서 저희에게 남겨주셨습니다. 하지만 무한하지는 않습니다."

나일의 말에 덧붙이듯 도리스가 잇는다.

"마석의 가장 훌륭한 점은 뭐니 뭐니 해도 마도구로 가공할 수 있다는 점입니다. 마석에 마술을 걸고, 부수고, 주무르고, 때로는 짜서 나라를 유지하는 다양한 일에 사용되어 왔습니다."

드레이크의 영토에는 활화산이 많아 항상 지표를 데운다. 본래라면 생물이 서식하기에는 가혹한 땅.

튼튼한 용족에게는 아무렇지도 않겠지만, 도리스 같은 다른 종족은 그렇지 못하다.

"지금 이렇게 용족이 아닌 자가 생활할 수 있는 건 단순히 마석에 의해 쾌적하게 살 수 있도록 술식이 유지되어서 그런 겁니다. 그 결과 마석의 수는 감소하고만 있죠. 앞날을 생각해서라도 마석 감소는 지금부터 대책을 강구할 필요가 있는 문제라고 보고 있습니다."

도리스는 다른 종족인데도 마치 자기 나라 일처럼 근심하고 있었다.

계속해서 타개책을 추구하는 강한 눈빛이 미레유에게는 눈부셔 보인다.

"그렇기에 저는 초대 용왕 폐하가 어떻게 마석을 만들었는지 하는 점에 초점을 맞추고 해명해 왔습니다. ——하지만 이 나라는 유구한 역사와 빛나는 사적에 비해 역사 자료가 너무 적다고요!"

어지간히 화가 나는지 도리스는 아름다운 얼굴을 찡그리며 이를 뿌득뿌득 갈았다.

이건 근심이라기보다 집념에 가까울지도 모른다.

"수수께끼의 최고봉이 바로 이 국고입니다. 일곱 국고에 걸린 보존술에는 마석이 일절 사용되지 않았습니다. 아니, 사용되지 않은 것으로 추정된다, 라고 설명하는 게 옳겠군요."

"불확정, 이라는 건가요?"

"네. 마석에는 초대 용왕 폐하의 마력이 담겨 있지만, 국고에서는 그게 전혀 감지되지 않거든요. 일곱 국고는 초대 용왕 폐하의 최대이자 최후의 유산이라고 전해지지만, 현존하는 건설 자료가 하나도 없어서…… 왜 남기지 않은 걸까요. 정말 분통이 터져요!"

분한 듯 주먹을 꽉 쥐는 도리스에게 미레유가 뭐라고 말해야 할지 망설이고 있을 때, 갑자기 개운한 표정을 보였다.

"그런 한 줄기 광명조차 찾지 못했던 차에, 돌에 마력을 담을 수 있는 힘이 있다고 들으니 마음이 움직이지 않을 리가 없죠! 부디 미레유 님의 술식 효과 범위나 지속력에 대해 검증하게 해 주실 수 없을까요?!"

"그, 그건……."
솔직히 몹시 흥미가 동했다.
힘의 검증 같은 건 지금까지 생각해 본 적도 없었다.
무엇보다 도리스의 연구 의욕에 마음이 움직인다.
자신은 이처럼 강한 신념을 가지고 무언가에 몰두해 본 적이 없다.
고향에서는 정해진 시간에 정해진 일과를 소화하고 하루가 끝나는 매일.
별다를 것 없는, 하지만 규칙적으로 끝나는 생활은 자신의 성격에 맞다고 생각했다.
하지만 생기 넘치는 도리스의 눈을 바라보고 있으니, 그렇게 믿고 있었던 것뿐이지 않을까 하고 문득 생각하게 된다.
누군가의 열기를 접하면 나도 그 열기를 느낄 수 있지 않을까?
경험한 적 없는 열기를 접해 보고 싶었다.
(하지만………….)
그게 이루어질 수 없는 소원이라는 건 알고 있다.
내게는 아버지에게 받은 명령이 있다.
그것은 자신의 마음을 채우는 것이 아니라, 에밀리아가 올 때까지 무난하게 나날을 보내고 본래 신부인 동생과 평화롭게 교체되는 것.
(카인 님도 분명 가짜 신부는 남들 눈에 띄지 않길 바라실 거야. 그런데 국고 견학까지 허락해 주셨어. 이제 더는…….)
고통스러운 표정으로 고개를 숙이는 미레유 대신 나일이 끼어든다.

"도리스, 다음 예정도 조금은 생각하고 발언하세요. 미레유 님은 당신을 위해 여기 오신 게 아니라고요."

은연중에 '혼례 전에 신부를 번거롭게 하지 마라' 라고 말하는 바람에 용왕의 혼인이 어떤 것인지 잘 아는 도리스는 마지못해 물러났다.

"알겠습니다. 그만 욕망대로 앞서나가서 죄송합니다. ——하지만 무사히 혼례가 끝난 뒤에는 꼭 힘을 빌려주세요!"

"그, 그래요……."

다시 양손을 꽉 잡고 강하게 간청하는 도리스에게, 미레유는 애매모호하게 미소 지었다.

(그때는 죄인으로 잡혔을지도 모른다곤 말할 수 없어…….)

"미레유의 능력에 그런 힘이?"

보고를 받은 카인은 놀란 듯 중얼거린다.

옆에 있던 젤기스도 의외라는 듯 눈을 깜빡였다.

"희귀한 힘을 가지셨군요. 마술을 돌에 부여해 유지하는 능력은 저도 초대 용왕 폐하 말고는 들어본 적이 없습니다."

한 번 마술을 담으면 소유자가 항상 공급하지 않아도 지속되는 힘은 드문 정도가 아니라, 과거의 문헌을 훑어본 적 있는 젤기스조차 초대 용왕 말고 짚이는 바가 없었다.

"자수에 양력이 담긴 것도 그렇고, 미레유 님께는 힘을 머무르게 하는 능력이 있는 걸지도 모릅니다."

고찰을 거친 나일의 보고에 카인은 팔짱을 끼며 못을 박는다.

"확실히 훌륭한 능력이지만 마석을 대신할 부여석 생성은 복잡하고 어려운 문제야. 아직 이쪽 생활에 익숙하지 않은 미레유에게 그런 부담을 강요하는 건 허용할 수 없어."

"물론입니다. 미레유 님도 난감해하시는 기색이었고, 도리스도 혼례가 끝날 때까지는 강행 돌파하지 않을 겁니다."

"……그건 혼례가 끝나면 도리스의 강행 돌파는 피할 수 없다는 말과 같은 뜻 아닌가?"

"안심하세요. 그때는 제가 온 힘을 다해 저지하겠습니다."

"아니, 하나도 안심이 안 되는데……."

나일의 전력은 외국으로 치환했을 때 대군 이상의 힘이다.

그런 걸 싸움을 좋아하지 않는 미레유가 본다면 그 자리에서 기절할지도 모른다.

충격이 큰 나머지 귀향하고 싶다고 간청하면 어쩌지 하며 새파래지는 카인을 보며, 젤기스가 문득 생각난 듯 한 장의 봉인된 서간을 꺼냈다.

"그 글리레스에서 방금 동생분의 방문 건으로 친서가 도착했습니다."

깔끔하게 접힌 그것을 펴서 쓱 훑어보고는 카인은 한 가지 의문을 품었다.

"미레유의 동생이 시집을 간 곳은 스네이크일 텐데. 일부러 글리레스를 사이에 끼울 필요가 있었나?"

"연락은 고국으로 보내달라는 게 미레유 님의 요망이었으니까요. 시집간 곳에 따라 여러 가지 관습이 있겠죠. 클라우스 님한테서도 용족의 상식은 세상의 비상식이라고 지적받은 바가 있으니, 우리 생각으로 행동하는 것보다 미레유 님의 지시가 적절할 듯합니다."

"뭐…… 그것도 그렇군."

10년이라는 기간을 짧다고 착각해 오랫동안 기다리게 한 전력도 있다.

카인이 납득하는 옆에서 묘하게 강한 눈빛으로 친서를 바라보던 나일이 천천히 입을 열었다.

"동생분 건, 잠시 기다려 주실 수 없을까요."

"왜지? 미레유의 몇 안 되는 요망이야. 가능하면 시급히 들어주고 싶어."

"그 전에 의룡관의 진단을 받아주셨으면 합니다."

"미레유가 몸이 안 좋다고 호소하고 있는 건가?!"

의룡관(醫竜官)이란, 왕궁에서 일하는 의사를 말한다.

놀라서 몸을 내미는 카인에게 나일은 고개를 젓는다.

"아니요, 현재 그럴 우려는 없습니다. 루루 님이 오시고 나서는 식사도 잘하시는 모양이고 안색도 양호합니다."

"그래…… 다행이다……."

안도하며 표정을 누그러뜨리면서 카인이 묻는다.

"건강에 문제가 없다면 왜 의룡관의 진찰이 필요한 거지?"

"현재 상태는 확실히 건강합니다. 하지만 고국의 식전에서는 몸이 불편해 불참하셨다고 하더군요. 용인으로 지켜지고 있을 옥체가 편찮다고 들으니 역시 신경이 쓰입니다."

본래 미레유의 몸은 용인으로 지켜진다.

건강 불량은 쉽게 일어나는 현상이 아니다.

"확실히 그렇게 소문내는 자가 있었지만, 나라 사람들은 미레유가 기분이 별로여서 불참한 거라고 하던데."

"기분이 별로여서? 미레유 님은 기분 때문에 식전에 불참하실 분으로는 보이지 않는데요."

나일의 말에 카인도 강하게 동의한다.

사실 미레유는 10년 전 기념제 때도 식전이 종료된 후에도 기도를 올리고 있었다.

지금의 미레유를 보고 있어도 기분이 별로라고 쉴 인품으로는 생각되지 않는다.

그때 나에게 그렇게 전한 건 누구였지?

미레유와 재회할 수 없다는 절망에 머리가 꽉 차서 주위 일은 거의 기억에 없다.

그래도 기억을 더듬자 희미하게 생각났다.

나에게 그렇게 고한 게 그 동생이었다는 사실을――.

"미레유가 무사한 걸 확인하고 안심하고 있었지만, 확실히 신경 쓰이는군……. 젤기스, 로라에게 소환장을 보내라."

의룡관 로라는 최고봉의 솜씨를 가졌다고 추앙받는 의사이며 용왕의 일족이기도 했다.

몸의 기억을 더듬는 그 힘은 수십 년, 수백 년의 시간조차 넘어 모든 것을 꿰뚫어 볼 수 있어, 용왕의 신부를 진찰한다면 그 사람밖에 없다고 누구나 납득할 인재다.

"즉시 준비하겠습니다. 하지만 로라는 현재 신종 약초를 찾으러 간다며 《혹한의 대지》로 떠난 상태라, 귀성에는 빨라도 며칠

걸릴 듯합니다.”

“…………왜 우리 일족은 다들 나라에 없는 거야?”

용왕 자리를 넘기자마자 여행을 떠난 부모님도 그렇고.

혈족의 자유분방함에 카인이 깊은 한숨을 내쉬자, 용기사가 허둥지둥 집무실로 뛰어들었다.

“황송하오나 보고드립니다! 클라우스 님이 오셨는데, 말려도 듣지 않으시고 정원으로 향하셨습니다!”

서론을 생략한, 그야말로 시급하다는 모습에 그 자리에 있던 전원이 의아해한다.

클라우스는 옛날부터 사촌의 특권이라며 제집 드나들듯 왕성을 활보하고 다녔다.

평소에는 수위도 용기사도 그가 어디를 가든 신경도 안 쓴다.

왜 오늘따라 일부러 보고하러 온 건지.

“그 녀석이라면 언제나 제멋대로 어디든 가잖아?”

“그게…… 클라우스 님이 향하신 곳은 내빈용 정원이 아니라 미레유 님 전용 안뜰이라서요.”

“……——뭐라고오오오오오오?!”

몇 초 후, 메아리친 호통과 방출된 마력에 집무실의 커다란 창문은 산산조각이 났다.

❁ ❁ ❁

미레유는 정원에 마련된 전망대 아래에서 혼자 멍하니 양손을 바라보고 있었다.

(내 힘은 이 나라에서 도움이 되는 걸까?)

도리스는 희귀한 힘이라며 치켜세웠지만, 실감은 별로 없다.

지금까지의 경험으로 봐도 돌에 마술을 부여해 봤자 3일도 못 가 술식의 효력이 소멸했다.

술식 범위도 기껏해야 작은 방 한 칸 정도다.

그런 꼴로는 부여 자체가 드문 것이라 해도 그다지 도움이 된다고는 생각되지 않았다.

좀 더 긴 시간 마술을 유지하고 술식 범위가 넓어진다면 혹시 모르겠지만——.

(바보 같긴. 자신의 무력함은 내가 제일 잘 알고 있잖아.)

아무리 강하게 바란다 한들 내 나이를 생각하면 더 이상의 성장은 기대할 수 없겠지.

지금까지 결코 노력을 게을리한 건 아니다.

남몰래 자신의 마력 정밀도를 높이려고 기를 쓰던 시기도 있었다.

하지만 노력이 실력에 걸맞은 적은 없어서.

"이것만큼은 재능인걸. 거절하길 잘했어……."

자신을 타이르듯 가슴에 손을 얹자 문득 몸에 그림자가 진다.

루루치고는 키가 큰 그림자라 고개를 들자, 그곳에는 낯선 헌헌장부가 서 있었다.

"합석해도 될까요?"

상쾌한 인사와 함께 미소 지어, 미레유는 입을 벌린 채 굳어버렸다.

이 나라에 온 이래 카인, 젤기스 외의 다른 남성이 말을 건 것은 처음이다.

오렌지와 적갈색이 섞인 짧은 머리와 육식 동물처럼 조금 치켜 올라간 눈꼬리.

금색 눈동자에 떠오른 흑점이 빛의 가감으로 형태를 바꾼다.

체격도 연령도 카인과 그리 다르지 않은 그는 감도는 마력으로 보아 상위 종족이라는 것을 알 수 있다.

하지만 균형 잡힌 오른쪽 상반신을 드러낸 복장 하나만 봐도 용족이 아닌 것은 명백했다.

무엇보다 그를 본 순간 몸에 몰린 듯한 긴장감이 퍼지고, 토끼처럼 도망치고 싶어지는 이 충동.

틀림없이 설치족이 원시 때부터 꺼리는 부류의 종족이다.

(본능적인 공포라 해도 얼굴에 드러내지 말아야 해….)

본인이 악의를 발산하고 있는 게 아님을 감안해도, 지나친 두려워하면 예의에 어긋난다.

미레유는 자리에서 슥 일어나 정면에서 몸을 숙이며 인사말을 꺼냈다.

"부족하게나마 인사를 올립니다. 글리레스의 첫째 왕녀, 미레유 글리레스라고 합니다."

최소한의 인사를 입에 담고 고개를 들자 그는 한순간 의아한 듯 고개를 갸웃하고, 살짝 눈을 가늘게 떴다. 마치 착각했다고 말하는 듯한 얼굴로.

(? 혹시 누군가와 착각해서 말을 거신 걸까?)

앉아 있을 때는 빛 반사로 미레유의 얼굴이 잘 보이지 않았을지도 모른다.

그런 미레유의 희미한 당혹감을 느꼈는지 그는 자신의 태도를 사과하듯 고개를 숙였다.

"실례했습니다. 아무래도 생각했던 분과는 달라서요."

"? 그건……."

도대체 무슨 의미일까.

"아아, 제 자기소개를 아직 안 했군요."

그는 오른팔을 가슴에 대고 우아하게 허리를 굽혔다.

"티거의 다섯 번째 왕자, 클라우스 티거. 카인과는 사촌 관계에 있는 자입니다."

"——?!"

(카인 님의 친족…….)

티거라고 하면 호랑이를 조상으로 하는, 설치족이 가장 위협으로 여기는 종족이다.

이 본능적 두려움의 원인은 역시 그 조상에 있었던 것 같지만, 지금은 그보다 그가 카인의 친족이라는 사실에 놀랐다.

카인의 혈연 관계자는 아직 숙부인 젤기스밖에 듣지 못한 미레유에게 이 정보는 귀중하다.

이 사람이 외척이라면 필연적으로 카인의 어머니도 호족이라는 뜻이다.

호족의 상세한 생태에 대해서는 별로 지식이 없었지만, 종족 중에서도 상당히 높은 상위종임은 틀림없고, 그 혈통의 귀함은 의심할 여지도 없다.

혈통뿐만 아니라 카인의 단정한 용모를 봐서는 왕대비의 미모가 엿보인다.

분명 높은 마력과 미모를 겸비한 여성이겠지.

(겉모습도 별로고 못난 저와는 정반대겠죠.)

저도 모르게 비교해 버리는 자신에게 흠칫했다.

나는 가짜 신부.

애초에 나 자신과 비교하는 것 자체가 이상한 짓이다.

현실을 떠올리고 어둡게 가라앉는 마음을 질타하듯 입술을 깨물자, 그 모습을 클라우스가 바라보고 있었다.

그의 아름다운 황금빛 눈동자 속에 내 모습이 비친다.

중앙의 검은 눈동자가 보이지 않는 것까지 꿰뚫어 보고 있는 것 같아 미레유는 저도 모르게 숨을 죽인다.

그러고 보니 그는 왜 나에게 말을 건 걸까?

새삼스러운 의문은 그가 내뱉은 말로 이해했다.

"아까는 실례했습니다. 사실은 저도 귀국의 축제에 카인의 동행자로서 갔었는데, 그때 그 여성과는 꽤 느낌이 달라 그만 놀라버려서요."

"――!!"

경악해서 소리를 낼 뻔했지만, 간신히 도로 삼켰다.

『생각했던 분과는 달라서요.』

(방금 그 말은 그런 뜻이었던 거야……!)

카인과 함께 기념제에 왔었다면 내가 에밀리아와 다르다는 사실을 한눈에 알수 있다.

기념제에서 만난 소녀라고 생각해 말을 걸었지만, 상대가 전혀 달랐기에 고개를 갸웃했던 것이다.

(하지만 올해 기념제에 호족 분이 카인 님과 함께 오셨다는 얘

기, 루루한테도 누구한테도 못 들었는데.)
용족의 방문에 가려져 있었던 걸까.
하지만 호족이라 해도 엄청난 귀빈이다. 입에 오르내리지 않을 리가 없다.
하물며 야성미가 있는 클라우스의 단정한 용모는 사람들의 눈길을 끈다.
카인과 함께라면 더욱더 빛나 보였을 것이다.
(아니야. 그보다 문제는 신부가 다르다는 걸 들켰다는 거야.)
카인과의 알현 이래 흐지부지되어 있던 건을 지적받아 미레유는 크게 당황했다.
"저, 저기……."
아무튼 이 자리는 끝까지 모른 척할 수밖에 없다.
현재 자신은 신부로서 요청받아 시집온 것으로 되어 있다.
아직 신부의 착오에 대해 언급되지 않은 처지인데 그걸 알고 있는 것처럼 발언할 수는 없다.
(처음부터 실수를 눈치채고 있었으면서 카인 님들을 속이고 있었다고 알려지면 큰 외교 문제가 돼……!)
동요한 나머지 기울어진 몸을 억지로 잡아서 어떻게든 똑바로 세운다.
목소리가 떨리지 않도록 조심해야 한다고 생각하며 입을 열지만, 말이 목구멍에 걸려 잘 나오지 않는다.
아무리 모르는 척해도 이 사람의 발언 하나로 사태가 크게 움직인다.
제아무리 카인이라고 해도 사촌이 쓴소리를 하면 가짜 신부에게 벌을 줄지도 모른다.
(내가 벌을 받는 건 상관없어. 처음부터 각오하고 있었으니까. 하지만…….)
루루만은 용서받을 수 있을까?
나와 엮인 탓에 나일이나 도리스에게 폐가 가는 일은 없을까?
그리고── 두 번 다시 카인과 만날 수는 없는 걸까…….
단정한 모습이 뇌리를 스친 순간, 너무나도 위태로운 간계가 가슴에 싹튼다.
조금만 더.
적어도 에밀리아가 올 때까지만이라도 그가 묵인해 줄 수는 없을까── 하고.
(무슨 생각을 하는 거야. 그런 소원을 입에 담았다간 이쪽이 전부 알고서 속이고 있었다는 것까지 알려져 버려!)
나는 글리레스의 첫째 왕녀.
사적인 일보다 나라를 우선하는 게 당연한 몸.
하물며 그가 어떤 인물인지도 모른다.
더욱 궁지에 몰릴 가능성도 얼마든지 있다.
(어리석은 생각은 그만둬. 더 뭘 바란다는 거야…….)
"카인은 얼빠진 구석이 있어서 여러모로 걱정했습니다만. 과연, 미레유 양. 당신은 제법……."
"아── 클라우스 님!"
분명 거짓말쟁이에 뻔뻔한 여자라고 이어질 말을 가로채고, 정신을 차려보니 매달리듯 간청하고 있었다.
"황송하게도 카인 님을 속이고 있다는 것은 알고 있습니다! 하지만 시조신께 맹세코 용족 여러분을 해칠 생각은 없습니다. 동생이 무사히 이쪽으로 올 때까지 일시적인 것입니다!"

"네?"

클라우스의 의문형 대답은 궁지에 몰려 있던 미레유의 귀에는 닿지 않았다.

인생에서 처음으로 왕녀의 이성을 내던지고 비천한 소원을 입에 담는 것에 대한 두려움과 주저함에 손발이 떨려, 지금은 서 있는 것조차 벅차다.

그래도 필사적으로 말을 이었다.

"부디 동생이 올 때까지, 제가 가짜 신부라는 사실은 비밀로 해주실 수 없을까요?!"

숨을 헐떡이며 필사적으로 간청하는 미레유를 앞에 두고, 클라우스는 입가에 미소를 띤 표정 그대로――.

――곤혹스러워하고 있었다.

(뭐지? 무슨 얘기야?)

카인을 속이고 있다?

가짜 신부?

무슨 의도가 있는지 도무지 이해할 수 없다.

(애초에 그렇게 가슴 한복판에 용인을 붙여놓고 가짜 신부라고 해도 말이야.)

나일의 선에서 짓게 시켰을 그 푸른 의상은 굳이 가슴 부분의 장식을 없애고, 용인의 위치가 아름답게 드러나도록 디자인한 것이다.

시선을 아래로 향하면 자연스레 눈에 들어오는 그것은 아무리 봐도 가짜 각인이라고는 생각되지 않는다.

(이건 이 사람 나름의 가벼운 농담인가? 뭐, 하나도 웃기지 않지만.)

클라우스는 그만 쓴웃음을 흘릴 뻔하지만, 미레유의 떨리는 입술을 보고 참는다.

호족인 자신에게 설치족이라면 당연히 솟구칠 본능적인 두려움을 보이지 않으려 노력하고 있었다.

안색 하나 바꾸지 않고, 목소리에 두려움을 섞지 않고.

그런 담력을 보고 클라우스는 자기 생각을 고쳐먹은 것이다.

하위 종족의 왕녀 따위 뻔하다는 경시에서, 호족의 위협에 굴하지 않는 희귀한 여성이라는 찬사로.

——그날. 카인과 함께 갔던 기념제에서 클라우스는 용족의 비보 중 하나인 인식 저해 망토를 걸치고 있었다.

망토를 걸친 배경에는 하위 종족인 설치족을 본의 아니게 겁주지 않도록 하는 종족적인 배려와 함께, 사촌의 신부를 꼼꼼히 관찰하겠다는 의미도 있었다.

호족 입장에서 보면 화나는 일이지만, 용족은 세계의 왕.

그 용족에게 시집간 클라우스의 고모는 절대적인 힘으로 조국에 큰 국익을 가져다주었다.

호족이 몇백 년을 바쳐도 실현할 수 없는 국책조차 용족의 힘이 있으면 순식간에 이루어진다.

그야말로 신의 위업.

그 힘을 꺼림칙하게 여기면서도 혜택을 누리던 호족에게 너무 빠른 세대 교체는 국정에 막대한 영향을 미치는 사태였다.

클라우스는 다섯 번째 왕자이긴 하지만, 실력주의로 왕위를 정하는 호족에 있어서는 왕위 계승권 서열 제1위.

차세대 신부의 역량은 결코 남 일이 아니다.

그렇기에 꼼꼼히 점검할 요량으로 카인과 동행했던 것이다.

하지만 유감스럽게도 결국 그날은 소문으로 들은 신부와의 대면은 이루어지지 않았고, 마중 나온 것은 그 동생뿐.

에밀리아 글리레스라고 이름을 밝힌 그 소녀는 카인을 보자마자 찰싹 달라붙어 주위에는 눈길도 주지 않았다.

신부 생각으로 머리가 꽉 찬 카인은 안중에도 없었던 모양이지만, 자신의 사랑스러운 용모가 일정 남성에게 호감을 산다고 이해하고 있는 미소와 아양 떠는 몸짓.

언니의 약혼자가 젊은 용왕이라는 것에 들뜬 걸지도 모른다고 생각했지만, 그렇다고 해도 축제의 주최자로서는 너무 품위가 없다.

(동생이 이래선 신부인 언니도 별로 기대할 수 없겠군——.)

글리레스에서 느꼈던 거짓 없는 감상은, 미레유의 대응으로 뒤집혔다.

인식 저해 망토도 걸치지 않고 말을 걸었는데도 미레유의 표정이 공포로 물드는 일은 없었다.

원시부터 이어진 먹이사슬의 잔재는 사람의 모습을 취하게 된 뒤에도 공포로서 계승되어, 이를 감추는 것은 문무에 뛰어난 남자조차 어렵다.

실제로 그 동생과 주위 설치족들 역시, 인식 저해 망토를 걸치고 있는데도 흘러나오는 호족 특유의 마력 탓인지 클라우스가 시야에 들어오면 눈동자에 두려움을 띠고 대응도 건성이었다.

하지만 이 신부는 본능적인 두려움을 훌륭하게 떨쳐내고 우아하게 인사했다.

그 모습에 클라우스는 자신의 착각을 부끄러워하며 '생각했던 분과는 달랐다.' 라고 솔직하게 말한 건데…….

왜 이제 와서 신부가 얼굴을 창백하게 하고 가늘고 하얀 손가락을 떨고 있는지 모르겠다.

하지만 두려워하며 자신을 올려다보는, 경외심이 어린 눈동자에 거짓은 보이지 않는다.

(가짜 신부, 라…….)

그 시점에서 클라우스는 깨닫는다.

——아아. 이 자식들 또 저질렀구나, 라고.

이 상황, 어차피 다른 종족을 똑바로 보지 않고 주관만으로 움직이는 용족의 허술함이 본의 아닌 형태로 이어진 것이리라.

어떤 의미로는 예상대로라 비웃음조차 나오지 않는다.

(카인 녀석. 그렇게나 충고해 줬는데 왜 이렇게 매번 실수하는 거야?)

이유는 모르겠지만, 아무래도 이 신부는 자신이 상대가 원해서 온 신부가 아니라고 믿고 있는 모양이다.

(하지만 왜지? 그야 적은 마력으로는 용인을 눈으로 인식할 수 없겠지만, 그 전제로 주고받은 게 있었을 텐데.)

용약은 쌍방이 혼인 의사를 인정해야만 성립한다.

약속을 잊고 있다면 모를까, 이토록 선명하게 새겨진 용인을 가지고 있으면서 10년 전에 주고받은 것이 기억에 없다는 일이 있을 수 있을까?

(10년 전……이라면 '부름' 시절인가.)

부름과 카인은 이름도 머리카락도 눈동자 색도 다르다.

설마 동일 인물이라는 걸 눈치채지 못했다?

하지만 용족의 정보는 숨겨져 있는 것이 아니다.

오히려 각국에 대대적으로 공개되는 드문 나라다.

일곱 빛깔의 아이=용왕의 일족이라고 눈치채는 게 당연한 것을 왕녀가 모르는 일이 생길 수 있을까?

(글리레스라면 없다고 단언할 수는 없나…….)

설령 이웃 나라라고 해도 다른 나라에 흥미가 없는 용족과 달리, 호족은 언제라도 걸린 싸움을 받아주는 투쟁심 때문에 각국의 정세를 빠짐없이 파악하고 있었다.

거기서 분석해 보면 설치족이 분포하는 대륙은 대체로 여성의 입지가 약하다.

왕녀 신분이라 해도 그건 마찬가지로, 그 역할은 자손 번영에만 국한되어 있음을 염두에 두면 미레유가 용족 생태에 대해 모르는 것도 수긍이 간다.

(어쩔 수 없군. 오해를 풀어 줄까?)

용족 멍청이들은 어찌 되든 상관없지만, 떨고 있는 신부가 딱해서 저도 모르게 손을 뻗는다.

"저기 말이죠, 미레유 양……."

천천히 입을 열었을 때 눈앞을 한 줄기 화염이 달렸다.

"——클라우스!"

땅을 기는 듯한 낮은 목소리에 돌아보니, 그곳에는 노기를 드러내고 이쪽을 노려보는 카인이 있었다.

(이 자식…… 방금 진심으로 쐈어!)

화염은 피한 순간 사라졌기에 미레유에게는 클라우스의 눈앞을 무언가가 획 지나갔다고 식별할 수밖에 없으리라.

하지만 저건 순도 높은 불꽃으로 빚어진, 마그마에 필적할 만큼 고온의 화염.

호족의 민첩함으로 어떻게든 피하는 데 성공했지만, 아주 조금이라도 스쳤으면 클라우스라도 무사하지 못했다.

"죽일 셈이냐?!"

저도 모르게 으르렁거리자, 곁에 있던 미레유의 몸이 흠칫하며 굳는다.

(아차. 진심 어린 포효는 곤란해……!)

호족의 마력을 띤 목소리는 위압이 되어, 그것만으로 설치족의 몸을 마비시킨다.

클라우스는 즉시 입을 막았지만, 그 팔을 카인에게 붙잡혀 전망대에서 조금 떨어진 큰 나무 밑까지 끌려갔다.

"이 무식하게 힘만 센 자식이!"

카인에게는 대수롭지 않은 힘이라도 용족의 쓸데없이 강한 악력은 쉽게 뼈를 부순다.

의식해서 팔에 마력을 집중함으로써 화를 면했지만, 무방비 상태라면 확실히 산산조각이다.

(네 소중한 신부의 근심을 덜어주려는데 무슨 취급이 이래!)

분노한 채 외치려고 했지만, 그보다 먼저 입을 연 것은 카인 쪽이었다.

"멋대로 미레유에게 접근하지 마!"

"……뭐?"

어린 시절, 호족의 단련에 어울려주느라 바닥이 보이지 않는 골짜기에 던져져도 안색 하나 변한 적 없었던 친구 겸 사촌의 험악한 표정과 미레유에게 들리지 않도록 배려해서 작은 목소리로 위협하는 태도에, 클라우스는 입을 비틀었다.

"경계하는 의미를 모르겠군. 내가 저 사람을 해치기라도 한다는 거야?"

"그런 건 눈곱만큼도 의심하지 않아."

생각보다 단호한 부정이었다.

"그렇다면……."

"말했잖아, 접근하지 않았으면 할 뿐이라고."

"——뭐?"

"미레유 시야에도 안 들어왔으면 좋겠어. 가능하면 머리카락 한 올조차."

그저 그뿐이라고 당연하다는 듯 고하는 카인을 본 클라우스는 어이가 없다.

용은 나태하고 오만. 대개 참을성이 없는 생물이라 일컬어지지만, 가장 골치 아픈 건 그게 아니다.

용족의 가장 고약한 부분, 그것은 숨기지 않는 질투심이다.

예로부터 용족의 신부를 짝사랑한 종족은 모조리 멸종당해 존재 자체가 말소된다——. 그런 일화가 남을 정도로 용의 질투는 감당이 안 된다.

(매사에 무관심하고 대범한 생물 주제에 집착만은 어느 종족보다 강하다니 최악이잖아.)

그만 꽉 쥔 주먹을 휘두를 뻔했다.

그런 클라우스의 분노는 눈치채지 못하고, 카인은 흥분한 투로 주장했다.

"애초에 나조차 미레유가 이쪽에 오고 나서 아직 세 번밖에 못 만났다고! 그중 한 번은 우연히 운이 좋았을 뿐이고………… 아니. 유일한 짝이니까 운이 따르는 건가?"

그렇다면 미레유와의 사이에 접근 금지령 같은 건 의미가 없는 거 아닐까? 의미가 없다면 밀회를 금지당할 필요도 없는 거 아닐까? 그런 식으로 혼자 진지하게 중얼거리는 친구를, 클라우스는 싸하게 식은 눈으로 바라보았다.

(귀찮네, 이 자식.)

좋아하는 여자에게 푹 빠진 용족만큼 귀찮은 생물은 없다.

정작 신부는 자신을 '가짜 신부'라고 칭하며 전혀 필요 없는 죄책감에 떨고 있는 모양인데.

이렇게 되니 희극인지 비극인지 클라우스는 판단할 수 없다.
“너 말이야, 그런 것보다 미레유 양한테——.”
“저기…….”
쭈뼛거리는 목소리가 미안한 듯 끼어든다.
“이, 이야기 중에 실례합니다. 저는, 저기…… 물러가는 편이 좋을까요?”
이야기에 집중하고 있었던 탓인지 미레유가 근처까지 온 것을 눈치채지 못했다.
우울한 얼굴이면서도 조신하게 고개를 숙이고 자리에서 물러나도 되냐며 청하는 미레유를 보고, 어째서인지 눈앞에 있는 남자가 허둥대기 시작했다.
“어? 아, 아니요…… 그럴 리가요!”
움직임은 어색하고, 말은 횡설수설.
그럴싸한 말 한마디 나오질 않는다.
그것은 몇 달 전 용왕 계승 의식에서 사열한 각국의 왕족, 대사, 고관들을 앞에 두고 태연한 태도를 보였던 남자와 같은 인물이라고는 생각되지 않는 멍청함이었다.
(왜 이 녀석, 이렇게 엉망진창인 거야?)
용족이든 호족이든 대찬 성격의 여성들에게 둘러싸여 자란 카인은 결코 여자 다루는 게 서툰 남자가 아니다.
그것이 상대가 유일한 짝이 되니 이렇게나 형세가 나빠지는구나 하고 이해한 순간, 클라우스는 못 참고 웃음을 터뜨렸다.

❀ ❀ ❀

"——재밌어!"

갑자기 클라우스가 소리를 질렀다.

나중에 젤기스에게 얼마나 잔소리를 듣든 미레유를 만날 기회는 최대한 오래 끌고 싶다며 필사적으로 말을 지어내려던 카인도 이번에는 놀라 의아한 시선을 보낸다.

옆에 있던 미레유도 눈을 깜빡였다.

클라우스는 그런 두 사람의 당혹은 아랑곳하지 않고 한바탕 웃더니, 입꼬리를 올리며 짓궂은 미소를 지었다.

"카인. 너는 옛날부터 한 번 보고 들으면 쓸데없이 좋은 혈통의 장점을 유감없이 발휘해 웬만한 건 바로 습득했지."

"뭐야, 갑자기?"

"그런 매사를 빈틈없이 해내는 너는 고생이라는 걸 몰라."

"……고생을, 모른다고?"

카인 입장에서는 호족에게 크고 작은 온갖 괴롭힘을 당했다.

흑룡왕 따위한테 우리 공주님을 빼앗겼다며 통곡하질 않나.

대신 저 국보를 내놓으라며 공갈하질 않나.

존재 자체가 거슬린다며 원망을 퍼붓질 않나.

외가 친척인 호족의 깊은 원한에는 매번 질색했는데도 클라우스는 그게 고생이 아니라고 한다.

그렇다면 고생이란 도대체 뭘 가리키는 건가?

"난 항상 생각했었어. ——그게 묘하게 마음에 안 든다고."

"아아, 과연. 시비를 걸고 있는 건가."

눈을 흘기는 카인을 무시하고, 클라우스의 말이 이어진다.

"용족은 안 그래도 장수하잖아. 가끔은 우여곡절과 기복이 있어야 사는 묘미도 맛볼 수 있는 법이지."

"결국 무슨 말이 하고 싶은 거야?"

"뭐, 힘내란 소리야!"

"무슨 격려야?"

카인의 물음에는 대답하지 않고 클라우스는 가벼운 발걸음으로 미레유 앞에 선다.

"미레유 양, 이 나라 사람들은 좋게 말하든 나쁘게 말하든 대범한 무지렁이들입니다. 당신의 섬세한 마음을 알아채지 못하는 자들밖에 없겠죠. 그렇게 나태하고 오만한 용족 따윈 신경 쓰지 마시고 좀 더 자유롭게 지내셔야 합니다."

신의 종족에 대한 폭언이라고도 할 수 있는 말을 태연하게 입에 담을 수 있는 건 상위종인 호족이라서 그럴까?

아니면 그가 카인의 친척이라는 입장 덕분일까?

뭐가 됐든 약소 종족인 미레유로서는 농담으로도 동의할 수 있는 게 아니라 대답에 쩔쩔매고 있자, 살며시 클라우스가 귓가에 입술을 대고 속삭였다.

"티거의 차기 왕위 계승자의 이름으로 약속하죠. 당신 편이 될 것이라고."

"……네?"

"당신이 지키고 싶은 것을 지켜드리겠다는 뜻입니다."

그렇게 말하며 매혹적으로 눈을 찡긋해 보인다.

(이건…… 혹시 이대로 모르는 척해 주시겠다는 뜻으로 받아들여도 되는 걸까?)

내가 간청했다고는 하나, 미레유가 보기에 카인과 스스럼없이 편하게 대화하던 이 사람이 자기도 연루될 수도 있는 행위를 승낙할 줄은 몰랐다.

당혹감이 드러났던 걸까. 클라우스는 마치 그걸 예상한 것처럼 스윽 무릎을 꿇더니 미레유의 손등에 입술을 떨구었다.

손등에 하는 입맞춤은 상대에 대한 신뢰를 증명하는 행위.

아무래도 정말 내 뜻을 받아들여 주는 것 같다고 이해한 순간, 대지에 이변이 일어났다.

돌바닥은 열기를 더하고, 발밑에서 열풍이 뿜어져 나온다. 갑작스러운 지각 변동이었다.

허둥대는 미레유와 달리 클라우스는 조금도 동요하지 않고 곁눈질로 카인을 힐끗 본다.

머리카락 한 올조차 시야에 들어오는 걸 허용하고 싶지 않다고 단언할 만큼 속 좁은 남자가 신부 귓가로 다가가고, 하물며 손등에 입 맞추는 것 따위 용서할 리가 없다.

아니나 다를까 카인은 어둠에 타락한 사룡(邪竜) 같은 눈을 하고 완전히 분노로 이성을 잃고 있었다.

"어이어이, 마력으로 《억제의 옷》을 태워서 없애지 마라. 그건 대체하기 어려운 물건이잖아?"

방대한 마력이 이 정도로 그치고 있는 건 그 자신의 무의식적인 정신력과 대대로 용왕에게 계승되는 옷 덕분이다. 둘 다 기능을 잃으면 순식간에 불바다가 된다.

"그래서 어쨌다고……."

억양 없는 목소리는 그야말로 분출 직전의 화산 그 자체.

클라우스는 놀리듯이 어깨를 으쓱했다.

"괜찮겠어? 용인은 외적 공격 방어에는 특화되어 있지만 마력 방출은 위압. 정신 공격이라고."

"——윽!"

클라우스가 무슨 말을 하는지 깨달은 카인이 즉시 미레유에게 시선을 돌린다.

흑요석 같은 눈동자는 불안하게 흔들리고 뺨은 굳어 있었다. 자세히 보면 몸이 희미하게 떨리고 있다.

미레유는 설치족의 연약한 마력으로는《마력 패배》를 일으켜 실신할 정도의 압력을 간신히 견디고 있었다.

그 모습에 분노는 순식간에 흩어지고, 불을 관장하는 적룡인데도 온몸이 얼어붙었다.

"너무 성급하게 굴지 마. 네가 그러면 미레유 양도 불편해서 견딜 수가 없을 테니."

카인의 어깨에 손을 툭 얹어 결정타를 날린 클라우스는 빙 돌아서 미레유에게 미소를 지었다.

"미레유 양. 다음에 또 뵙죠."

"네? ……아, 그래요."

그렇게 말하고는 정말로 가짜 신부임을 추궁하는 일 없이 명랑한 인사와 함께 떠나버렸다.

그 모습이 완전히 사라지고, 남겨진 두 사람 사이에는 침묵의 시간이 흘렀다.

미레유가 조심스레 카인의 얼굴을 살피자, 어째서인지 그는 표정이 딱딱하고 안색도 나쁘다.

"저기, 안색이 안 좋으신 것 같은데요."

말을 걸어도 될지 망설였지만, 묻지 않을 수 없을 정도의 안색이었다.

걱정하는 말을 들은 카인은 진홍빛 눈을 크게 떴다.

빛을 반사하는 각도에 따라 반짝이는 색깔은 영혼을 빼앗길 정도로 아름다워서.

의식하자마자 미레유의 고동이 격하게 흐트러졌다.

클라우스가 귓가로 다가왔을 때도.

손등에 신뢰의 증거를 남겼을 때도.

한 번도 쿵쿵거린 적 없던 가슴이 단순히 눈동자를 바라보고 있기만 해도 괴로워진다.

아무래도 지난번 일로 나타난 증상은 아직 다 사라지지 않은 모양이다.

"나보다도 당신이 더……."

"?!"

"부주의하게 위압을 뿜어버려서……."

"네? 아……."

이 두근거림을 들켰나 싶어서 당황했지만, 아무래도 그건 아닌 듯하다.

다행이라며 안도하고 미레유는 솔직하게 대답했다.

"카인 님처럼 짙은 마력에는 익숙하지 않지만, 위압을 받는 것 자체에는 익숙해요. 신경 쓰지 마세요."

"——뭐? 누구한테?"

언제나 어딘가 서먹한 어조였던 말투가 갑자기 사라졌다.

"누, 누구, 라뇨……?"

"익숙해질 정도로 누가 그대에게 위압을 뿜었나."

"아…… 아니요, 방금 그건, 저기……."

똑바로 추궁당해 말문이 막힌다.

갸름하고 강한 눈빛은 위압과 마찬가지로 미레유의 몸에서 자유를 빼앗아 오싹 소름이 돋는다.

하지만 이건 공포와는 다르다.

마치 장엄한 생물을 맨 앞줄에서 감상하고 있는 듯한 이 황홀감이 공포와 같다고는 도저히 생각되지 않았다.

(아니, 넋 놓고 있을 때가 아니잖아! 어떻게든 얼버무려야 해!)

누구인지 따위 절대 입에 담을 수 없다.

왜냐하면 그 상대는——.

(말 못 해. 당신이 첫눈에 반한 여성의 남편이라고는……!)

에밀리아의 남편이자 스네이크의 왕자인 그는 뱀을 조상으로 하는 종족이라서 그런지, 아니면 원래 그런 건지, 툭하면 성질을 부리는 성격이었다.

마음에 안 드는 일이 생기면 언성을 높여 책망하고 사소한 일도 크게 만든다.

사랑하는 에밀리아에게는 관대한 태도를 보이지만, 다른 설치족에게는 횡포를 부리는 경우가 많았다.

특히 능력도 용모도 칙칙하고 얌전한 미레유에게는 오만한 태도를 숨기려고도 하지 않아 기분이 나쁠 때는 그 위압을 몇 번이고 받았다.

"아, 그게…… 아, 아니에요. 설치족이 분포하는 대륙에서 위압은 위엄으로서 존중받는 행위라서요……."

거짓말이 아니라 사실을 입에 담자, 카인의 고운 눈썹이 이래도 되나 싶을 정도로 찌푸려졌다.

"그럴 리가 없잖아. 위압은 위협. 상대에게 적의를 나타내는 행위와 같은 뜻이야. 그걸 이유도 없이 내뿜는다면 사려가 부족한 행동이나 다름없지."

"어…… 그런, 건가요?"

비교적 일상적으로 당해서 그런 의식은 없었다.

까마귀를 조상으로 하는 조강족 역시 언제나 이때다 싶으면 위압을 뿜어댔다.

미레유가 진심으로 위압을 위엄으로 받아들이고 있음을 감지한 카인은 거리를 좁히고 목소리를 낮춰 묻는다.

"누구냐―― 그 무엄한 놈은."

카인으로서는 그런 걸 미레유가 당했다고 알면 도저히 냉정하게 있을 수 없다.

미레유에게 위압을 뿜은 자에 대한 분노가 들끓는 카인에게는 조금 전까지의 허둥대던 거동은 일절 없고.

거기서는 신부를 지키기 위해서라면 타인을 짓밟는 것도 마다하지 않는 용의 본질이 엿보였다.

본래라면 무서운 광경을 앞에 두고도 미레유는 그럴 때가 아니었다.

(가, 가까워요! 거리가 너무 가까워요……!)

빛의 입자를 두르고 있는 듯한 미모가 눈앞에 있다.

그것만으로 숨이 턱 막혀서 제대로 숨을 쉴 수 없다.

그렇게 산소 결핍 상태에 빠진 뇌로는 카인이 분노한 이유조차 짐작하지 못하고, 초조함과 동요에 눈이 핑핑 돈다.

어쩌다 보니 제대로 된 대답도 못 하는 사이 체온조차 느껴질 데까지 거리가 좁혀져 있었다.

(저한테는 그분들의 위압보다 카인 님의 아름다운 얼굴이 더 견딜 수 없어요!)

한순간이라도 방심하면 '흐에에에' 하고 얼빠진 소리를 내버릴 것 같아 필사적으로 입술을 앙다문다.

좀처럼 입을 열지 않는 미레유에게 애가 탔는지 카인이 단단한 팔을 미레유의 손목으로 뻗는다.

(닿을 거야——!)

고동이 너무 심하게 울려 미레유는 눈을 질끈 감았다.

그 순간 눈꺼풀 위로 강한 빛이 흩어졌다.

"어……?"

놀라서 눈을 뜨자 카인의 위치가 아까보다 한 걸음 물러나 있었다.

사람이 한 명 들어갈 정도의 거리가 벌어진 것에 안도하는 마음과 그 손에 닿고 싶었다는 낙담이 동시에 솟구친다.

하지만 그런 자신의 감정을 복잡하게 생각하기도 전에 아까 올려다본, 허를 찔린 카인의 표정이 더 신경 쓰였다.

자세히 보니 뻗었던 팔이 어깨 아래를 덮고 있던 망토 속에 숨겨져 있었다.

(그러고 보니 클라우스 님과 이야기하고 있을 때도 무언가가 번쩍였던 것 같은데……?)

통증이나 열은 없었지만, 그건 정전기 같은 무언가였을까?

습도와 온도를 생각해도 발생 조건이 들어맞을 것 같지 않지만, 그것 말고는 짐작이 가지 않는다.

미레유는 황급히 사과했다.

"죄송합니다. 방금 정전기인지 뭔가가……. 다치신 데는 없으세요?"

"아, 아니……."

시선이 조금 방황했다.

역시 어딘가 다쳤는지도 모른다.

건조한 지역인 고향에서는 겨울철 혹독한 시기에 정전기로 화상을 입기도 한다.

자신이 의도하지 않은 현상이라고 해도 용왕 폐하에게 상처를 입혔다면 큰일이다.

아까와는 반대로 이번에는 상처를 확인하려고 미레유가 먼저 다가가려고 했을 때, 등 뒤에서 나일의 목소리가 들렸다.

"미레유 님!"

보기 드물게 허둥대는 기색으로 달려오는 나일의 옆에서는 젤기스의 모습도 보였다.

"달려오는 게 늦었습니다. 무사하십니까?!"

"네?"

이건 도대체 무슨 걱정일까.

카인에게 불경죄를 저지르지 않았는지 걱정한 거라면 이해하겠지만, 나일의 시선은 미레유만을 향해서 카인은 완전히 뒷전이었다.

"감히 미레유 님의 정원에 침입한 자들에게는 제가 따끔하게 주의를 주겠습니다."

"? 누군가 다른 분이 계셨나요?"

이 정원에서 만난 건 카인과 클라우스, 두 사람뿐이다.

설마 나일이 말하는 침입자가 용왕과 호족 왕자를 가리키는 말인 줄은 생각도 못 하고, 미레유는 고개를 갸웃한다.

"자자, 바람도 부는군요. 옥체가 상하시면 안 되니 방으로 돌아가시죠."

흐르는 듯한 몸짓으로 재촉받아 곤혹스러워하며 걸음을 옮기자, 몇 걸음 나아간 곳에서 목소리가 날아왔다.

"미레유!"

"! ……네."

맑게 울려 퍼지면서 깊이가 있는 목소리로 이름을 불려서, 미레유는 뒤돌아본다.

무지개석보다 선명한 진홍빛 눈과 한순간 시선이 마주치지만, 다음 순간에는 어긋나 버렸다.

"저기……."

부른 건 좋지만 뭐라고 말해야 할지 망설이듯 그 얇은 입술이 희미하게 오물거렸다.

하지만 곧 턱을 들고 똑바로 미레유를 응시하더니.

"여기서는 자유롭게 지내주면 좋겠어."
조용한, 하지만 자애가 담긴 말이었다.

『네가 그러면 미레유 양도 불편해서 견딜 수가 없을 테니.』

클라우스는 그저 놀리려고 한 말일 텐데, 신경이 쓰였던 걸까?
미레유는 엄숙하게 자세를 바로잡고 드레스 자락을 집어서 몸을 숙이고 인사했다.
"마음 써 주셔서 황공하옵니다. 하지만 이미 분에 넘칠 만큼 후한 대접을 받고 있습니다. 부디 신경 쓰지 마세요."

✿✿✿

미레유가 떠난 정원 길을 아쉬운 듯 바라보며 카인은 한숨을 쉰다.
"시종일관 신경 쓰여서 견딜 수가 없는데……."
신경 쓰지 말라고 해도 신경 쓰이지 않을 리가 없다.
"상념에 잠기시기 전에 다시 한번 접근 금지가 왜 필요한지 설명해 드려도 될까요?"
근심할 시간조차 주지 않고 은근히 야유하는 기색인 젤기스의 말에 카인은 가볍게 사과한다.
"미안하다. 미레유 생각밖에 안 났어."
"이쯤 되면 유쾌할 정도로 자기 욕구가 넘치는 이유로군요. 집무실 정리가 끝날 때까지는 나일의 잔소리를 각오하십시오."

선대 용왕 시절부터 탈주와 그에 따른 파괴에는 익숙한 젤기스의 설교는 짧다.

그만큼 나일 쪽은 길어질 것 같지만, 그보다 신경 쓰이는 건 미레유다.

"젤기스, 글리레스에서 지내던 미레유에 대해 알고 싶어. 조사해 줘."

"구체적으로 어떤 정보를 알고 싶으신 겁니까?"

"미레유에게 위압을 뿜은 자가 있다."

간결하게 전하자 젤기스는 납득했다는 듯 고개를 끄덕였다.

"용왕의 신부에게 위압을 뿜다니 진짜 목숨 아까운 줄 모르는 군요. 알겠습니다. 간첩을 준비하죠. ――그래서? 그쪽은 어떻게 되셨습니까?"

말하면서 젤기스가 시선을 아래로 향한다.

망토에 가려져 있어도 금방 알 수 있다.

죽어서도 그 존재를 드러내는 초대 용왕의 《용기(竜氣)》가 카인의 팔에서 감돌고 있음을.

카인이 숨기고 있던 팔을 꺼내자, 손에서 팔꿈치 관절까지의 의상이 타서 떨어져 나갔고, 피부는 짓물러 있었다.

"용인에 당했어……."

이미 용족의 강한 자연 치유력으로 대부분 재생되고 있지만, 그래도 흉터는 아직 완전히 아물지 않았다. 평상시라면 팔이 잘려도 순식간에 낫는데.

몸이 원체 튼튼한 카인에게 이만한 부상은 난생처음 있는 일이다. 초대 용왕이 건 마술의 무시무시함은 이루 헤아릴 수 없다.

“과연. 잘됐군요. 그 정도로 끝나서.”

“잘됐긴 뭐가 잘됐어! 난 손대지도 않았다고! 클라우스 그 자식은 미레유 귓가까지 다가가고, 하물며 손등에 입 맞추기까지 했는데 왜 발동하지 않는 거야?!”

친구든 사촌이든 그런 괘씸한 놈이야말로 숯덩이가 되어야 한다고 주장하지만, 젤기스는 담담하게 대꾸한다.

“미레유 님에게 해를 끼칠 생각이 전혀 없으면 술식은 발동하지 않아요.”

“나도 미레유를 해칠 생각이 없어!”

“당신은 사리사욕이 넘치니까요.”

“크……!”

확실히 미레유에게 다가갔을 때 콧구멍을 확 간지럽히는 달콤한 향기에 한순간 정신이 아찔해져서 무심코 껴안고 싶어졌던 건 사실이다.

하지만 사랑하는 사람이 앞에 있는데, 원하지 않는 게 더 이상하잖아.

“탐욕스러운 용에게 성인 같은 정신력은 없습니다. 접근 금지가 무엇을 위해 있는지. 다시 설명하지 않아도 이걸로 몸소 이해하셨겠군요.”

“혼례까지 앞으로 석 달 이상………… 기다릴 수밖에 없다는 건가?”

대답 대신 싱긋 입꼬리를 올려 웃는 젤기스를 보고, 카인은 머리를 감싸며 신음했다.

✿ ✿ ✿

미레유가 긴 대리석 복도를 나일과 함께 걷고 있는데, 앞에서 은쟁반에 차를 올린 루루와 마주쳤다.

"어라? 공주님, 벌써 방으로 돌아가시는 거예요?"

아무래도 전망대에서 생각에 잠겨 있던 미레유에게 차를 가져다주려 했던 모양이다.

"미안해, 루루. 차는 방에서 마실게."

"그건 괜찮은데, 무슨 일 있으셨어요?"

"어?"

"얼굴이 산딸기가 폭발하기 일보 직전 같아요."

"어?!"

저도 모르게 양손을 뺨에 대니 확실히 평소보다 뜨겁다.

의식하자마자 순식간에 귀와 목덜미까지 빨개졌다.

갑작스러운 홍조지만, 이유는 명백했다.

(그치만, 그치만…… 내 이름을……)

처음으로 카인이 '미레유' 라고 이름을 불렀다. 그것도 익숙한 느낌으로.

(이름을 불린 것만으로 왜 이렇게 부끄러운 거야!)

이름뿐만 아니라 꺼낸 말도 미레유에게는 충격적이었다.

『여기서는 자유롭게 지내주면 좋겠어.』

본인에게는 큰 의미가 없는, 일종의 사교성 발언이겠지.

하지만 미레유에게 '자유'가 주어진 것은 태어나서 처음 있는 일이었다.

왕녀로서 나고 자란 몸에 자유 따위 존재하지 않는다.

사소한 물건 하나만 해도 세금으로 충당되기에 갖고 싶은 걸 갖고 싶다고 말할 수 있는 권리는 하나도 없다. 말도 행동도 모두 국가를 중시한다.

그걸 당연하다고 받아들이고, 불만으로 여긴 적은 없었다.

그런데 그 사람에게 들은 말이 이토록 기쁜 이유는 뭘까?

(이 마음은 도대체 뭘까……?)

그런 미레유의 반응에 몹시 당황한 건 나일이다.

"왜 그러십니까?! 몸 상태에 무슨 문제라도?!"

"어. 아, 이건, 그게……."

설마하니 카인에게 이름을 불린 게 기뻐서 그렇다고는, 입이 찢어져도 말할 수 없다.

"공주님, 요즘 열이 확 오르는 병에 걸리셨거든요."

"――윽."

루루의 무심한 한마디에 나일은 충격에 휩싸여 뒤로 넘어갈 뻔했다.

"여관장으로서 미레유 님을 지키는 제가 지금 이 순간까지 건강의 변화를 눈치채지 못하다니……!"

"정말 별일 아니니까요."

"아니요. 이건 간과할 수 없는 사태입니다! 당장이라도 의룡관을 소환해야겠어요!"

““의룡관?””

미레유와 루루가 동시에 묻는다.

“용족 의사를 말합니다. 미레유 님은 한 번 의룡관에게 진찰을 받기로 했는데, 제가 그만 너무 안일하게 대처하고 말았습니다!”

그런 ‘당장 데려오겠습니다!’ 라고 말할 기세를 보이는 나일을 제지한 것은 루루였다.

“공주님이 괜찮다고 하시면 걱정 없어요.”

“하, 하지만…….”

“공주님은 루루한테도 나일 씨한테도 거짓말 안 하는걸요!”

단언하는 루루의 눈에는 미레유를 향한 한 점의 흐림도 없는 신뢰가 빛나고 있었다.

순진무구의 승리라고 해야 할까. 나일도 이쯤 되면 입을 다물 수밖에 없는 듯, 아랫입술을 꾹 깨물고 말을 삼키고 있었다.

그런 두 사람을 바라보며 미레유는 절실히 생각한다.

(사소한 일에는 동요하지 않는 루루의 꿋꿋함과 말대꾸는 꼭 본받아야겠어.)

동생의 방문

“그러면 공주님, 루루 다녀올게요!”

자세를 바로잡고 경례하는 루루를, 미레유는 웃는 얼굴로 배웅했다.

오늘은 루루가 신세를 진 세 사람에게 미레유가 자수한 물건을 선물하는 날이었다.

가능하면 자신도 직접 감사를 전하기 위해 동행하고 싶었지만, 카인에게서 허가가 떨어지지 않았다고 한다.

(아무리 자유롭게 지내도 된다고 해도, 역시 가짜 신부를 성 밖으로 내보내고 싶지는 않겠지.)

임시 의식에서는 얼굴을 드러내긴 했지만, 거의 베일을 쓰고 지내는 바람에 미레유의 얼굴을 인식한 사람은 적다. 진짜 신부가 도착했을 때의 혼란을 피하기 위해서라도 백성들에게 가짜 신부의 존재가 알려지면 곤란한 건 당연한 이치리라.

“이쪽도 준비가 다 되었으니 정적의 방으로 안내해 드리겠습니다.”

“네. ……저기, 정말 제가 진찰을 받아도 되는 걸까요?”

미레유가 다시 한번 확인하듯 묻는다.

의룡관의 도착을 알게 된 것은 어젯밤 일.

며칠 전 주고받은 대화로 당연히 단념해 주었으리라 생각했지만, 아무래도 당장 데려오는 것을 포기했을 뿐 진찰 자체는 중지가 아니었던 모양이다.

솔직히 용족 의사인 의룡관의 존재에는 관심이 많다. 하지만 그것과 자신이 진찰을 받는 것은 별개의 이야기다.

어릴 때부터 감기 한 번 안 걸리고, 튼튼한 것만이 장점이라고 야유받을 정도로 건강한 몸으로 용족 의사에게 진찰받으면 너무 아깝다.

몇 번이나 사양하겠다고 말했지만, 이 일에 관해서는 물러서 주지 않았다.

(다른 사람들에겐 그렇게 건강이 나빠 보이는 걸까?)

이동하면서 벽에 박힌 커다란 원형 거울로 자기 모습을 확인한다.

이 땅을 방문한 지 2주.

건강한 식사와 좋은 침구에서의 수면. 아름다운 정원을 산책하는 적당한 운동.

고향에서는 머리를 빗는 정도의 손질밖에 못 했지만, 여기서는 천연 탄산 온천에 몸을 담그고 몇 종류의 향유를 나눠 쓴 팩, 로션, 마사지를 매일 받고 있다.

그 덕분에 피부도 머리카락도 다시 태어난 것처럼 윤기 있게 변했다.

(굳이 말하자면 너무 건강한 것 같은데…….)

둥근 거울에 비친 자기 모습은 차려입은 의상과 어우러져 이전과는 인상조차 달라 보였다.

(용족과 설치족은 건강에 대한 견해가 다른 걸까?)

그런 생각을 하고 있는데 의룡관이 기다리고 있다는 정적의 방에 도착한다.

짙은 파란색 바탕에 금으로 장식한 내부는 선명하면서도 차분한 색채로, 그 이름 그대로 바다 밑바닥에 있는 듯한 정적을 느끼게 하는 방이었다.

안으로 들어가자 한 여성이 의자 앞에서 조용히 서 있었다.

나일과 같이 은빛 머리, 은빛 눈인 그 여성은 미레유를 보자마자 우아한 몸짓으로 인사한다.

"뵙게 되어 영광입니다, 젊은 신부여. 이렇게나 일찍 혼인 의식을 맞이하게 된 용왕은 얼마나 행복할까요. 까만 꼬마는 그토록 인연이 없었는데."

"까만 꼬마?"

도대체 누구를 말하는 걸까.

고개를 갸웃하자 나일이 한숨 섞인 목소리로 나무랐다.

"로라. 꼬마 취급은 그만두세요. 저래 봬도 선대 용왕입니다."

"어머어머. 내가 보기엔 너나 그 애나 아직 어린애란다."

민들레 솜털처럼 폭신한 말투로 나일과 선대 용왕을 어린애 취급하는 눈앞의 여성에게 미레유는 인사도 잊고 멍해졌다.

로라의 외모는 나일보다 조금 많아 보이는데, 그 발언으로 미루어 보아 무척 연상인 듯하다.

"저야말로 용족 의사 선생님을 뵐 기회를 주셔서 감사합니다."

나이가 몇 살인지 묻고 싶은 마음을 꾹 누르고 인사하자, 로라는 마치 재미있는 발견에 마음이 설레는 아이처럼 웃으며 뺨에 손을 댔다.
“어머어머. 세상에나. 정말 사랑스러운 분이네. 게다가 무척 따뜻하고 멋진 양력이구나. 마력과 양력은 비례하는 법인데, 이토록 양력에 치우친 분도 드물어. 마치 용왕의 신부가 되기 위해 태어난 그릇 같네!”
도리스와는 또 다른 기세로 푸근하게 쏟아지는 말.
용족 여성은 모두 나일처럼 냉정침착한 사람들이라고 생각했는지라, 이 말에는 조금 놀랐다.
“저기, 『양력』이란 어떤 건가요?”
애초에 진짜 신부가 아니지만 진실을 밝힐 수도 없어, 미레유는 질문함으로써 상황을 얼버무리려고 했다.
하지만 이에 대답한 것은 로라가 아니라 나일이었다.
“……모르십니까?”
몹시 놀란 얼굴로 쳐다봐서, 미레유는 멋쩍게 미소를 지었다.
“배움이 부족해 무척 부끄럽네요.”
대답하면서도 문득 생각난다.
(하지만 어디선가 들은 듯한…….)
기억을 떠올리려 했을 때 왠지 바깥이 소란스러워졌다.
이 방의 이름에는 어울리지 않는 웅성거림에 나일이 눈살을 찌푸린다.
그때 한 여관이 들어왔다.
미레유의 기억이 맞다면 중간 전달을 맡는 사람이다.
그 여관은 미레유에게 정중하게 무례한 입실을 사과하고, 나일에게 무언가 귓속말한다.

그 내용을 들은 나일이 미간의 주름을 깊게 했다.
“방문은 잠시 미뤄달라고 부탁했을 텐데요.”
“그게…… 상대측의 강력한 희망으로 급히 일정을 앞당겼다고 합니다.”
(무슨 일이 생겼나?)
아무래도 신경이 쓰여 슬쩍 두 사람의 대화를 엿듣는다.
그 시선을 눈치챘는지 나일은 중간 전달을 맡는 여관과 잠시 말을 주고받은 뒤, 이쪽으로 다시 돌아서며 다소 곤혹스럽게 고했다.
“동생분이 도착하셨다고 합니다.”
“——네?”
갑작스러운 보고에 미레유는 한동안 대답을 입 밖으로 낼 수 없었다.
(에밀리아가…… 도착했다고?)
확실히 카인에게 동생의 방문을 간청한 건 나다.
에밀리아의 방문은 그야말로 가장 큰 바람.
그것이 이제야 이루어졌는데 마음속에 퍼지는 것은 안도나 환희가 아니라 곤혹이었다.
그런 자신에게 놀라면서도 미레유는 말을 잇는다.
“가, 갑작스러워서 조금 놀랐지만, 그렇군요…….”
“동생분의 방문은 제 독단으로 전달을 삼가고 있었습니다. 가능하면 의룡관의 진찰이 끝날 때까지는 기다려 주셨으면 했습니다만…….”
마지막에는 혼잣말처럼 중얼거리는 바람에 미레유는 눈치채지 못하고 소리 높였다.

"그럼 바로 에밀리아와——."

"미레유 님, 오늘은 부디 로라의 진찰을 우선해 주실 수 없을까요?"

나일의 강한 요망에 미레유는 눈을 깜빡인다.

"에밀리아가 왔으니 이제 필요 없는 거 아닌가요?"

이제 내가 신부 대접을 받을 이유는 없을 거라며, 그만 마음이 앞서 쓸데없는 말을 입에 담고 만다.

하지만 이에 나일은 난색을 표하며 미레유의 의도와는 다른 배려를 입에 담았다.

"동생분 일은 걱정하실 필요 없습니다. 결례가 없도록 제가 대응하겠습니다."

"아니요. 그런 걱정은 전혀……. 그럼 아주 잠깐만 만나게 해 주실 수 없을까요? 급히 전하고 싶은 말이 있어서요."

에밀리아의 방문으로 일이 어떻게 움직일지 모르지만, 현재 상황이 어떤지는 한시라도 빨리 전하고 싶다.

자신을 위해 일부러 다시 불러 온 로라에게 실례를 무릅쓰고 부탁하자, 당사자는 기분 나빠하지 않고,

"용족의 삶은 긴 법. 신경 쓰지 마세요."

이렇게 승낙해 주었다.

로라가 흔쾌히 승낙한 것도 있어 인사할 정도의 시간을 얻은 미레유는 곧바로 에밀리아가 기다리는 방으로 서둘렀다.

수많은 객실 중 하나로 안내된 에밀리아는 수련 꽃을 꽂은 긴 의자에 앉아, 준비된 차를 한 손에 들고 편안히 쉬고 있었다.

여태까지 호화로운 가구에 주눅이 들던 미레유와 달리 당당한 태도다.

그런 새침한 얼굴도 미레유의 모습을 눈에 담자 한순간 멍해지더니, 불쾌한 듯 얼굴을 일그러뜨렸다.

에밀리아의 기분이 왜 나빠졌는지 짐작도 못한 채 미레유는 곁으로 달려간다.

"무사히 왔구나. 그쪽은 괜찮았어?"

조금 거리를 두고 대기해 주고 있다고는 하나, 나일의 존재를 고려해 굳이 고유명사는 말하지 않고 목소리를 낮춰 묻는다.

스네이크에서 이혼을 받아낼 수 있었냐는 의도는 에밀리아에게도 충분히 전해졌을 터다. 하지만 에밀리아는 그 질문에는 답하지 않고 불쾌하게 말했다.

"그 드레스, 이쪽 분에게 조르신 건가요?"

가시 돋친 말에 미레유는 자신의 모습으로 눈을 옮긴다.

금실 자수가 듬뿍 놓인 짙은 남색 드레스는 한눈에 최고급임을 알 수 있는 원단.

어깨에 걸친 숄에는 진주가 잔물결처럼 촘촘히 꿰매져 있어 청초하면서도 우아한 디자인.

글리레스는 물론 에밀리아가 시집간 스네이크에서도 준비하기 어려울 일품이다.

그것을 에밀리아는 미레유가 졸라서 준비하게 했다고 생각한 모양이다.

귓불을 장식하는 자수정과 다이아몬드로 본뜬 등나무 꽃이 흔들릴 때마다 에밀리아의 싸늘한 시선이 찌르듯이 움직인다.

"아니, 이건 준비되어 있던 거라……."

"즉, 그건 제가 입을 드레스였다는 거죠?"

그렇게 되는 걸까?

하지만 그렇게 생각하면 조금 이상하다.

착용해 온 드레스는 맞춘 듯이 미레유의 체형에 딱 맞는 것들뿐이었다.

미레유는 에밀리아보다 키가 크고 체형도 다르다.

(애초에 에밀리아를 위해 만들어진 드레스라면 왜 내 몸에 이렇게나 잘 맞는 걸까?)

"카인 님은 온정으로 빌려주신 건지 모르겠지만, 그건 좀 후안무치한 행동 아닐까요. 드레스뿐만 아니라 머리도 피부도 꽤 손질 받고…… 설마 정말 저 대신 시집갈 수 있다고 착각하신 건가요?"

"설마!"

"제가 시집갈 곳에서 너무 부끄러운 짓은 삼가면 좋겠네요."

황급히 부정해도 에밀리아는 흥 하고 위를 쳐다볼 뿐.

그리고 화난 기색을 감추려 하지도 않고 당연하다는 듯 내뱉었다.

"그래서 카인 님의 방은 어디예요?"

"어?"

카인의 침실은 고사하고 집무실이 어디 있는지도 듣지 못한 미레유는 갑작스러운 질문에 입을 다문다.

"흐음……."

표정으로 모든 걸 깨달은 거겠지.

에밀리아는 "2주나 체류하고 그런 것도 못 들으신 거예요?" 라며 왠지 의기양양한 미소를 띠고 기분을 풀었다.

"……확실히 카인 님의 온정으로 네가 도착할 때까지 여기 머물게 해 주셨어. 바로 신부 착오를 눈치채셨을 텐데 지적하는 일도, 규탄하는 일도 없이. 분명 네가 올 때까지 일을 크게 만들고 싶지 않았던 거라 생각하지만, 무척 경의를 표해 주셨어."

그렇게 말하고는 한번 말을 끊고 더 목소리를 낮춘다.

"하지만 스네이크의 일은…… 왕자님은 허락해 주신 거야?"

이번에는 명확하게 묻는다. 그러자 에밀리아는 서늘한 얼굴로 대답했다.

"그 사람한테는 자세히 말 안 했어요. 나라에 문제가 생겨서 잠시 돌아간다고 하고 나왔으니까."

"——어? 그, 그건……."

생각했던 것보다 빠른 내방의 이유는 문제 미루기의 결과였다는 것을 알고 말문이 막혔다.

왕자는 어릴 때부터 에밀리아를 좋아했다.

그 노골적 태도에서 뱀의 후예다운 집요함이 느껴질 정도다.

이번 일을 알면 툭하면 화내는 이웃 나라가 무슨 보복을 할지 모른다.

새파래지는 미레유에게 에밀리아는 대수롭지 않다는 듯 머리카락을 쓸어 넘겼다.

"어쩔 수 없잖아요. 사실대로 말하면 그 사람이 절 놓아줄 리가 없는걸요. 그렇다면 제가 설득하는 것보다 드레이크의 위광으로 쫓아버리는 게 더 빠르겠죠. 그런 것보다 빨리 카인 님을 만나고 싶어요."

그런 것?

자칫하면 백성에게도 피해가 미칠 사태.

아무리 드레이크의 위광이 강하다 해도 그것이 말단까지 닿을지는 알 수 없는 데다, 애초에 신부 이름을 착각하고 있다는 것을 역이용해 속인 것은 우리 쪽이다.

그런데 그들에게 그 뒤치다꺼리까지 시킨단 말인가.

(드레이크, 스네이크. 어느 쪽에도 의리를 저버리고 있는 건 우리인데…….)

"……아버님도 그런 생각이신 거니?"

"카인 님께는 제가 부탁드릴게요. 그러면 다 무난하게 수습될 테니까 언니는 너무 나서지 마세요. ――거기 당신, 빨리 날 카인 님 곁으로 안내해 줘요."

에밀리아는 미레유의 어깨를 밀치듯 하며 나일에게 명령했다.

"에밀리아!"

이번에는 저도 모르게 질책하는 목소리를 높였다.

상대는 여관이라고 해도 용족 백성. 여기는 작은 시골 나라가 아니다.

약육강식의 정점, 드레이크인 것이다.

용족 귀족은커녕 평민이라도 적의를 드러내면 설치족 따위 단숨에 멸망한다.

신분을 내세울 수 있는 건 힘이 그에 상응할 경우뿐이다.

"마력이 많은 분께는 최대한으로 경의를 표하라고 어릴 때 배웠잖아?!"

"어머. 저보다 마력이 높은 사람은 우리 나라에 없었는걸요."

그렇게 말하며 에밀리아는 흰 머리카락을 나부끼며 방을 나가 버렸다.

에밀리아의 너무한 말투에 일순 멍해져 버린 미레유지만, 곧바로 정신을 차리고 뒤쫓으려 했다. 하지만 나일이 부드럽게 제지했다.

"동생분 일은 제가 처리하죠."

"하, 하지만……."

"미레유 님은 부디 로라에게 돌아가 주세요."

평소와 다름없는 의젓한 목소리로 재촉하면 고집을 더 부리기도 어려웠다.

게다가 지금 자신과 이야기해 봤자 에밀리아가 순순히 들어줄 거라고는 생각되지 않는다.

(옛날부터 별로 교류가 없었다고는 해도 저렇게 시비조로 말하는 애였던가.)

위압을 일상적으로 뿜어대는 왕자에게 감화된 건가.

아니면 내가 모를 뿐이고 원래 성격인 건가.

(아니야. 그럴 리 없어. 기념제 때는 무척 걱정해 줬는걸…….)

그때의 기억에 매달리듯 미레유는 꽉 손을 쥐었다.

"여전히 음침한 사람."

에밀리아는 발걸음을 옮기면서 기념제 이후 처음 얼굴을 마주한 언니를 떠올리며 툭 하고 작게 독설을 내뱉는다.

어릴 때부터 언니는 에밀리아에게 불쾌한 존재였다.

미모도, 빼어난 능력도, 풍부한 마력도 없고.

아버지나 신하들에게도 사사건건 국정에 참견하는 까다로운 여자라고 소외당하는 주제에, 왠지 국민들의 지지는 높아 왕인 아버지의 명령에는 불평불만을 터뜨리는 국민도 언니가 시정에 내려가 조금 중재하면 입을 딱 다문다.

아버지 말로는 언니는 돌아가신 어머니를 쏙 빼닮았다는데, 생김새만 닮았다고 왜 그렇게 인기가 있는지 도무지 이해할 수 없다.

(하지만 여전히 겉모습만은 열여섯 살 때부터 변하지 않았네…….)

언니 나이는 벌써 열여덟. 열여섯 살까지의 조화 맹약에서 이미 2년이 경과해 결혼 적령기도 완전히 지난 나이다.

그런데도 언니에게서는 설치족 특유의 노화가 전혀 보이지 않는다.

(아무리 신경을 써도 열여덟 살이나 되면 대부분의 설치족은 늙는데. 왜 저 사람만 겉모습에 변화가 없는 거야!)

설치족의 노화는 어느 종족보다 빠르다.

열다섯 살인 에밀리아는 지금은 사랑스러운 용모를 유지하고 있지만, 열여섯 살 생일을 맞이하면 노화가 어김없이 찾아온다.

태어날 때부터 용모를 칭송받는 것이 당연했던 에밀리아에게 그것은 무엇보다도 무서운 일이었다.

(나이를 먹을수록 치유의 힘도 못 쓰게 될 테고…….)

마력의 양이 노화로 줄어드는 건 아니지만, 알비노로 태어난 에밀리아의 몸은 용모의 신비성과 맞바꿔 취약했다. 시력은 약하고 피부는 약간의 햇빛에도 상한다.

지금은 자기 힘으로 어렵지 않게 회복할 수 있지만, 이대로 노화가 진행되면 그럴 수 없다.

머지않은 미래에 자신에게 소비하는 치유의 힘이 마력의 양을 초과할 때가 찾아온다. 그렇게 되면 타인에게 사용하는 것은 불가능해져 성녀의 가치가 소멸해 버릴 것이다.

(그런 건 진짜 싫어!)

태어날 때부터 자신은 특별했다.

대를 이을 아들이라도 마음에 안 들면 멀리 쫓아내는 아버지가 에밀리아만은 끔찍이 아껴 언제나 곁에 두려고 했다. 이웃나라 왕족들도 에밀리아만은 최하위 종족으로서가 아니라 성녀로서 대우했다.

그 덕분에 결혼 상대도 스스로 고를 수 있었다.

수많은 혼담 중에서 유린족이 다스리는 스네이크를 고른 이유는 왕자가 자신에게 푹 빠져 있었고, 무엇보다 자기 나라보다 훨씬 부유한 나라였기 때문이다.

하지만 그만큼 종족의 자존심은 강해서, 성녀로 추앙받는 에밀리아에게도 '어차피 설치족' 이라는 태도를 보이는 자들이 적지 않게 존재했다.

『지금은 성녀니 뭐니 떠받들려서 으스대지만, 몇 년만 지나면 다섯 살 위인 전하와의 외모 차이 따위 뒤집힐걸.』

『설치족의 한창때 따위 정말 한순간. 젊음도 미모도 잃으면 지금은 총애하는 전하도 어떻게 변심할지 몰라.』

냉소를 띠며 그렇게 수군대던 것은 에밀리아를 담당하는 여관들이었다.

여관 따위에게 모욕당하다니 견딜 수 없는 굴욕. 왕자에게 부탁해 당장 해고해 주겠다며 벼르는데, 그 화제는 신의 종족으로, 용족 이야기로 넘어갔다.

그들과 혼인을 맺으면 긴 수명과 강대한 마력을 얻으며.

특히 용왕의 신부가 되면 최고의 권위를 얻는다――고.

긴 수명과 강대한 마력을 얻을 수 있다니, 그저 헛소문이라고 생각했다.

하지만 예기치 못한 행운이 갑자기 찾아왔을 때, 이건 운명이었다고 깨달았다.

모든 것이 나를 위해 준비된 운명이었다고.

(급하게 처리하느라 조금 억지를 쓴 면도 있지만, 아무 문제 없었으니까. 정말이지 언니는 옛날부터 호들갑만 떤다니까.)

이 나라에서 얼마나 환대를 받았는지 이전보다 몇 배나 혈색이 좋아진 피부와 윤기가 나는 머리카락. 그리고 화려한 드레스를 입고 있던 언니의 모습을 떠올리며 흥 하고 콧방귀를 뀐다.

나를 위해 맞춘 드레스를 입힌 건 화나지만, 아무렴 어때.

(아무리 애써서 아름답게 꾸며 봤자 능력도 마력도 하찮은 잔소리꾼 언니로는 카인 님의 특별한 사람이 될 수 없는걸!)

❀ ❀ ❀

미레유가 정적의 방으로 돌아오자, 이쪽 사정으로 기다리게 했는데도 로라는 고운 얼굴을 부드럽게 펴며 "어머어머, 어서 오세요."라며 미소로 맞이해 주었다.

온화하면서도 만물을 꿰뚫어 본 듯 깊은 로라의 눈동자에 응시받으면 왠지 이쪽 마음까지 차분해진다. 에밀리아와의 대화로 조금 일렁였던 마음도 썰물이 빠지는 것 같다.

"자자, 앉으세요. 진찰을 시작하겠습니다."

"잘 부탁드립니다."

아직 마음이 딴 데 간 상태이지만, 로라의 말에 의자에 앉아 자세를 바로잡는다.

용족 의사에게 진찰받을 기회는 평생 한 번뿐이겠지.

바로 드레스에 손을 대려 했지만, 로라는 온화하게 고개를 가로저었다.

"그냥 옷 입으신 채로 있어요. 저는 마력을 통해 몸을 볼 테니까요."

"마력을 통해서, 말인가요?"

마력을 통해 몸을 진찰한다는 말은 처음 듣는다.

'도대체 어떻게?' 라며 열심히 상상하고 있자, 로라는 손가락을 허공에 올렸다.

가늘고 긴 손가락이 천천히 무언가를 찾듯이 움직인다.

그때 로라의 푸른색 홍채에 떠오른 동공이 가늘게 수축했다.

조금 전까지의 느긋한 따스함은 사라지고, 신의 후예에 어울리는 냉엄한 공기가 주위를 감싼다.

(손가락 하나 닿지 않았는데 몸속 깊은 곳이 푸근한 불빛에 비친 것처럼 따뜻하게 느껴져. 이게 로라 님의 힘인 걸까?)

신기한 기분 좋음에 몸에 힘이 빠진다.

시간으로 따지면 몇 초. 로라는 작게 "어머."하고 중얼거렸다.

"저기, 무슨 문제가 있나요?"

로라의 목소리에 희미한 곤혹이 배어 나온 것이 마음에 걸려 조심스럽게 묻는다.

그런 미레유의 불안을 털어내려는 듯 로라는 싱긋 웃었다.

"안심하세요. 지금은 진짜 건강해요."

그 말에서 어색함을 느끼지 못한 미레유는 안도하며 가슴을 쓸어내렸다.

"감사합니다. 안심했어요."

"하지만 얼마 전에 몸이 안 좋으셨군요."

"……네?"

로라의 단언에 미레유는 입을 다문다.

그 지적에 짚이는 것은 기념제 날뿐이다.

"그날은 평소와 다른 것을 드셨군요."

"……!"

(그런 것까지 알 수 있구나. 정말 대단한 힘이야.)

가능하면 그 질문에는 대답하고 싶지 않았지만, 로라의 눈이 모든 것을 꿰뚫어 보는 것 같아서 미레유는 얼버무리기를 포기했다.

“실은 제가 몸이 안 좋았던 날은 식전 날이었어요. 본래 그 식전은 단식이 관례인데, 그날은 동생이 과자를 선물해서…….”

기념제가 시작되기 전, 미레유는 귀성해 있던 에밀리아에게 마들렌을 받았다.

『언니 먹을 거밖에 없으니까 여기서 먹어버려. 마들렌 한 개잖아, 괜찮아!』

식전 전이라며 거절했지만, 유린족 셰프에게 만들게 한 특별한 거라고 강하게 권했고, 평소 별로 교류가 없는 에밀리아의 선물이 기쁘기도 해서 미레유는 매몰차게 거절할 수 없었다.

“관례를 어긴 탓에 벌을 받은 건지도 몰라요.”

쓴웃음을 지으며 대답하자, 로라의 얼굴이 은밀하게 일그러진다.

“로라 님?”

“——젊은 신부여. 당신이 사는 대륙에는 독빈도리라는 식물이 있다는 것을 아십니까?”

“? 네, 네. 어릴 적 어머니께 배웠어요. 예로부터 자생하는, 독성이 강한 식물이라고 들었습니다.”

갑작스러운 화제 전환에 당황하면서도 대답한다.

독빈도리는 한대 지방인 글리레스에서 그 기후 탓으로 한때 멸종했었지만, 다른 대륙에 분포했던 종이 새로운 형태로 싹트고 다시 돌아와 뿌리를 내린 식물이다. 아주 골치 아프게도 독성만은 강화되어서.

"빨간 열매 송이가 아무리 감미로워 보여도 절대로 입에 대서는 안 된다고 어릴 때 거듭 배웠어요."

몇 안 되는 어머니와의 추억.

하지만 동생은 그 작은 추억조차 얻지 못했다.

그래도 어머니께 배운 것만은 에밀리아에게도 기회를 봐서 전했지만, 어머니보다 잘 설명했는지는 별로 자신이 없다.

"하지만 왜 독빈도리 이야기를?"

"얼마 전 신종 약초를 찾아 혹한의 대지에 다녀왔거든요. 젊은 신부의 나라 근처지요?"

"혹한의 대지요?! ……그, 그렇네요. 여기보다는."

혹한의 대지는 초목도 자라지 않는 영원히 얼어붙은 땅.

확실히 드레이크보다는 가깝지만, 말을 타고 몇 주는 걸린다.

물론 그건 계산이 그렇다는 거고, 실제로는 도착하기 전에 말과 함께 얼어죽을 것이다.

"유감스럽게도 그 땅에는 약초는커녕 풀 한 포기 자라지 않아서, 그 대신 근처에서 이것저것 채취했답니다."

즉, 독빈도리도 그중 하나였다는 걸까?

"신종과의 만남은 언제나 가슴 설레는 일이지만, 재래종에 대한 한층 더 깊은 탐구 또한 훌륭한 것입니다. ――그래요. 다음에는 꼭 같이 가요!"

로라는 눈을 초롱초롱 빛내며 마치 좋은 생각이 났다는 듯 짝하고 손뼉을 친다.

도리스도 그렇고 로라도 그렇고 열정을 쏟는 분야에 대한 집착이 강하다.

“어, 꼭 함께하고 싶은 마음입니다만, 저는…….”

이제 곧 이 나라를 떠나게 된다. 쉽게 말로 약속할 수 없다.

웃음으로 얼버무리는 듯한 미레유를 헤아려 준 건지, 아니면 그냥 사교성 발언이었는지.

어느 쪽인지 알 수 없는 미소로 로라는 생글생글 웃더니.

“그럼 저는 이만 실례하겠습니다만, 혹시 몸에서 불편함을 느끼면 언제든 불러주세요.”

그렇게 말하며 마지막으로 따뜻한 말을 남기고 우아하게 방을 나섰다.

닫힌 문을 등지고, 로라는 작게 숨을 내뱉는다.

“――이런이런. 이걸 어쩐다…….”

당혹스러운 마음과 결의

로라의 진찰이 끝나고 방에 남겨진 미레유는 현실로 되돌아온 듯한 기분에 빠져 있었다.

그렇다. 에밀리아의 방문이라는 현실.

(그렇게나 원했는데 왜 지금 와서 이토록 괴로운 걸까…….)

있어야 할 것이 마땅한 자리로 돌아간다. 그건 무척 훌륭한 일일 터다.

카인에게도 더 이상 거짓말을 할 필요는 없어진 것이다.

결코 이런 암담한 기분이 되어서는 안 된다.

(그래. 드디어 거짓된 나날이 끝나는 거니까 더 기뻐해야 해!)

입술을 앙다물고 의자에서 일어난다.

"다시 한번 에밀리아가 있는 데로 가고 싶은데요."

나일 대신 수행해 준 여관에게 말하자, 선선히 승낙해 주었다.

이 여관은 전원 교체 대상이 아니었던 몇 안 되는 한 명이다.

첫날부터 곁에 있어 줬지만, 자신이 가짜라는 자격지심도 있어서 이렇다 할 대화는 거의 나누지 못했다.

하지만 루루에게 과자를 주거나 여러모로 보살펴주고 있었다는 것은 알고 있었다.

"안내해 드리겠습니다. 이쪽으로 오시지요."

"감사합니다. ——세나 씨."

"?! 아뇨. 당치도 않습니다. 뭐든지 말씀해 주세요."

처음으로 이름을 부르자 세나는 놀란 듯 눈을 크게 떴다.

머지않아 이 나라를 떠난다.

그 이름을 부를 기회도 이제 두 번 다시 오지 않을 것이다.

그렇다면 적어도 후회만은 남기고 싶지 않았다.

"——그날은…… 이름도 대지 않아——."

넓은 방이라고 해도 될 정도의 크기를 가진 복도를 나아가고 있자니 낯익은 목소리가 귀에 들어온다.

띄엄띄엄 들리긴 하지만 통층 구조라 목소리가 잘 울린다.

저도 모르게 발을 멈추고 아래층으로 시선을 돌리자 그 모습이 눈에 들어왔다.

"카인 님 곁으로 한시라도 빨리 달려오고 싶었지만, 여러모로 준비가 있어서요. 제게 날개가 있었더라면 하고 몇 번이나 바랐는지 모른답니다."

에밀리아였다.

활짝 웃는 얼굴로 카인의 팔에 매달리고, 황홀한 느낌으로 눈을 가늘게 뜨고 귓가에 무언가를 속삭이고 있다.

발뒤꿈치를 들고 올려다보는 몸짓에는 누구나 보호욕을 느끼지 않을 수 없을 것이다.

고개 숙인 카인의 표정은 미레유의 위치에서는 알 수 없었지만, 서로 바라보는 자세의 두 사람이 눈에 들어온 순간 몸에서

열기가 급격히 식고, 고동은 불규칙하게 요동쳤다.

아무리 냉정함을 유지하려 해도 되지 않고, 시선 하나 제대로 맞추지 못했던 자신과는 대조적으로 에밀리아는 지극히 자연스럽게 카인에게 말을 걸고 있다.

그 모습은 평범한 자신과 달리 훨씬 잘 어울리는 한 쌍이었다.

——특별한 존재는 극히 소수.

자신이 특별하지 않은 것은 당연하니까.

그렇기에 능력도 용모도 강하게 원한 적은 없었다. 그게 괴롭다고 생각한 적도.

그런데 지금 몹시 가슴이 아프다.

(태어나서 처음이야. 이렇게나 에밀리아가 부러운 건…….)

자신도 어찌할 수 없는 감정을 견디고 있자니 문득 카인이 움직이는 기척을 느꼈다.

그 손이 에밀리아에게 뻗는 모습을 보고 싶지 않아서 반사적으로 뒷걸음질 친다.

"——으."

"미레유 님?!"

어느새 미레유는 그 자리에서 도망치듯 뛰고 있었다.

어쩌면 금실로 수놓은 베일이 들쳐지고 붉은 눈동자와 눈이 마주친 순간부터, 그것은 시작되었는지도 모른다——.

얼마나 달렸을까.

바쁘게 오르내리는 가슴이 한계를 호소해 미레유는 겨우 발을 멈췄다.
줄곧 마음에 둔 사람이 있었다.
단 한 번뿐인 만남.
그래도 미레유에게는 소중한 시간이었다.
평생 그 아이를 가슴에 품고 살아갈 거라고 생각했다.
(어째서……. 지금까지 부름 말고는 누구에게도 이런 감정을 품지 않았잖아.)
제대로 대화를 하지 못한 건 그가 용왕이라는 천상의 존재라서 긴장한 탓이고.
가슴이 설렌 건 부름과 닮았다고 생각했기 때문이고.
다른 이유는 없다――고, 그렇게 생각하고 싶었다. 생각하고 싶었다.
"아아…… 나는 그분을 좋아하는구나."
대체로 고양감과는 거리가 먼, 마치 참회하는 죄인과 같은 기분으로 중얼거린다.
용족의 왕은 모든 축복을 한 몸에 받는, 특별한 존재.
누구나 그를 신의 화신에 걸맞다고 추어올릴 것이다.
(내게도 특별한 분이 되어 버렸어…….)
하지만 그분에게 있어 나는 사랑하는 사람의 언니일 뿐이다.
나로서는 결코 그 특별한 사람이 될 수 없다.
(그래. 연모하는 것조차 주제넘어. 분수를 알아!)
부름도 그렇고 카인도 그렇고, 손이 닿지 않을 상대만 생각한다 해도, 나에게는 아무것도 없으니까.
루루처럼 관철하는 자아도 없고, 나일처럼 세련된 강함도 없다.

도리스처럼 확고한 신념으로 직무를 완수하는 도량도, 로라처럼 삶을 즐기는 듯한 여유도.

(——아무것도 없어.)

모두가 자신의 힘으로 만들어 온 것. 자신감으로 이어지는 것. 길러 온 것.

모든 것이 부족하다.

강하게 자신을 믿을 수 있을 만한 원천이 없는 것이다.

부족한 것투성이. 부족한 것뿐.

"나는…… 텅 비었어."

무엇 하나 채우려 하지 않았던 텅 빈 그릇인 것이다.

있는 건 쓸모없는 '반쪽 공주' 라는 직함뿐.

그런 사실을 이제 와서 깨닫다니.

(나는 여기서 또 모든 걸 포기하고 고향으로 돌아가 똑같은 일상을 보내는 걸까…….)

눈을 감고 자신의 마음과 마주한다.

지금 내가 가장 해야 할 일은 무엇일까.

지금까지 줄곧 다정한 꿈을 꾸고 추억에 매달려 살아왔다.

하지만 그래선 안 되는 것이다.

미레유는 떨리는 오른손에 왼손을 포개고 힘차게 앞을 봤다.

"——부름을 찾으러 가자."

카인에게 끌리고 있기에 그를 만나 이 마음을 매듭짓고 싶다.

부름은 지금도 여전히 소중하다. 그 기억이 있었기에 비뚤어지지 않고 살아올 수 있었다.

(하지만 예쁜 추억 속에서만 사는 건 오늘로 끝이야.)

어른이 된 부름과 재회함으로써 소중한 추억이 무너져 내릴지도 모른다.

하지만 지금도 아껴 달라며 칭얼대는 소리는 하지 않는다. 원하는 말을 못 들어도 좋다.

결과가 아니라 행동하고 싶은 것이다.

그럴 수 있다면 내 인생이 시작될 것이다.

여기서부터 움직이기 시작하는 것이다——.

"부름을 향한 마음에 매듭을 지을 수 있다면 카인 님에 대해서도 똑같이 마음을 풍화시킬 수 있을 거야……."

카인과 에밀리아. 서로 사랑하는 두 사람을 방해할 수 없다.

숨겨둔 마음은 평생 아무에게도 말하지 않고 봉인한다.

"그러기 위해서라도 더 강해질 거야."

일단 나라에 돌아가 아버지에게 간청하자.

원래 반쪽이라는 낙인이 찍힌 몸.

거짓된 신부로서 드레이크를 속인 죄를 미레유에게 뒤집어씌울 가능성도 있다.

그렇다면 추방이라는 형태로 내쳐 달라고 하자.

여행비는 친하게 지내는 상회에 부탁해 방에 있는 자수를 전부 매입해 달라고 해서 마련한다. 부족하면 삯바느질 일꾼으로 고용해 주지 않겠냐고 교섭해 보자.

루루가 같이 가주겠다고 한다면 그때는 데려간다. 이제 내 멋대로 판단해서 두고 가거나 하지 않는다.

마음을 정해버리면 길은 얼마든지 열릴 것 같았다.

항상 자신을 뒤덮고 있던 두껍고 딱딱한 막에서 빠져나온 듯한 기분에 몸마저 가볍게 느껴진다.

냉정함을 되찾은 미레유는 그제야 비로소 주위 풍경으로 눈을 돌렸다.

"어…… 여긴 어디지?"

무작정 달린 탓에 어느새 낯선 큰 방에 들어와 있었다.

넓은 실내에는 빛나는 커다란 샹들리에와 무늬가 선명한 초록색 카펫. 벽과 원기둥에 세밀하게 장식된 꽃무늬는 화려하고 눈이 휘둥그레질 만큼 호화로운 구조.

하지만 이 큰 방에는 문이 하나밖에 없었다.

눈앞에 하나밖에――.

"난…… 어디서 이 방에 들어온 걸까?"

문으로 걸어가려고 했으니까 이 문으로 들어왔다고 생각할 수는 없다.

하지만 몇 번을 돌아봐도, 방을 살펴도, 문은 하나밖에 없다.

아직 머리가 혼란스러워서 착각하고 있는 걸까?

고개를 갸웃하고 있자 눈앞의 문이 저절로 열렸다.

"――?!"

소리도 없이 조용히 열린 문에 놀란 미레유는 소리를 지를 뻔했다.

전율하면서도 조심스레 문 안쪽을 살피니 앞에는 드문드문 보이는 불빛과 긴 복도가 있었다.

이 문은 어디로 이어진 걸까?

미레유는 꿀꺽 목을 울리고 안쪽으로 발을 옮겼다.

자신의 발소리만 울리는 복도에는 자세히 보니 곳곳에 문이 있었다.

처음에는 문 장식이 있는 벽이라고 생각했지만, 아니다.

그것은 손잡이가 없는 문이었다.

만져 보고 싶다고 한순간 생각했지만, 왠지 자신이 나아가야 할 문이 아닌 것 같은 기분이 들어, 미레유는 그저 앞으로 걷는 것에 집중했다.

긴 복도의 끝은 갑작스러웠다. 시야가 탁 트이고 쏟아지는 빛이 눈부시다.

몇 초 뒤 눈이 빛에 익숙해짐과 동시에 주위를 둘러보니, 그곳은 넓고 현란한 큰 방이었다.

아까 통과한 큰 방과 같은 호화로운 구조. 하지만 다른 점이 딱 하나 있었다.

방 안쪽 중앙에 커다란 초상화가 걸려 있었다.

치밀한 조각이 새겨진 금색 액자에 담긴 정교한 유채화.

실내의 호화로움에 지지 않을 만큼 훌륭한 초상화에는 어린 소년이 그려져 있었다.

"——어?"

천천히 시선을 올려 초상화의 얼굴을 본 순간, 미레유는 숨을 집어삼켰다.

일곱 빛깔 머리카락과 일곱 빛깔 눈동자.

그리고 무엇보다 어리면서도 단정한 그 얼굴 생김새는——.

"……부름?"

용왕의 곤혹

“그날은 이름도 대지 않아 큰 무례를 범했습니다. 저는 에밀리아 글리레스. 치유의 힘이 특기입니다.”

위화감 있는 인사에 카인은 “오호?”라며 한쪽 눈썹을 올렸다.

이름이라면 첫 대면 날 들었다. 치유의 힘이 특기라는 대사까지 똑같다.

(단순히 인사를 나눴다는 사실을 본인은 잊은 건가.)

미레유의 동생에게 창피를 주지 않기 위해서라도 카인은 굳이 정정하지 않고 상냥하게 웃는다.

“먼 길 오느라 피곤하겠군. 이쪽 사정으로 미레유와의 재회도 짧았다고 하던데. 금방 끝날 거라고 생각하지만 그때까지는 객실에서 편히…….”

말은 끝까지 나오지 못했다.

그 전에 왠지 에밀리아가 몸을 밀착했기 때문이다.

부드러움보다 마른 체형이 두드러지는 몸이 피부에 닿는다.

영문을 몰라 눈을 크게 뜨자, 옆에 있던 젤기스가 ‘어. 무슨 일입니까? 당신, 언제 신부 동생을 유혹한 겁니까?’ 라고 말하는 듯한 얼굴로 비난했다.

‘그럴 리가 있겠냐!’ 라며 자신의 오른손에 새겨진 용인을 내

보인다.

소리 없는 대화를 펼치고 있는 사이에도 에밀리아는 준비가 어쩌고 날개가 어쩌고 하면서 카인의 팔에 몸을 기댔다.

“이렇게 또 만나 뵙게 되어 기쁩니다. 처음 뵈었을 때부터 이 분이야말로 제 진정한 운명의 상대라고 확신하고 있었거든요.”

“운명……?”

이 소녀의 운명이 뭔지는 잘 모르겠지만, 자신의 유일한 짝이라면 이미 있다.

(그 상대는 네 언니지만…….)

이건 무슨 농담인 걸까?

호족이라면 이런 괴롭힘을 할 것 같지만 왜 미레유의 동생이?

아니면 모르는 사이에 무슨 짓을 저질러서 아버지처럼 일찌감치 처가에 미움받은 건가?

여러 가지 생각이 머리를 스친다. 꽤 절실하게 혼란에 빠졌다.

숙고의 착지점이 정해지지 않는 와중에 에밀리아가 한층 더 강하게 몸을 밀착했다.

“언니가 폐를 끼친 건 아닌가요? 아버님께 들었어요. 카인 님과 만난 적도 없으면서 분에 넘치게도 신부로 선택받았다고 착각해서 이쪽에 억지로 쳐들어갔다고요.”

“——뭐?”

에밀리아의 너무 가까운 거리감도 신경 쓰이지만, 그 이상으로 신경 쓰이는 발언을 들어 카인의 머리 위에 물음표가 뜬다.

“정말 부끄러워요. 조금만 생각하면 이름을 착각하고 계신 것쯤 금방 눈치챌 텐데 말이에요.”

"아니…… 아무것도 잘못된 건 없을 텐데."

그 언동도 의도하는 바도 불명확했지만, 어떻게든 말을 끄집어냈다.

"나는 미레유에게 혼담을 청했고 그쪽도 승낙했다. 뭐가 잘못됐다는 거지?"

"제 이름은 에밀리아예요. 미레유는 언니 이름이고요."

"??"

그 대답은 이쪽 물음에 대해 적절한 답변으로서 내뱉은 것일까. 진의를 헤아리기 어렵다.

(왠지 전혀 얘기가 안 맞물리는 것 같은데…….)

이렇게까지 의사소통이 안 되면 일종의 공포마저 느낀다.

카인은 몸을 비틀어 팔에 엉기는 에밀리아의 팔을 뿌리쳤다.

"잠깐 기다려 봐. 무슨 말인지 모르겠어……."

이마에 손을 얹고 다시 한번 냉정하게 되새겨 봐도 역시 이해불능.

미레유가 분에 넘치게도 신부로 선택받았다고 착각했다?

억지로 쳐들어갔다?

사람을 보내고 마중 나간 건 이쪽이다.

만사에 지체가 없도록 나일도 동행시켰다.

내린 지시에 잘못이 있었다고도 생각되지 않는다.

"아아, 부디 언짢게 여기시진 마세요. 카인 님을 탓하는 게 아니에요! 애초에 제가 이름을 제대로 대지 않은 게 원인인걸요!"

깍지를 끼고 눈물 어린 눈으로 호소하는 모습은 사람에 따라선 애처로운 소녀처럼 보였을 것이다. 하지만 카인에게는 상대가 말할수록 아리송해질 뿐이다.

(이름을 대지 않았다고 묘하게 강조하는데, 이해할 수 없는 부분의 원인은 그건가?)

하지만 아무리 생각해도 혼자서는 어쩔 도리가 없어, 카인은 대기하고 있던 젤기스와 나일에게 도움을 청하는 시선을 보냈다.

그러자 젤기스는 짚이는 구석이 있는지 입가에 검지를 대고 생각에 잠긴다. 나일은 이미 무언가를 깨달은 듯 노골적으로 에밀리아에 대한 불쾌감을 드러내고 있었다.

두 사람의 표정으로 짐작건대, 확실히 자신보다 사태를 파악하고 있다.

카인이 따져 물으려 했을 때, 다소 생뚱맞은 목소리가 갑자기 울렸다.

"이봐, 내가 성에 출입하는 걸 금지하다니 무슨 심보냐!"

언짢은 얼굴로 나타난 것은 클라우스였다.

언제나처럼 불쑥 나타난 클라우스는 문지기에게 제지당한 것에 몹시 화가 나 있었다.

성 출입 금지는 카인이 명령한 것이었지만, 멋대로 침입하는 걸 보니 전혀 의미가 없다.

카인은 머리를 감싸 쥐었다.

"클라우스, 지금 널 상대할 틈은……."

"뭐야, 당신 진짜 왔나."

클라우스는 에밀리아를 보자마자 쌀쌀맞게 말했다.

그 말투는 기가 막힌 것 같기도 하다.

“——……힉!”

클라우스의 단정한 용모에 시선을 빼앗겨 있던 에밀리아였지만, 눈길을 받은 순간 본능적인 공포가 달린다.

호랑이와 쥐라는 명확한 힘 관계 앞에서 냉정함을 유지할 만큼 에밀리아의 담력은 세지 않았던 것이다.

모든 종족 중에서 위협이라는 점에 있어서 용족을 능가하는 것은 없다.

하지만 카인 일행은 어릴 때부터 힘을 조절하는 법을 익히고 초대 용왕 시대부터 계승되는 억제의 옷을 일상적으로 걸치고 있다. 에밀리아에게는 마력을 드러내고 기분이 안 좋은 클라우스에 대한 공포가 더 강하다.

덜덜 손발을 떨며 새파래진 에밀리아의 모습에 카인은 무엇을 두려워하는지 이해하지 못하고 있었다.

확실히 클라우스는 기년제에 동행할 때 원시의 힘 관계를 배려하기 위함이라며 인식 저해 망토를 요구했고, 이름도 숨겼다. 하지만.

(미레유는 본모습인 클라우스와 평범하게 대화했었잖아.)

게다가 대충 봐도 나보다 훨씬 자연스럽게…….

그걸 생각하면 에밀리아의 두려움은 호들갑이 심하다고 느낄 수밖에 없다.

설마 미레유의 반응이 어릴 적부터 무분별하게 위압을 뿜는 이웃 나라 왕자 때문에 쓸데없이 길러진 정신력에 의해 유지되고 있었다는 것을 알 길이 없는 카인은, 에밀리아를 방치하고 클라우스에게 묻는다.

"진짜 왔냐고 했지? 왜 방문할 것을 알고 있었어?"

"미레유 양한테 들었을 뿐이야. ——칫. 조금만 더 널 가지고 놀 수 있을까 싶었는데 시시하군."

카인을 놀리고 미레유에게는 그만큼 도움을 줄 생각으로 왔는데, 일찌감치 에밀리아가 방문해 비밀이 밝혀졌으니 이제 끝이다. 아쉬워서 견딜 수 없다며 클라우스가 입을 비죽인다.

"미레유가?"

"어, 언니가 무슨 말을 했는지는 모르겠지만 그, 그런 위압을 받을 이유는 없어요!"

원래 기가 센 성격인 모양인지 자신의 공포를 떨쳐내려는 듯 에밀리아가 소리친다.

이에 클라우스는 한숨을 한번 내쉬더니 담담하게 반론했다.

"위압? 무례하군. 그런 걸 약자한테 무의미하게 뿜을 만큼 난 속 좁지 않다고요. 네가 멋대로 두려워하는 거겠죠. ……정말이지, 미레유 양은 훨씬 의연했는데 말이야."

"내가 언니보다 못하다는 말이에요?!"

노골적인 야유에 목소리가 날카로워지고, 가느다란 눈썹이 치켜 올라간다.

"그렇게는 말하지 않았지만, 도량이 있다고 하긴 어렵군요."

"저, 저는, 마땅히 와야 했던 카인 님의 진짜 신부라고요! 무례하지 않나요!"

말을 나누는 것만으로 지금껏 맛본 적 없는 과도한 긴장을 강요당하는 것을 견딜 수 없게 되었는지 에밀리아가 불손하게 내뱉는다. 그리고 즉시 카인의 팔을 잡고 간청했다.

"카인 님, 이분은 도대체 누구죠? 어째서 제가 이런——."

"나의 진짜 신부라니, 무슨 뜻이지?"

낮고 딱딱한 목소리가 묻는다. 지금까지의 카인과는 명백히 목소리 톤도 말투도 달랐다.

"……무슨 뜻이라니요? 그대로의 의미예요. 아버님께 저와의 혼인을 청하셨잖아요. 그만한 지참금을 제시하면서까지."

"너는…… 그걸 진심으로 말하고 있는 건가? 내가 원한 건 미레유다."

"그러니까 제 이름은 에밀리아라고요."

"그건 알고 있어!"

카인의 호통에 땅이 흔들린다.

억제의 옷을 걸치고 있어도 흘러넘치는 마력의 압력에 에밀리아는 전율하며 대리석 바닥에 주저앉지만, 카인의 포효는 멈추지 않았다.

"아까부터 뭐야! 네 이름은 첫 대면 때도 들었어. 알비노인 외모를 보고 미레유의 동생이라고 짐작하고 말을 건 거야. 그보다 왜 내가 너를 원했다는 식으로 허위 발언을 하는 거지? 미레유의 동생이라고 해도 선을 넘고 있어."

"……무슨 말씀이세요? 그야 기년제 날 저를 한눈에 보고 마음에 들어 하셨다고."

"그건 네가 아니야, 미레유 얘기다."

"언니는 올해 기년제에는 참석하지 않았어요!"

"올해? 이쪽에서 보낸 사람이 '올해' 기년제라고 했나?"

"네……."

"내가 미레유와 만난 건 10년 전 이야기다."
"10, 10년 전?"
설치족 수명으로 환산하면 너무나 긴 세월.
에밀리아는 어안이 벙벙한 얼굴로 입을 빼끔거렸다.
"애초에 왜 그런 착각을 한 거지? 설명하지 않아도 용인을 보면 알 수 있잖아."
그 의문에 답한 것은 시시하다는 듯 사태를 바라보고 있던 클라우스였다.
"카인. 말할 필요도 없다고 생각해서 안 전했지만, 설치족에게는 용인이 안 보여."
"……뭐라고?"
"그러니까 볼 힘이 애초에 없다고. 인식할 수가 없어."
"인식할 수 없다니, ……어째서?"
"야, 너희는 태어날 때부터 평범하게 고어나 비문을 이해하니까 감이 안 오겠지만, 용약은 고대 마술. 용인도 고대 도형이야. 시인하는 것만으로도 그에 상응하는 마력과 지식이 필요하다고."
클라우스는 바닥에서 일어날 기색도 없는 에밀리아를 힐끗 본 뒤 "저 동네 종족 정도로는 어림도 없지."라며 조소를 섞어 내뱉었다.
"그럼 미레유에게는?"
"당연히 안 보였겠지."
뜸 들이지 않고 툭 내뱉어진 말에 카인은 말문이 막혔다.
예전에 클라우스가 했던 말이 뇌리를 스친다.

'용족의 상식, 세상의 비상식'.

(잠깐만. 이 말은 그렇게나 뿌리가 깊은 건가…….)

동요를 감추지 못하고 있는데 바닥에서 가시 돋친 목소리가 날아왔다.

"노, 농담하시는 거죠?! 그렇다면 정말로 언니에게 혼인을 신청했다는 건가요? 그 사람은 바느질 재주밖에 없는 여자예요. 혼기를 놓친 언니가 카인 님의 신부 노릇을 할 수 있을 리가 없잖아요!"

"……뭐?"

"애초에 언니는 저 대신 이쪽에 왔을 뿐. 처음부터 카인 님께 시집갈 마음 따위 전혀 없어요!"

두려움에 바닥에 엎드려 있으면서도 언성을 높이는 에밀리아를 보는 카인의 진홍빛 눈동자에 그늘이 진다.

그것은 마치 화산뢰(火山雷)가 떨어지기 전, 칠흑 같은 밤의 고요함.

——아뿔싸!!

움직인 것은 용왕이라는 생물의 본질을 아는 젤기스와 나일이었다.

땅울림과 함께 뿜어져 나올 화염을 순식간에 예감한 두 사람은 있는 힘껏 마력을 팔에 담아 내리치듯 대지로 쏘아 보냈다.

신부의 맹세

"미레유 님! 찾아다녔습니다!"

"——!!"

실내에 울리는 세나의 목소리에 굳어 있던 머리가 풀린다.

아무래도 갑자기 뛰쳐나간 미레유를 좇아서 여기까지 찾으러 와준 모양이다.

"설마 《도달의 방》에 계실 줄은 몰라서 찾아오는 게 늦어졌습니다."

"도달의 방?"

"네, 저도 방금 문이 열려 입실이 허락되었는데, 이 방은 들어오는 자를 선택합니다. 미레유 님은 초대 용왕 폐하의 마력에 이끌리셨나 봅니다."

세나는 초대받지 않은 자는 절대로 들어올 수 없는 방이라는 것을 기쁜 듯 설명해 주지만, 미레유는 잘 이해할 수 없었다.

마음에 둔 소년과 너무나도 닮은 초상화가 뇌의 모든 기능을 마비시켜 버린다.

(이젠 뭐가 뭔지 모르겠어. 왜 여기에 부름의 그림이 있어?)

이건 생판 남인데 닮기만 한 걸까?

"저기, 이 아이는……."

동요하면서도 그래도 초상화를 가리키자 세나는 상냥하게 미소 지었다.

"카인 용왕 폐하의 어린 시절 그림이네요. 그립습니다."

"어린, 시절?"

"미레유 님과 하신 약속을 지키고자 바로 의식에 들어가 버리셨기에, 이 그림은 몇 안 되는 귀중한 한 장입니다."

"나랑 한…… 약속?"

물 흐르듯 들어오는 정보에 머리가 따라가질 못한다.

"아아, 하지만 이때의 성함은 카인 용왕 폐하가 아니라 아명이신 부름 님이시네요."

"……!!"

마음속으로 몇 번이나 불렀던 이름이었다.

기억 속에만 존재할 이름이었다.

(말도 안 돼……. 그런 일이?)

벼락을 맞은 듯한 충격과 생각지도 못한 사실에 시야가 일렁인다.

"아——."

동요한 나머지 힘이 빠져, 자세가 무너진 몸이 뒤로 휘청인다.

그대로 대리석 바닥에 쓰러질 거라고 생각한 순간, 무언가가 미레유의 몸을 푹신하게 안아서 붙잡았다.

당연히 세나가 도와준 거라고 생각하고 감사를 표하려 고개를 들었다가 놀랐다.

미레유의 몸을 지탱해 준 사람은 카인이었다.

"카, 카인 님!"

아직 만나기 위한 마음의 준비가 되지 않았다.
물어보고 싶은 건 잔뜩 있다.
하지만 무엇보다 듣고 싶은 건——.

(당신은, 줄곧 나를 마음에 두고 있었나요?)

에밀리아가 아니라 정말로 '미레유 글리레스'를 지명해 준 것일까.

그랬으면 하는 마음과 그렇지 않을지도 모른다는 불안에 마음이 흔들린다.

불안정한 마음이 눈동자에 맺히고, 그것이 물방울이 되어 흐르기 전에, 미레유의 기운 몸을 지탱해 준 카인이 입을 열었다.

"네 동생이, 자신이야말로 내가 원한 신부라고 하더군."

힉, 하고 목이 울렸다.

"솔직히 아직 잘 이해하지 못하고 있다만…… 너는 나와 결혼할 생각으로 여기에 와 준 게 아니었던 건가? 어릴 적 약속을 기다려 준 줄 알았는데……."

"——아."

아아, 역시 이 사람이 부름인 것이다.

심장을 꿰뚫린 듯한 충격에 몸이 움츠러든다.

사과해야 한다며 반사적으로 입을 열려고 하다가.

(하지만 뭐부터?)

나는 너무나 많은 것을 놓치고 있었다.

지금까지는 줄곧 카인과 용족을 속이고 있었다는 사실에 대해서만 양심의 가책을 느끼면 됐지만, 이번 일은 그게 전부가 아니었다.

"저, 저는…… 방금 여기서 저 초상화를 볼 때까지 당신이 부름이라고 눈치채지도 못했습니다. 오히려 여러분을 속이려고 해서."

아무리 변명해도 진실은 하나.

각오를 다지고 미레유는 모든 것을 이야기하려 했다.

하지만 이에 카인은 고개를 가로저으며 미레유의 참회를 막듯이 가로막았다.

"내가 먼저 말해야 했어. 꼭 해야 할 말도 하지 않고, 납득하고 와 준 거라고 멋대로 믿은 건 나다. 금방 데리러 가겠다고 약속해 놓고 오랫동안 기다리게 한 것도 포함해, 전부 내가 잘못한 거야."

"아니에요! 카인 님 탓이 아니라…… ——?!"

부정하려던 목소리가 끊긴다.

거대한 마력에 싸여 용왕으로서 태어난 특별한 존재.

그 존재가 내 눈앞에서 무릎을 꿇었다.

경악한 나머지 기도가 막힌 듯한 착각마저 든다.

"무, 무슨, 카인 님?!"

'그만두세요!' 라고 외치기 전에 공손하게 오른손을 잡혔다.

언젠가 클라우스가 그랬던 것처럼 손등에 입술을 대지는 않았지만, 미레유의 심박수를 상승시키기에는 충분한 위력을 가진 광경이다.

"하지만 믿어줘. 너를 생각하는 마음은 그날과 하나도 변하지 않았어. ——아니, 그 이상으로 너를 생각하고 있다.”
강한 눈빛을 똑바로 향해오며 진지하게 엮어내는 말.
“이 결혼을 네가 원하지 않았다 하더라도, 나는 도저히 포기할 수 없어!”
생명의 색이라고도 할 수 있는 진홍빛 눈동자는 타오를 듯이 형형하게 빛을 발하고 있었다.
그렇듯 강렬한 눈동자와는 정반대로 그 손가락은 서늘하게 차가웠다.
몹시 긴장하고 있다는 것이 온기를 통해 전해진다.
미레유는 입술을 꾹 깨물고 목소리를 떨면서도 자신의 진짜 마음을 고백했다.
“저는 그저 수동적으로 왕녀로서 하루하루를 보내며 관철하는 신념도 명확한 뜻도 갖지 않고 살아왔습니다. 무엇 하나 이뤄낸 건 없고, 제 무지함을 부끄러워할 뿐. ……누가 봐도 당신의 신부에는 어울리지 않습니다.”
“미레유…….”
무겁게 이름이 불린다.
귀에 부드럽게 울리던 부름의 목소리와 달리 중후함을 두른 어른의 목소리다.
기억 속에 있던 것과는 명백히 다르다.
그래도 불린 목소리에 자애를 느껴버리는 것은 내 착각이 아닐 터——.
미레유는 꼴사납게 목이 메면서도 일생일대의 용기를 쥐어짜냈다.

"하지만…… ――카인 님이 원한다고 말씀하신다면, 변하겠다고 맹세하겠습니다."

"미레유?"

지금의 나는 텅 빈 그릇이다.

내용물 없는 통을 아무리 아름답게 꾸며봤자 속이 빈 것이 훤히 들여다보일 것이다.

그래도 포기하고 싶지 않았다.

그가 나와의 결혼을 포기하고 싶지 않다고 생각해 주는 것처럼, 나도 포기하고 싶지 않았다.

"겁먹는 마음을 버리고 강해지겠다고 맹세합니다. 당신의 신부로서 곁에 설 수 있도록 자신을 갈고닦겠습니다!"

가슴에 손을 얹고 선언하자, 카인은 한순간 멍해진 얼굴을 하더니.

곧이어 얼굴에 웃음을 띠었다.

긴 속눈썹에 에워싸인, 단정한 두 눈이 슬며시 온화하게 가늘어진다.

그 안도와 환희가 뒤섞인 미소에, 미레유는 자신이 내린 선택이 그에게 상처를 주는 일이 되지 않아 다행이라며 진심으로 생각한다.

"고마워, 미레유!"

"네?"

안도한 것도 잠시, 카인은 일어나더니 긴 팔을 뻗어 미레유의 몸을 끌어안으려 했다.

(어, 어엇? 자, 잠깐만 기다려 주세요. 더 닿으면……!)

아마 기절할 것이다.
오른손을 잡힌 것만으로 심장이 큰 북을 치듯 요동쳤다.
이 상태로 끌어안기면 확실히 정신을 잃을 자신이 있다.

——그때.

"미레유 님!"
멀리서 울리는 것은 나일의 목소리.
뒤돌아보니 나일과 젤기스의 모습이 눈에 들어온다. 왠지 강한 기시감이 드는 광경이다.
그때와 다소 다른 점은 이쪽으로 향해 오는 무리에 클라우스가 있다는 것. 그리고 그를 포함한 세 사람이 묘하게 피로한 기색을 내비치고 있다는 것이었다.
진이 빠졌다고 말하는 듯 안색이 나쁜 일행에 정신이 팔린 미레유의 옆에서 끌어안지 못한 카인이 아쉽다는 듯 "씁."하고 혀를 찬다.
"세나! 당신이 곁에 있으면서 왜 카인 님의 폭거를 말리지 않은 겁니까!"
"죄, 죄송합니다! ……일이 돌아가는 상황에 당황하여 그만 넋을 놓고 있었습니다."
고개 숙인 세나와 다그치는 나일.
그랬었다. 지금까지 세나가 있었다.
이제 와서 그 사실을 깨달은 미레유는 자신의 언동을 떠올리고 단숨에 뺨을 붉게 물들였다. 너무 민망해서 쥐구멍이라도 있으면 들어가고 싶어진다.

왜 나일이 세나를 질책하고 있는가. 그 이유는 잘 모르지만, 자신의 책임처럼 느껴져 바로 중재하려고 했다.

하지만 그보다 빨리 클라우스의 씁쓸한 목소리가 날아온다.

"젠장, 이래서 용족은 싫다니까! 괴물 자식들!"

갑작스러운 악담이었다.

세 사람 중에서 유독 안색이 나쁜 그는 카인을 힘껏 삿대질하며 으르렁거렸다.

"넌 이제 두 번 다시 마력을 방출하지 마라!"

"그래……. 미안하다."

참으로 무리한 비난에 대해 카인은 딱히 미안해하는 기색도 없이 가볍게 사과하고 있다.

도대체 무슨 일이 있었던 걸까? 사건의 전말을 모르는 미레유는 고개를 갸웃하다가 퍼뜩 놀랐다.

"저, 저기, 에밀리아는요?"

중요하고 중대한 것이 쏙 빠져 있었다.

카인과 마음이 통했다고 해서 이걸로 대단원은 아니다.

하위 종족이 얄팍한 지혜로 용족을 속이려 획책했다는 사실은 변하지 않는 것이다.

내가 조금만 더 잘 처신했더라면.

적어도 부름이 카인이라는 걸 첫날에 눈치챘더라면 이 지경이 되지는 않았을 텐데.

에밀리아에게 뭐라고 설명해야 할까. 그리고 아버지에게 뭐라고 보고하면 좋을까.

생각해야 할 것은 잔뜩 있었지만, 어쨌든 지금은 눈앞의 사람들에게 사죄하는 것이 급선무였다.

"이번 일로 여러분께 예의에서 어긋난 짓을 꾸민 점, 진심으로 사죄드립니다. 10년 전 약속을 지켜주셨을 거라고는 생각지도 못하고, 에밀리아와 제 이름을 착각하신 거라고만 여겼습니다……."

몸을 깊이 숙이며 사죄의 뜻을 전한다.

"제가 부족한 탓입니다. 동생에게도 잘 설명할 테니, 부디 벌은 저 혼자 받는 것으로 용서해 주실 수 없을까요?"

"미레유는 죄가 없어. 그리고 네 동생이라면 고향으로 돌아갔다."

"네?"

"경위를 설명했더니 납득하고 귀국해 주었어."

(납득하고 돌아갔어? 정말로?)

카인의 신부가 될 작정으로 시집갈 곳에 몰래 방문한 에밀리아의 태도를 되새겨 보면, 미레유에게 원망 섞인 말 한마디라도 했을 법한데.

(어딘가 석연치 않지만…….)

하지만 여기서 '정말입니까?' 라고 물으면 카인을 의심하는 게 된다.

애초 잘못이 이쪽에 있다는 것을 생각하면 그렇게 무례한 짓은 할 수 없다.

미레유는 말을 골랐다.

"그렇다면 일단 고향으로 돌아가 다시 사죄하러 오겠습니다."

사죄할 필요는 없다고 하지만, 그래선 너무 마음이 괴롭다.

인의를 다하기 위해서라도 귀국을 제안하자, 카인은 몸을 굽혀 지근거리에서 미레유와 눈높이를 맞췄다.

(어? 어? 가, 가, 가까워요!)

이쪽의 동요는 아랑곳하지 않고 카인이 말한다.

"그럴 필요 없어. 글리레스에는 내가 가서 설명하지."

"카인 님이, 말이에요? 아뇨. 그런 수고를 끼칠 수는!"

황급히 양손을 흔들지만 카인은 싱긋 웃었다.

그것은 아까의 안도 섞인 미소와는 성질이 달라 보였다.

"말했잖아. 모두 내 잘못이라고. 책임은 나한테 있다고."

입술을 우아하게 움직이고 천천히 고개를 기울이는 몸짓에서는 묘하게 남자의 색기가 방출되고 있었다.

(눈부셔……!!)

얼굴의 위력이 너무 강해서 그것만으로 미레유의 사고력이 반감된다.

시각에 모든 것을 빼앗길 것 같다.

"하, 하지만 우리 나라와, 이쪽은 나라의 격도 다르니까. 높은 분이신 카인 님이 일부러 가실 정도의 일은."

"올해 기념제에는 방문했으니 문제없잖아."

"그건……."

(문제없어? 아니, 아주 큰 문제 아닌가?)

그 아버지가 방대한 마력을 가진 카인과 문제없이 대화를 나눌 수 있다고는 도저히 생각되지 않았다.

하물며 진실을 고백하고 사죄를 입에 담다니, 상상조차 할 수 없다.

(입에 거품을 물고 쓰러지는 모습밖에 안 떠올라…….)

어떻게든 생각을 바꿀 좋은 방법은 없을지 머리를 싸매고 있는데 아름다운 얼굴이 더 다가온다. 저도 모르게 비명을 지를 뻔한 것을 참지만, 놓치지 않겠다는 듯 시선이 교차한다.

"네가 우려할 일은 하나도 없어. 그러니까 부디 이대로 이 나라에 있어 주지 않겠어? 물론 한번 귀국하고 싶은 마음은 이해하지만, 혼례 일정은 더 미룰 수가 없어."

용족의 혼례에는 여러모로 준비할 게 많아서, 신부인 미레유가 없으면 지체되고 만다.

그렇게 열성적으로 타이르니 어색하게나마 고개를 끄덕일 수밖에 없었다.

왠지 모르게…… 왠지 모르게 곱게 생긴 얼굴로 압박해서 자신의 판단력을 무디게 하는 기분도 들지만…….

곤혹스러운 느낌을 남기면서도 "네."라고 미레유의 승낙을 받아내는 용왕의 수완을, 세나를 제외한 세 사람은 기가 막힌 기색으로 지켜보고 있었다.

"저 자식, 용케 저렇게 뻔뻔한 거짓말을 해대네. 요전까지 그렇게 미레유 양한테 허둥대던 주제에."

"한번 절망의 구렁텅이로 떨어졌으니까요. 체면을 차리고 있을 수 없게 되었겠죠."

젤기스가 한숨을 내쉬며 대답한다.

에밀리아에게 '미레유에게는 결혼할 의사가 없다'는 말을 들은 것이 어지간히 사무쳤는지, 카인의 돌파력은 하늘 끝까지 치솟고 있었다.

평소 자신의 용모에 무관심한 남자가 그 몸과 마음을 다 바쳐 쓸 수 있는 것을 행사하고 있다.

그것뿐만 아니라 미량의 마력 위압 조작도 하고 있는 듯해서, 정신에 작용하는 그것은 《복종》이 아니라 《매료》에 의해 상대의 사고를 빼앗는 것이었다.

"납득하고 돌아가긴. 실신시켜서 그대로 돌려보낸 거면서."

멈추지 않는 클라우스의 신랄한 말에 젤기스와 나일이 입을 다문다.

그렇다, 카인은 미레유에게 진실을 말하지 않았다.

에밀리아는 자기 의지로 돌아간 것이 아니었다.

——그때.

그 폭언에 한순간 이성을 잃은 카인은 억제의 옷조차 상회하는 마력을 방출했다.

상위 종족조차 서 있지 못할 정도의 마력에 연약한 설치족이 견딜 수 있을 리가 없어서, 에밀리아는 순식간에 기절했다.

그건 어떤 의미에서는 행운이었다고도 할 수 있다.

기절해 있는 동안에는 그 무겁고 답답하며 짙은 마력에 취하지 않아도 됐으니까.

카인은 분노가 섞인 표정으로 에밀리아의 강제 송환을 명하고는 홀로 미레유가 있는 곳으로 뛰어갔다.

두 사람도 바로 뒤쫓고 싶었지만, 카인이 내뿜은 힘을 그대로 둘 수는 없다. 억누르는 손을 조금이라도 멈추면 격렬한 화염이 날아들 것은 확정 사항.

이것을 문제없이 흘으려면 자신의 마력으로 땅속에서 분해시키는 수밖에 없다. 하지만 그에 따른 마력 고갈은 엄청나서, 일을 마친 뒤에도 두 사람은 한동안 일어설 수 없었다.

"용왕이 내뿜은 힘을 제어하는 일은 대대로 측근에게 부과된 역할이라지만, 저걸 몇 번이나 맛보는 건 역시……."

힘들다고 확실히 입 밖으로 내지는 않아도 젤기스의 얼굴에는 고뇌의 빛이 역력히 드러나 있었다.

선대 용왕 때도 같은 임무를 맡았던 두 사람이지만, 선대는 일을 내팽개치고 도망치다가 실수로 주위 건조물을 파괴하기도 했어도 감정이 고조되면서 일어나는 마력 방출은 없었다.

그건 선대 용왕의 정신이 카인보다 성숙했기 때문이 아니라, 그저 감정을 움직이는 것조차 귀찮아했기 때문이지만…….

"뭐, 그 방대한 마력을 항상 제어해야 하는 카인 님의 처지를 생각하면 불평도 못 하죠. 정말이지 용왕의 그릇에 미치지 못하는 평범한 힘밖에 안 가지고 태어나서 다행이라고 생각해요."

일찌감치 용왕 계승을 포기한 본인의 판단에 납득하고 있는 젤기스를 보며 클라우스는 입술을 떨었다.

"평범한 힘? 그건 나를 놀리는 거냐?"

휘말리는 형태로 여파를 맞은 클라우스는 젤기스와 나일보다 더 피해를 봤다.

애초에 타고난 자질이 용족과는 다르다. 그래서 젤기스와 나일이 즉각 카인이 내뿜은 마력을 억제하는 데 힘을 쏟은 것에 비해, 클라우스는 견디는 것만으로도 벅찼다.

그 역량 차이가 더더욱 화가 난다.

진짜 괴물이다.

"저렇게 질투심 강하고 속 좁은 남자의 신부가 되다니…… 미레유 양도 고생하겠군."

부드러운 압박으로 신부를 놓치지 않으려고 하는 카인과 안절부절못하며 난처해하는 미레유를 바라보며, 클라우스는 진심으로 동정했다.

용왕이 내리는 벌

또각또각. 부츠 소리가 좁은 복도에 울린다.

검은 광택을 발하는 구두는 아름답게 닦여 있었고, 반짝이는 별자리를 그리듯 자수정이 꿰매여 있었다. 거무튀튀하고 곳곳이 깨진 돌바닥과는 참으로 어울리지 않는 신발.

원기둥에 숨듯이 하여 잡담을 나누던 하인들이 그 훌륭한 발밑에 놀라 시선을 들자, 눈부실 정도로 아름다운 대장부 두 명이 곁눈질도 하지 않고 걸어가 버리는 모습이 있었다.

"……방금 그거, 백일몽?"

한 명이 흘린 말은 그 자리에 있던 전원의 마음의 소리였다.

"기별도 없이 갑작스럽게 방문해서 실례한다."

양초를 아끼고 있는 탓에 어스름한 대광장에 맑고 고운 목소리가 울린다.

옥좌에 모여 있던 신하들이 무슨 일인가 하고 돌아보니, 그곳에는 방금 그들의 화제에 올랐던 인물이 있었다.

"시급한 용건이다. 글리레스 왕과의 접견을 원한다."

금은 자수가 놓인 칠흑의 망토를 휘날리며 거침없는 발걸음으로 안쪽으로 나아가는 것은 드레이크의 젊은 용왕. 뒤에서 따르는 사람은 젤기스 혼자지만, 그 존재감은 백만 대군이라도 당해내지 못할 위력과 찬란함이 있었다.

갑작스럽게 신의 종족이 방문하면서 장내가 술렁거린다.

"이, 이거! 이런 벽지에 왕림해 주시다니 황공할 따름입니다."

옥좌에 앉아 있던 글리레스 왕도 즉시 엉덩이를 떼고 몸을 내민다.

그 곁에는 에밀리아가 있었다.

조금 전까지 아버지에게 무언가 호소하고 있었는지 침통한 표정으로 눈가에는 눈물이 고여 있다.

"이번 일은 이미 들으셨겠지요. 우선 그쪽부터 설명을 부탁드릴 수 있을까요?"

단도직입적으로 말한 것은 젤기스였다.

글리레스 왕이 숨을 꿀꺽 삼킨다.

"그, 그게, 설마하니 미레유에게 혼담이 들어올 줄은 꿈에도 모르고. 당연히 에밀리아가 마음에 드신 줄로만……."

"그렇다면 왜 처음 시점에서 사자에게 확인하지 않았습니까. 애초에 동생분은 이미 스네이크에 시집을 간 몸 아닙니까. 설마 우리가 그걸 모르고 있었다고 생각한 겁니까?"

처음부터 에밀리아가 기혼임을 알았다는 말을 듣고 글리레스 왕의 얼굴이 새파래진다. 말문이 막힌 아버지를 대신해 입을 연 것은 에밀리아였다.

"기다려 주세요! 실제로 저는 이미 스네이크의 왕세자비이지만. 그걸 해소해서라도 카인 님에게 시집갈 결심으로 간 거예요. 사랑에 보답해야 한다며 필사적이었으니까요!"

어디까지나 호의 때문이라며 애수 띤 눈으로 본다. 이에 젤기스는 뜻밖이라는 듯 목소리를 낮췄다.

"외람되오나 우리는 이미 짝이 있는 자에게 혼인을 제안하는 폭거는 저지르지 않습니다."

"으——."

약탈혼을 숭상하는 괘씸한 자들과 동급으로 취급하지 말라는 말을 은연중에 들어, 에밀리아는 입을 비튼다.

"하지만!"

에밀리아는 여전히 호소하려 하지만 카인은 짧게 "이야기를 혼란스럽게 해서는 곤란하다."며 제지했다.

"이쪽의 설명이 부족했던 잘못은 내게도 있다. 그걸 감안해 미레유에게도 다시 결혼 승낙을 받았다. 이번 일에 관해서는 딱히 문제시하지 않고 있다."

감정이 보이지 않는 얼굴로 담담하게 고하는 젊은 용왕을 보고, 그 자리에 있던 글리레스 측 신하들이 안도하는 기색을 드러냈다.

하지만 그런 와중 유일하게 난색을 표한 것은 에밀리아였다.

"언니가 결혼을 승낙했다고요?! 애초에 처음에 카인 님과의 일을 이야기했다면 이런 일은 없었을 텐데. 이건 언니가 꾸민 함정이었던 거예요. 저는 속았을 뿐이라고요!"

이 주장에는 카인도 젤기스도 어이가 없었다.

"자네를 속일 의도가 있을 리가 없잖아. 미레유는 나를 결혼을 약속한 상대라고 인식하지 못하고 있었는데."

"어머, 결혼을 약속한 상대를 잊을 만큼 우둔한 여자가 있다고는 생각되지 않는데요."

"내가 미레유와 약속한 건 10년 전. 그때 댄 이름은 아명이다. 머리카락 색도 눈동자 색도 달라. 내가 용왕의 혈통이라는 걸 알았다면 이야기는 빨랐겠지만, 안타깝게도 미레유에게 그 지식은 없었다. 반대로 말하면——."

거기서 말을 끊고 카인은 글리레스 왕과 신하들을 일별했다.

"미레유가 용족 지식을 가지고 있었다면 이번과 같은 착오는 일어나지 않았을 것이다. 그 시녀에게도 확인했지만, 미레유는 10년 전 '일곱 빛깔을 가진 아이와 결혼 약속을 했다' 고 귀공들에게 전했다지. 하지만 그에 대해 뭐라고 답했지?"

졸다가 꿈이라도 꾼 거겠지——. 그렇게 비웃었다.

"책임을 떠넘길 생각은 없지만, 용족의 정보는 2년에 한 번 열리는 세계 회의에서도 공개되고 있다. 물론 용왕 혈족의 아이가 일곱 빛깔을 가지고 태어난다는 것도."

거듭 다그치는 카인의 말에 모두가 도망치듯 시선을 이리저리 돌렸다.

"그 말은 확실히 들었습니다. 하지만 그건 미레유의 망상인 줄로만……. 그 아이는 옛날부터 마술이든 언동이든 우리와 다른 면이 많아서 곤란해하고 있었습니다."

어디까지나 잘못은 미레유에게 있다는 듯한 말투였다.

어떻게 되든 처음부터 이번 책임을 미레유에게 떠넘길 셈이었다는 것이 엿보인다.

(불쾌함 때문에 속이 쓰리군…….)

글리레스에 갈 때, 미레유는 한 번은 카인에게 맡겼던 절충 역할을 그만두게 하려고 했다.

분명 이렇게 될 것을 우려했던 것이리라.

"——슬슬 본론으로 들어가지."

더 이상의 문답은 불필요하다.

가능하면 얼른 조건을 들이대고 돌아가고 싶었지만, 카인에게는 도저히 용서할 수 없는 사실이 있었다. 그 진의를 듣기 전까지는 피로감 따위 알 바 아니다.

"10년 전 미레유에게 구혼했을 때, 우리 나라의 관습으로 약속을 받아낸 것에 만족하고 귀국에 알리지 않은 책임은 내게 있다. 하지만 내가 올해 기념제에서 미레유와 무사히 재회했더라면 이야기는 빨랐을 거다."

"지당하신 말씀입니다! 미레유가 꼴사납게 몸져눕지만 않았어도 이런 착오는 일어나지 않았습니다!"

흐르는 땀을 닦으며 묘하게 미레유의 과실을 강조하는 글리레스 왕에게 카인은 차가운 시선을 보낸다.

"그때 몸이 아팠던 일은 아무래도 고의로 유발한 것 같던데."

"네?"

예기치 못한 말에 글리레스 왕의 표정이 흐려진다.

"에밀리아. 자네는 기념제가 시작되기 전에 미레유에게 과자를 줬다지? 듣기로 이 축제는 단식으로 임해야 한다는 원칙이 있는데. 왜 그런 날 일부러 과자를 먹으라고 재촉했지?"

카인의 눈동자가 진한 붉은색으로 변한다.

에밀리아는 자신의 눈과는 농도가 다른 남자의 시선을 감당하지 못하고 안절부절못하며 몸을 움직였다. 눈에는 명백한 동요가 드러나 있었다.

"무, 무슨 말씀이신지……. 언니가 멋대로 한 말이겠죠. 저는 모르는 일이에요."

"용족 의사는 모든 것을 꿰뚫어 보는 힘이 있다. 미레유를 진찰한 의사가 말했어. 미레유 몸에는 독빈도리 독의 흔적이 있었다고."

"——?!"

그 이름에 반응을 보인 것은 에밀리아보다 신하들 쪽이었다.

목을 누르며 얼굴을 찡그리는 자. 공포에 핏기를 잃는 자.

비명이 섞인 작은 목소리나 숨을 삼키는 소리만으로 독빈도리가 그들에게 얼마나 맹독인지 전해져 온다.

"독빈도리는 치사성이 강한 유독 식물. 설치족의 연약한 몸이라면 본래라면 입에 댄 것만으로 구토와 경련을 일으키고 체내에 들이면 이윽고 죽음에 이른다. 그런 걸 왜 미레유에게 먹였지? 죽일 셈이었나?"

"아, 아니에요! 그 정도로 위험할 줄 몰랐을 뿐…… ——아."

입을 막았을 때는 늦었다.

살의에 대한 부정은 독을 먹였다는 사실에 대한 긍정이다.

뭐라고 하든 인정할 생각은 없었는데 너무나 살상력 강한 맹독이었다고 밝혀진 탓에 당황해서 불쑥 자백하고 말았다.

"몰랐다? 이 대륙에서는 유명한 맹독이라던데. 실제로 미레유는 모친에게 배웠고, 너도 미레유에게 배웠을 텐데."

"어, 언니는 언제나 과장해서 말하는 사람이었으니까 독도 미량인 줄로만……. 그래요! 실제로 조금 몸이 안 좋았을 뿐이지 않나요! 다음 날에는 말짱했는걸요!"

"미레유의 몸이 금방 회복된 건 용인이 있었기 때문이다."

용인은 외적 공격이라면 완전히 막을 수 있지만 몸 안에서 섭취된 독에는 약간의 시간이 필요하다.

이게 평범한 설치족의 몸이었다면 입에 넣은 순간 구토하고, 불과 몇 분 만에 싸늘한 시체가 되었을 것이다.

"……언니가 전달하는 방식이 나빴으니까 착각했을 뿐이에요. 저는 그런 맹독인 걸 몰랐는걸요. 그 사람은 언제나 허풍이 심하니까 저도 곧이곧대로 받아들일 수 없었던 거예요."

"호족을 능가하는 초이론이군요……."

뒤에 대기하고 있던 젤기스가 기가 막히다는 듯 툭 내뱉는다.

용왕은 신부 복이 있어도 처가 복은 없는 저주에 걸린 걸까?

머리를 감싸는 젤기스와 대조적으로 카인은 아랑곳하지 않고 일소에 부쳤다.

"그게 네 변명인가?"

"카인 님은 모르실 뿐이에요! 10년 전에도 그랬다고 들었는걸요. 국민이 굶어 죽는다면서 억지로 아버님께 국고를 열라고 생떼를 썼다고요! 언니는 그렇게 호들갑이 심한 사람이에요!"

이쯤 되면 이 계집이 정말 미레유의 친동생이 맞는지 고개를 갸웃하고 싶어진다.

언제나 곁에 있는 루루가 그토록 미레유를 따르는데, 한 핏줄인 동생이 이토록 언니를 싫어하다니.

카인은 에밀리아가 미레유에게 가진 적의와도 비슷한 감정의 이유를 짐작하면서도 굳이 입 밖으로 내지 않고 젤기스에게 눈짓했다.

젤기스는 알아들었다는 듯 한 발짝 앞으로 나섰다.

"당신이 어떤 이야기를 곧이곧대로 받아들였는지 모르겠지만, 제가 10년 전에 확인한 조사에서도 백성들의 생활은 개탄스러운 것이었습니다. 그 피해로 국고를 열지 않다니 어지간히 어리석은 왕. 생떼를 썼니 어쩌니 하는 수준 낮은 이야기가 아닙니다."

그때는 신부의 조국인 줄 모르고 담담하게 처리했지만, 실상은 당시 젤기스조차 눈살을 찌푸릴 만했다.

"아직 여덟 살이었던 미레유 님이 국고를 열어달라고 비통한 심정을 호소할 만큼 국민은 압박받고 있었는데, 당신들은 그걸 생떼라고 받아들이고 있었습니까? 솔직히 기가 막히는군요."

"그치만……."

강하게 호소하던 에밀리아도 이것에는 망설임이 생겼는지 뒤의 아버지를 돌아본다.

결코 눈을 마주치려 하지 않는 아버지를 보고, 에밀리아는 진실이 어디에 있는지 이해한 듯했다.

"……아, 알겠습니다. 제 독선이었다고 언니에게는 진심으로 사죄하겠습니다."

"그럴 필요 없어. 미레유는 네가 독을 먹인 사실을 모르니까. 내가 얻은 정보는 전부 우리 쪽 간첩에게 들은 것이다."

"네? 사과하지 않아도 되는 건가요?"

"나는 사죄를 허용하지 않는다고 말하고 있는 거다. 이번 일이 귀에 들어가면 미레유는 무조건 너를 용서하겠지. 자신의 독 빈도리에 대해 잘 설명하지 못한 탓이라며."

에밀리아도 그걸 아니까 일찌감치 사죄하겠다고 방침을 바꾼 것이 분명하다.

미레유에게 잘 둘러대서 큰일 없이 넘어가려는 속셈이 훤히 보인다.

"미레유가 너를 용서하는 것을, 나는 허용할 수 없다."

유연하게 뻗은 팔로 팔짱을 끼고, 천천히 타이르듯 말한다.

"여기서 나눈 대화도, 독에 관한 진실도, 미레유에게는 앞으로도 전할 생각은 없다."

다시 말해 사죄함으로써 에밀리아의 죄가 사라지는 일은 평생 없다는 뜻이다.

목소리는 조용하지만, 눈앞의 미남이 얼마나 격분하고 있는지가 여실히 전해진다.

"자, 이쪽의 조건은 두 가지다. 하나는 네가 미레유에게 독을 먹인 사실을 끝까지 숨길 것. 두 번째는 설치족 사람과의 면회는 누구든 용족 입회하에 행해질 것. 나는 너희를 신용하지 않으니까. 결코 어려운 조건은 아니겠지. 만약 이 두 가지를 어긴다면——."

카인은 일단 말을 끊고, 천천히 화제를 바꿨다.

"용족에게는 예로부터 몇 가지 제약이 존재한다. 그중 하나로 이유 없이 다른 종족에 간섭하는 것을 금한다는 제약이 있지."

넘치는 힘이 다른 종족을 멸종시키지 않도록 배려된 원칙은 초대 용왕이 남긴 것이다.

카인을 비롯한 용족이 다른 종족에 대해 오만할 정도로 무관심한 이유는 이 제약에서 비롯되었다.

안 그래도 넘치는 힘을 가진 용족이 일부 종족만 편든다면 다른 종족과의 균형을 무너뜨릴 수 있다.

그 때문에 헛되이 다른 종족을 해하지 않도록 유전자 레벨로 의식에 포함되는 것이다.

“큰 힘을 가진 분의 훌륭한 마음가짐에 탄복합니다……!”

미레유에 대한 에밀리아의 온갖 폭언을 한 번도 나무라지 않았던 글리레스 왕의 아첨을 무시하고, 카인은 말을 잇는다.

“하지만 이건 어디까지나 이유가 없을 때다.”

예외는 있다.

그건 선대 용왕도 마찬가지.

그 신부의 모국이 이래도 되나 싶을 정도로 용족의 은혜를 받고 있는 게 좋은 사례다.

“용족의 원칙은 모두 신부에 의해 좌우된다. 실제로 몇 대 전의 용왕은 신부를 해치려 했던 종족을 짓뭉개 역사에서 제거했다. 그 종족은 한 종밖에 존재하지 않아서 희귀했던 모양이지만, 지금은 구전조차 되지 않아.”

용족 역사의 어둠을 드러내는 이야기를 듣고 그 의도를 이해한 글리레스 사람들은 안색을 바꿨다.

“귀국은 수없이 많은 설치족 중 하나. 세상에는 도처에 자네들과 조상을 같이 하는 자들이 널렸지. ──이 나라가 멸망한다고 해서 종족적인 손실은 크지 않다.”

그것은 경고였다.

조건을 받아들이지 않겠다면 나라를 간단히 없애겠다는 선전 포고에 글리레스 왕은 얼굴이 완전히 창백해져 몇 번이나 고개를 끄덕였다. 목소리도 더는 나오지 않았다.

"에밀리아, 너는 시집간 곳으로 돌아가 줘야겠다. 모든 걸 정상으로 되돌리고, 미레유에게는 전부 해결했다고 보고하고 싶군."

"하…… 하지만 떠나기 전에 몇몇 여관에게는 말해 버렸는걸요. 이제 와서 뻔뻔하게 돌아갈 수는……."

"스네이크의 의사 따위 관계없다. 이건 명령이다. 네 남편도 내 신부에게 실컷 무례를 저질렀지. 이 정도로 끝난다면 반론은 없을 터."

내려다보듯 고하자, 에밀리아의 뺨에서 핏기가 가신다.

카인은 알아버린 것이다.

자신의 남편이 어릴 때부터 미레유를 깔보는 태도를 취하고 있었다는 것을.

말하자면 카인에게는 부부 모두 동죄.

스네이크는 드레이크라는 강대국을 적으로 만든 것이나 다름없다.

이래서는 앞으로 죽을 때까지 수모를 짊어져야 한다.

"그런……."

"그쪽에는 내가 통지하지. 너는 시치미 뚝 떼고 돌아가면 된다. 그자에게 네 경박함을 단죄할 자격은 없으니까."

최후통첩을 고하고 카인은 몸을 돌려 출구로 향하려 했다.

하지만 마음이 바뀌었는지 다시금 에밀리아가 있는 곳으로 다가갔다.

한순 카인의 자비를 기대한 에밀리아였지만, 그 표정의 어두움을 깨닫고 몸을 떨었다.

마지막으로 질책을 받을 거라고 각오했지만, 의외로 그 목소리는 연민을 띠고 있었다.

"네가 미레유에게 가진 악의는 네 뜻으로 자란 게 아니야. 길러진 거지. 그 점에 관해서만은 불쌍하게 생각한다."

"……네?"

그 말의 의도를 파악하지 못한 에밀리아를 남기고, 이번에는 두 사람 모두 멈추는 일 없이 그 자리를 뒤로했다.

✿ ✿ ✿

"확실히 말해도 되지 않았을까요? 미레유 님을 향한 당신의 악감정은 아버지가 만든 거라고."

간첩의 보고는 젤기스도 확인했다.

그 내용에 따르면 미레유 자매의 어머니는 젊은 나이에 세상을 떠났지만, 생전에는 현모라고 칭송받으며 그 인기는 백성뿐만 아니라 다른 나라에도 퍼졌다고 한다.

재주를 과시하는 일 없이. 나서는 일 없이. 아내로서 왕을 모시면서도 저절로 드러나는 능력은 이윽고 왕의 권위를 넘었다.

죽어서도 이 나라 백성들 사이에서는 미레유의 어머니를 따르는 자가 많다.

그걸 가장 못마땅하게 여긴 것이 그 남편인 글리레스 왕이다.

아내를 쏙 빼닮은 미레유가 미워서 아내 같은 유능한 여자가 되지 않도록 제대로 교육하지 않고 키웠다.

에밀리아와 떼어놓고 키운 것도 아내를 쏙 빼닮은 미레유와 함께 있으면 아내와 똑같이 자신의 지위를 위협하는 존재가 될 것으로 우려했기 때문이리라.

"말해 봤자 이제 와서 그 계집이 마음을 고쳐먹을지는 별개의 이야기야. 이번엔 글리레스 왕에게 책임을 떠넘기고 자신의 정당성을 주장하는 것만으로 끝날 가능성도 있어."

"글리레스 왕이 모든 원흉이니 본인에게 책임을 지게 해야 하지 않을까요?"

"어차피 그 몸은 앞으로 몇 년도 못 버텨."

설치족 평균 수명을 진즉에 넘긴 글리레스 왕에게서는 죽음의 냄새가 났다.

"자신의 죽음을 깨달으면 왕의 위엄 따위 내던질 것 같은 남자다. 어설프게 건드렸다가 자포자기해도 곤란하니까. 앞으로 오래오래 살 미레유의 근심거리가 되지 않도록 나름의 체면은 유지하게 해둬."

그들의 죄는 짧은 수명 중에 끝난다.

하지만 미레유는 다르다.

용왕의 신부가 되면 그 수명은 길다.

망자의 한탄이 미레유에게 스며들게 해서는 안 된다.

"――이제 돌아갈까."

조국에 비해 좁은 성은 이동하기 편하지만, 마치 동굴 속 같아서 기분이 썩 좋지 않았다.

물론 여기에 미레유가 있다면 이야기가 다르겠지만.

"마차나 타십시오. 이 주변 종족에게는 비행 행위조차 위압과 동등한 효력이 있다고 하니까요."

설치족은 용인을 눈으로 인식할 수 없는 사실을 알고 바로 하위 종족의 마력 생태를 조사한 젤기스의 경고가 날아온다.

무사히 혼인이 끝나면 미레유의 몸은 용족에 가깝게 된다며 그 부분을 소홀히 한 게 애초의 실수였다고 맹렬히 반성한 결과다.

"그나저나 묘하게 멀리서 지켜보는 것 같지 않아?"

성 주위는 보통 시가지가 펼쳐져 있는 법이지만, 아무리 봐도 글리레스의 성 아래에 있는 것은 마을로밖에 보이지 않았다. 큰 건조물은 없고 오두막 같은 것들이 늘어서 있을 뿐.

반대로 인구는 많은 것 같지만, 마을 사람들은 일제히 거리를 둬서 카인 일행에게 다가오는 자는 한 사람도 없었다.

"저쪽 분들이 보면 우리는 그 자리에 있는 것만으로 위협. 너무 오래 머물러서는 실례입니다."

카인은 고개를 끄덕이면서도 마부가 감색 마차를 눈앞으로 이동시키는 동안 주위를 둘러본다.

그러자 오두막 뒤에서 이쪽을 살펴보는 두 아이와 눈이 마주쳤다.

두 사람의 생김새는 쏙 닮아 있어 아무래도 남녀 쌍둥이인 것 같다. 이쪽을 힐끔힐끔 보고는 숨는 동작을 몇 번이고 반복하고 있다.

신경이 쓰인 카인이 그만 쌍둥이에게 손짓하자, 작은 몸이 흠칫 흔들렸다.

일단 용왕의 넘치는 마력이 한 조각도 새지 않도록 의류는 소품에 이르기까지 전부 마석으로 억제 마술을 걸었다.

(아무리 설치족 아이라도, 이만큼 엄중하게 마술을 걸고 있으면 겁먹게 할 일은 없을 텐데…….)

카인의 성의가 전해졌는지 쌍둥이는 얼굴을 마주 보더니 각오를 다진 듯 이쪽으로 달려왔다.

"왜 그러니, 무슨 용무라도?"

나이는 다섯 살 정도일까. 처음에는 쭈뼛쭈뼛하던 두 사람도 카인의 목소리에 위압이 없다는 걸 알자 서툰 손짓으로 이야기하기 시작했다.

"있잖아요. 미레유 공주님이 안 돌아오셔."

"벌써 오랫동안 안 돌아오셨어."

설마 미레유에 대해 물어볼 줄은 몰랐다.

마차에 걸린 용족 문장을 가리키며 쌍둥이가 말한다.

"미레유 공주님이 이 그림이랑 똑같은 마차를 타고 어디론가 가버리는 걸 봤어."

"형아. 미레유 공주님 몰라?"

구김살 없는 표정으로 번갈아 말하는 쌍둥이에게 질타하는 목소리가 날아왔다.

"이 녀석들! 안에 들어가 있으라고 했잖아!"

돌아보니 어머니인 듯한 여성이 황급히 달려온다.

""그치만 미레유 공주님이…….""

눈물을 글썽이는 쌍둥이를 위로하듯 카인은 작은 머리에 손을 얹었다.

"미안하구나. 미레유는 내 신부가 되기 위해 성을 나왔단다. 지금은 내 나라에 있어."

아이라도 이해하기 쉽도록 말을 골라 전하자 쌍둥이뿐만 아니라 달려온 어머니까지 놀라움의 목소리를 냈다.

"미레유 공주님, 신부님 되는 거야?"

"형아 신부 되는 거야?"

"에에엑, 혼인이 정해지신 겁니까?!"

세 사람이 동시에 내뱉은 목소리에 멀리서 보고 있던 사람들도 돌아본다.

"방금 미레유 공주님이 결혼한다고 들렸는데."

"뭐어? 누구랑?!"

"어, 저 사람이랑?"

"저거, 아무리 봐도 큰 나라 마차잖아? 어느 나라지?"

"공주님의 결혼이라니 경사스러운 일 아니냐!"

건물 안에 숨어 있던 자들까지 모여들어 주위는 순식간에 인산인해가 되었다.

마치 굴에서 단번에 기어 나온 듯한 모습에 카인은 눈을 휘둥그레 뜬다.

"이건…… 건조물과 인구 비율이 안 맞지 않나?"

"다산이라고는 들었습니다만 예상을 훨씬 웃도는 수군요."

설치족 인구는 영지에 비해 너무 많다. 물론 그 인구가 경제, 노동, 군사 어느 면에서도 유리하게 작용한 적은 없다. 그게 설치족이다.

두 사람이 넋을 잃고 있는데 모여든 사람들이 수없이 축복하는 말이 날아들었다.

너무 많아서 알아듣기 어려웠지만, 묘하게 축복받고 있다는 것만은 알겠다.

조금 전까지 그렇게나 멀찍이서 지켜보고 있었는데 미레유의 이름 하나로 그들의 경계심은 완전히 사라져 있었다.

"있잖아. 형아."

"정말로 미레유 공주님이랑 결혼해?"

곁에 있는 쌍둥이 목소리만은 간신히 귀에 닿았다.

"그래. 혼례는 하지에 한다. 반드시 행복하게 해줄 테니 걱정 안 해도 돼. 미레유를 보고 싶다면 식에도 초대하지."

"정말로?!"

"신부 된 미레유 공주님 만날 수 있어?!"

"그래. 오고 싶은 자는 다 초대하마."

진심으로 고하자 작은 나라에 큰 땅울림이 울려 퍼졌다.

"기다려 주십시오, 카인 님. 어디로 가실 작정입니까?"

돌아오자마자 집무실과는 다른 방향으로 발길을 돌리는 용왕에게 젤기스의 손이 뻗어 나간다.

"당연히 미레유가 있는 곳이지. 전부 다 잘 풀렸다고 보고해서 안심하게 해주고 싶어."

"안 됩니다. 또 용인에 불타버리면 모처럼 협박해서 따낸 약속이 물거품이 됩니다."

(듣기 거북하게…….)

카인은 그렇게 생각했지만 입 밖에 내지는 않고, 젤기스의 우려만 없애주기로 했다.

"그 점은 걱정하지 마. 용인에 대해 하나 알아낸 게 있거든."

손가락을 입가에 대고 중얼거리는 카인의 눈은 숙고와 실험을 거듭해 진리를 도출해 낸 연구자처럼 빛나고 있었다. 젤기스는 왠지 불길한 예감이 들었다.

"확실히 혼례 전에 미레유에게 닿으면 용인의 힘이 발동하지만, 그걸 웃도는 속도로 회복에 집중하면 재가 안 되고 버틸 수 있어. 이걸로 미레유의 손도 만질 수 있었으니까, 틀림없다!"

"——네?"

자랑스럽게 호언장담하는 젊은 용왕에게 젤기스는 말문이 막혔다.

그건 다시 말해 결코 넘을 수 없는 존재, 시작의 용이자 초대 용왕의 《속박》을 초월하는 행위다.

본래라면 불가능한 일을 실현했다는 시점에서 역대 용왕 중에서도 걸출한 인재.

그 힘에는 압도되지만, 이유가 욕망에 너무 찌들어 있어서 기가 막힐 따름이다.

"카인 님……."

곤혹스러움에 이마를 짚는 젤기스를 남겨두고, 카인은 가벼운 발걸음으로 미레유의 방으로 향했다.

신부의 근심

"하아……."

미레유는 정식으로 자기 방이 된 방의 유리제 돌출 창에서 밖을 바라보며 작게 한숨을 내쉰다.

슬슬 카인이 글리레스에서 귀국할 무렵이다.

(이야기는 어떻게 됐을까…….)

솔직히 아버지나 추종하는 신하들의 기량을 생각하면 아무리 낙관적으로 생각하려 해도 불안만 생길 뿐.

"하지만 아버님은 대세에 따르는 분이니까 카인 님에게도 강경한 자세는 취하지 않으실 거야…… 분명 괜찮겠지?"

"무리 아닐까요. 국왕님도 그렇고 에밀리아 님도 그렇고 자기들 사정밖에 생각 못 하는 분들이니까요."

과자 상자를 한 손에 들고 오물오물 입을 움직이며 대기하고 있던 루루가 딱 잘라 말한다.

그야말로 미레유가 품고 있던 불안을 정확히 찌르는 바람에, 여느 때처럼 '서서 간식 먹는 건 버릇이 없는 짓이니까 안 돼.'라고 주의를 주는 것조차 여의치 않다.

참고로 루루에게는 부재중에 일어난 일련의 소동과 자신이 진짜 신부였다는 사실을 전해 두었다.

자초지종을 다 들은 루루는 별로 놀란 기색도 없이.

그저 한마디.

"공주님은 이제 '사교성 발언' 이라고 말하기 금지예요."

이렇게 대답해 버렸다.

아무래도 어렴풋하게나마 당사자인 미레유보다 이 전말을 잘 짐작하고 있었던 모양이다.

"역시 나도 함께 가야 했어. 지금이라도 늦지 않았으려나."

"그렇게 걱정 안 하셔도 괜찮을 거예요! 그보다 이 과자 맛있어요!"

그렇게 말하며 소중하게 안고 있던 손바닥 사이즈의 나무 과자 상자를 미레유에게 내민다.

담겨 있는 게 과자가 아니었다면 보석함으로 착각할 만큼 정교하게 조각한 나무 상자다. 상자 안에는 색이 선명한 사탕, 고소한 쿠키, 그리고 츄샤 열매가 품위 있게 진열되어 있었다.

평소 루루라면 츄샤 열매 말고 다른 걸 권하겠지만, 오늘은 츄샤 열매를 가리키며 싱글벙글 말했다.

"공주님이 항상 드시던 츄샤 열매, 매일 아침 용왕님이 따오셨대요!"

"——네?"

"루루가 전에 산책했던 아지랑이 숲이라는 곳에 츄샤 나무가 잔뜩 있다고 말씀하셨어요!"

지금껏 츄샤 열매를 의아하게 생각하고 있었지만 설마 카인이 준비해 주고 있었을 줄이야.

(같이 먹었던 걸 기억하고 계셨구나…….)

미레유가 무엇보다 소중하게 여기고 있던 추억을 카인 또한 똑같이 소중하게 여겨주고 있었다는 것을 알고 가슴이 뭉클하게 따뜻해진다.

풀어지는 입가에 손가락을 대면서도 한순간 스친 위화감에 미레유는 "응?" 하고 고개를 갸웃했다.

"루루, 그 얘기는 누구한테 들었어?"

"용왕님한테요."

"어? 언제?"

"용왕님이 우리 나라로 떠나시기 전이에요. 꽃을 꺾고 있었더니 '이리 온, 이리 온.' 하고 부르시고 뭔가 이것저것 물어보셨어요."

그 보답으로 이 과자도 받았다고 기뻐하는 루루 때문에 미레유는 숨이 막힌다.

"그건…… 무, 무슨 이야기를 했는데?"

"그러니까 국왕님은 곤란할 때는 공주님한테 이것저것 물어보는 주제에 조금 형세가 나빠지면 전부 공주님 탓으로 돌리고, 반대로 잘되면 자기 공으로 돌리는 분이라 싫다는 얘기랑. 에밀리아 님은 그런 국왕님이랑 꼭 닮은 분이라 의상비 때문에 공주님 밥이 조금밖에 안 나오게 된 거랑. 그리고 스네이크의 바보 왕자님 얘기도 했어요!"

미레유의 뺨에서 순식간에 핏기가 사라진다.

생각할 수 있는 것 중에서도 가장 위험한 정보밖에 없었다.

"그 이야기 한 직후에 뜨거운 바람이 확 불어서 땅바닥이 뜨거워졌어요. 신기했어요!"

"…………."

끝났을지도 모른다.

그렇게 깨달은 것은 카인에게 추궁당했던 위압 사건을 떠올렸기 때문이었다.

그때는 어떻게든 발설을 면했지만 분명 눈치챘을 것이다.

공포와 전율이 뒤섞인 표정의 미레유를 보고 루루가 걱정스러운 듯 눈썹 끝을 내린다.

"용왕님한테 얘기 안 하는 게 좋았나요? 하지만 또 이상하게 얼버무리거나 거짓말하는 게 나중에 들켰을 때 어색해져요. 안 그래도 우리 나라는 전과도 있고요!"

반박할 여지도 없는 정론이었다.

미레유는 대꾸할 말도 없이 양손으로 얼굴을 감싸고 하늘을 우러러본다.

"어머, 미레유 님 왜 그러십니까?"

그때 나일이 나타나서, 미레유는 황급히 자세를 바로잡았다.

"아뇨. 심신 모두 정상이니 걱정하실 필요 없어요!"

가장 먼저 건강 상태를 말한 것은 그렇게 하지 않으면 당장 로라를 부르기 때문이다.

(카인 님에게 이름을 불려서 얼굴을 붉힌 날부터 사사건건 건강을 걱정하셔. 정말, 사실대로 말해버릴까…….)

그건 그것대로 수치심 때문에 죽을 것 같지만.

"하지만 안색도 좋지 않으신 것 같군요……. 역시 도리스의 일은 취소하죠. 미레유 님 옥체에 해가 됩니다."

물 흐르듯 도리스와 한 약속을 파기하려는 나일에게, 미레유는 쓴웃음을 지었다.

에밀리아의 일이 진정된 무렵, 미레유는 도리스를 찾아갔다.

이전에 거절했던 마술 검증을 청하기 위해.

가짜 신부라는 입장상 한 번은 포기했지만, 정식 신부가 된 지금 도리스의 권유를 거절할 이유는 이제 없다. 그렇다면 괜찮겠다고 생각해서 미레유가 직접 부탁하러 간 것이다.

원래 혼례가 끝나면 돌격하려고 획책 중이던 듯한 도리스는 눈을 빛내며 국고 안에 울려 퍼지는 목소리로 기뻐해 주었다.

과연 그 기대에 부응할 수 있을지는 불안하지만, 물러설 수는 없다.

(카인 님께 변하겠다고 맹세했는걸.)

겁먹는 마음을 버리고 강해지겠다고.

그러기 위해서는 실패를 두려워하고 있을 수 없다.

그런 미레유의 결의와는 정반대로 나일은 뒤에서 벌레를 씹은 듯한 얼굴을 하고 있었다.

나일로서는 도리스와 엮이면 뼛속까지 연구에 절여질 거라고 우려하는 듯, 사사건건 제지의 손길이 들어온다.

그러고 보니 카인에게도 사전에 상담했을 때 뺨을 조금 떨고 있었다.

최종적으로는 미레유의 선택을 존중해 주었지만.

"미레유!"

카인을 떠올리고 있는데 마침 그 본인이 방으로 들어왔다.

이야기가 어떻게 됐는지 불안이 단숨에 밀려온다.

하지만 카인의 표정은 온화하고 분노한 모습은 한 조각도 찾아볼 수 없다.

“다녀오셨어요, 카인 님. 저기, 아버님은 뭐라고…….”

미레유는 일단 안도의 숨을 내쉬고 조심스럽게 물었다.

자신이 문제에서 격리된 것은 눈치채고 있었다.

어떤 의도인지는 모르겠지만, 그래도 아직 자신은 글리레스의 첫째 왕녀다.

이번 일이 어떤 귀결을 맞이했는지는 알아야 한다.

국민에게 조금이라도 피해가 가는 일이 생긴다면 온 힘을 다해 지키기 위해서라도.

그런 미레유의 심정을 아는지 모르는지 카인은 시원하게 웃어 주었다.

“아무것도 걱정할 것 없다고 했잖아. 그쪽도 충분히 이해해 줬고 사죄도 받았어. 유감은 없다.”

부드러운 목소리지만 더 이상의 문답은 필요 없다며 이야기를 끊어버린 느낌을 지울 수 없다.

미레유는 불경을 무릅쓰고 자세한 이야기를 듣고자 입을 열지만, 그 전에 카인은 “맞다.”라며 화제를 바꿨다.

“돌아오는 길에 설치족 아이가 말을 걸더군. 남녀 쌍둥이로 이름은 디타와 레네라고 했던가.”

“어머…….”

설치족은 이웃 나라에서도 무시당하는 경우가 많다. 그들의 기분 하나로 뿜어지는 위압을 받지 않기 위해서라도 백성에게는 고위 종족이 방문했을 때는 되도록 거리를 유지하라고 전해 두었다.

"고귀한 분께 말을 거는 것은 불경에 해당한다고 타일러 두었지만, 워낙 아직 어린아이라서요. 부디 용서해 주세요."

카인이 금방 성급하게 구는 성격이 아니라는 것은 이해하고 있지만, 그만 하위 종족의 버릇으로 간청하고 만다.

"아아, 그래서 멀리서 지켜보고 있었던 건가. 아니, 탓할 생각은 추호도 없어. 네가 안 돌아온다고 신변을 걱정하고 있길래 결혼한다고 전하고 왔지."

자세한 내용을 전혀 듣지 못한 국민들이 보면 미레유의 부재는 변고. 무슨 일이라도 생긴 게 아닐까 걱정하고 있었던 것이리라.

그들의 불안을 덜어 준 카인에게, 미레유는 고개를 숙인다.

"하나부터 열까지 번거롭게 해드려서 죄송——."

"내가 반드시 행복하게 해주겠다고 선언했더니 두 사람도 안심해 줬어."

"네……!"

생각지도 못한 말에 몸이 화끈거린다.

"축복의 말을 받았는데 너무 많아서 잘 못 알아들었어."

"그, 그건…… 감사합니다……."

허둥지둥 시선을 이리저리 돌리다가 벌레 날갯짓 소리보다 작은 목소리로 고맙다는 뜻을 전한다. 쑥스럽고 부끄러워서 녹아버릴 것 같았다.

"내가 서두르는 바람에 그 아이들도 걱정시켰군. 혼례에는 국민 모두를 초대하겠다고 전해뒀으니 너와 보내는 시간을 갖도록 조치하지."

""네?!""

이에는 미레유뿐만 아니라 루루도 놀라 소리를 질렀다.

"대단히 감사한 말씀인데…… 국민 모두를, 말인가요?"

"용왕님, 설치족은 수명은 짧지만 쓸데없이 엄청 많거든요."

"확실히 인구는 많은 모양이던데 혼례는 기니까 괜찮겠지. 말은 이쪽에서 준비할 거고 지장이 없도록 관리자도 파견하지."

딱히 겁먹은 기색도 없이 카인이 말한다.

"길다고 해도 하루면 끝나지 않나요?"

"아니. 혼례는 반년 예정인데."

"바, 반년이요?!"

생각지도 못한 대답에 미레유의 목소리가 뒤집힌다.

"하, 하지만 혼례는 간소하게 치른다고……."

"그러니까 간소하게 반년이야."

(간소하게 반년? 반년이 간소?)

마음속으로 복창해도 바꿔 말해 봐도 의미를 알 수 없었다.

확실히 젤기스가 '용족의 혼례는 긴 여정'이라고 말했던 기억은 있다.

그래도 하루면 끝나는 것이라고 생각했던 것이다.

"반년 동안 쭉 결혼식이 이어지나요?"

멍하니 입을 벌리고 이번에는 루루가 묻는다.

반년이나 이어지는 혼례는 처음이라 도대체 어떤 행사가 거행되는지 상상도 못 하는 것 같다.

"아니, 식은 하지 날에만 하고, 그 뒤는 혼례제다. 혼례제는 뭐, 축제지. 나라 안팎에서 손님이 와."

"축제!!"

축제라는 단어에 흥이 올랐는지 루루의 몸이 크게 뛴다.

"혼례제 기간에 대접되는 식사는 전부 국비다. 숙소도 준비시킬 테니 거리낌 없이 지낼 수 있겠지."

"바, 반년 동안의 식사가 국비? 그건 용족 분들의 가혹한 세금으로 이어지지 않나요?"

"미레유 님, 혼례에 쓸 비축은 충분히 있습니다. 추가 징수로 이어지는 것은 아니니 안심하세요."

나일이 빈틈없이 대답한다.

"용왕의 혼례는 나라의 근간을 뒤흔들 정도의 중대사니까 이건 당연한 지출입니다. 어쨌든 신부 없는 용왕은 사룡이 되어 세상을 멸망시킬 수도 있으니까요."

"?!"

그렇기에 용왕의 신부는 숭상받고 소중히 다뤄진다. 존재 자체가 구세주라고 한다.

용왕의 신부라는 것만으로도 중압인데 설마 그런 대단한 신분까지 받게 될 줄은 조금도 상상하지 않았던 미레유는 일의 크기에 꿀꺽 숨을 삼킨다.

식은땀을 흘리는 미레유 옆에서 루루는 여전히 태평한 얼굴이다.

"세상을 멸망시켜 버리는 건가요? 용왕님은 대단한 건지 민폐인 건지 잘 모르겠는 존재네요."

폭언이라고도 할 수 있는 감상을 내뱉는 루루에게 카인은 쾌활하게 웃었다.

"아무리 그래도 사룡이 된 왕은 없어……. 아니지…… 역사에서 지워졌으면 그것도 모를 일인가."

눈을 내리깔고 중얼거리는 목소리가 무겁다.

그런 조금 짚이는 구석이 있는 듯한 행동은 그만두면 좋겠다.

"용왕의 혼례는 그야말로 세계의 질서 그 자체입니다. 설령 세금이 추징되게 된다 해도 이에 반발하는 백성은 용족 중에 없습니다."

나일의 설명에 거짓은 없고, 사실 이례적인 임시 의식을 치른 것으로 이미 전야제는 시작되었다는 듯 개인적으로 축하주를 대접하는 자는 끊이지 않는다.

"미레유에게는 천천히 이 나라에 익숙해졌으면 해서 당분간 식에 대한 협의를 자제하게 하고 있었지만, 슬슬 혼례 의상도 치수를 재야 하겠군."

"그건…… 혼례 의상이 열 벌은 필요하게 된다는 건가요?"

설치족 혼례라면 한 벌로 끝나지만, 반년이나 되면 어떻게 되는 건지.

조심스럽게 묻자 옆에 있던 나일이 "설마요."라는 듯 미소 지었다.

"그, 그렇죠! 요일별로 돌려 입으면 열 벌도 필요 없——."

"혼례 의상으로 천 벌은 준비해 드리겠습니다."

'필요 없겠죠' 라고 말하려 했지만, 소리가 되지 못하고 사라져 간다.

"처……처, 천, 벌이요?!"

동요한 나머지 목소리가 이상해졌다.

"반년이죠? 일수로 계산해도 그만큼 필요하진 않잖아요?!"

"아침, 점심, 저녁으로 하루에 최소 세 번은 꾸밀 필요가 있고, 장소에 따라 의상도 바뀝니다. 본래라면 2천 벌은 준비해 두고 싶은 참이었습니다만 아무래도 혼례를 준비하는 시간이 짧다 보니…… 안타깝군요."

그렇게 말하며 나일은 진심으로 분한 듯 인상을 썼다.

"천? 천 벌이면 몇 장이었더라?"

드레스 단위로는 들어본 적이 없는 숫자에 루루의 머리가 오류를 일으킨다.

하지만 그건 미레유도 마찬가지였다.

이 압도적인 자릿수 차이는 뭐란 말인가.

"보통 드레스와 달리 혼례 의상에는 무지개석을 사용하니까 제작에 시간이 걸리는 건 어쩔 수 없는 일이지만…… 역시 분하군요."

"——윽. 왜, 왜 무지개석을??"

"그건 마석이 아닌 거네요?"

미레유와는 다른 부분에 반응한 루루가 나일에게 묻는다.

"마석은 혼례용 드레스에는 일절 사용하지 않습니다. 그건 초대 용왕 폐하의 마력이 담긴 것이니까요. 질투심 강한 용왕은 상대가 누구든 자신 이외의 마력이 담긴 것을 신부가 걸치는 걸 싫어합니다."

물론 카인도 예외가 아니다.

루루가 그렇구나 하고 납득하고 있는 옆에서 미레유는 현기증을 느끼고 있었다.

"무지개석을 사용한 드레스라니, 아무리 그래도 농담이죠?"

농담이라고 말해주길 바라서 매달리듯 카인을 바라보자, 그는 눈이 마주친 게 기쁘다는 듯 얼굴을 풀며 "무슨 문제라도 있나?"라며 고개를 갸웃했다.

단정하면서 애교를 느끼게 하는 미소는 부름을 방불케 하여 저도 모르게 가슴이 뛴다.

(——그게 아니라, 넋 놓고 있을 때가 아니잖아!)

미레유는 고민했다.

귀중한 초대 용왕의 유산인 마석이 쓰이지 않는 것을 기뻐하고, 무지개석이라 그나마 다행이라고 안심해야 할지 말아야 할지…….

결론은 금방 나왔다.

무리다. 무지개석이라서 다행이라고는 눈곱만큼도 생각되지 않는다.

(천 벌의 드레스. 거기에 사용되는 무지개석…….)

도대체 얼마만 한 금액인가.

계산은 잘하는 편이라고 생각했지만, 너무 무서워서 머리가 돌아가지 않는다.

카인의 옆자리에 어울리는 신부가 되겠다고 맹세했다.

맹세했다고는 하지만—— 이미 견딜 수 없을 것 같다.

어라, 혹시 이거.

(…………성급했나?)

보너스 단편 용왕의 갈망

“바닥 조심해.”

그렇게 말하며 마차에서 내리는 미레유에게 손을 내밀자, 살짝 입가에 미소를 띠면서도 아주 조금 주저하는 몸짓을 보였다.

그런 모습도 사랑스럽게 여겨서, 카인은 잡은 손을 자기 쪽으로 끌어당기고 싶어진다.

하지만 가슴에 있는 용인이 눈에 들어와서, 가까스로 자제심을 발휘했다.

욕망대로 실행하면 즉시 회복은 불가능하다고 본능적으로 깨달은 것이다.

(아무리 그래도 미레유 앞에서 크게 다칠 수는 없나…….)

그렇게 되면 요전처럼 얼버무리기는 어렵다.

미레유에게 접촉함으로써 ‘용인의 힘이 작용해 용 통구이가 된다’는 사실이 알려지면, 상냥한 미레유는 혼인 의식이 끝날 때까지 손도 못 대게 할 것이다.

최악의 경우, 접근하는 것조차――.

그건 곤란하다!

결단코 곤란하다!!

(모처럼 회복 특화로 가면 미레유를 만질 수 있다는 걸 알아냈

는데. 이 기회를 빤히 보고 놓칠쏘냐!)

혼례 전의 밀회가 금지되는 가장 큰 이유는 욕망에 빠진 용이 용인의 발동에 의해 먼지가 될 위험을 피하기 위해서다.

확실히 초대 용왕의 마술은 위대하고 강대하다. 하지만 손을 잡는 정도의 접촉이라면 자신의 회복에 의해 가능하게 되었다.

그렇다면 조금 정도의 밀회는 허용될 터.

젤기스나 나일에게서는 혼례가 끝날 때까지 못 기다리냐며 실컷 잔소리를 들었지만, 그런 참을성이 사욕 넘치는 용에게 있을 리가 없다.

게다가 오늘 찾은 이 아지랑이 숲은 장소에 따라서는 흙이 질척거린다.

미레유가 진흙탕에 발이 걸려 넘어지면 큰일이다.

이건 무조건 손을 내밀 필요가 있다――라며 제멋대로인 사명감과 변명을 늘어놓는 카인 옆에서 미레유가 고개를 갸웃했다.

"저기, 제 손…… 푸석하지 않나요?"

"? 아니, 전혀."

아직 놓지 않은 미레유의 손은 푸석하기는커녕 촉촉하고 부드럽다.

왜 그런 걸 신경 썼냐고 묻자 미레유는 조금 말하기 어려운 듯 입을 열었다.

"아니요…… 왠지 빛 같은 게 스쳐 지나간 것 같아서요."

"통증이 있었나?!"

황급히 묻자 미레유는 즉시 고개를 저어 부정했다.

안심하며 안도의 숨을 내쉰다.

신부를 지키는 용인이 미레유에게 해를 끼칠 것 같지는 않지만, 원래라면 혼례까지는 신부를 만져서는 안 되는 것이 원칙.

그것을 회복으로 이루고 있는 행위는 용인의 힘을 왜곡하고 있는 것이나 다름없다.

(조금 자제하는 게 좋으려나? 아니…… 하지만…….)

"저는 아무것도 못 느꼈는데, 카인 님은 통증이 없나요?"

"아니. 전혀."

태연하게 거짓말했다.

아니, 사실 거짓말은 아니다.

회복에 집중하고 있기에, 몸이 탄화하기 전에 상처는 즉시 완치되어 통증이 퍼질 틈도 없으니까 결코 거짓말은 아닌 것이다.

변명 같은 생각만 하고 있을 때, 있자 목적지에 도착했다.

루루에게 들었는지 미레유가 꼭 한번 보고 싶다고 바란 장소.

아지랑이 숲 일각에 늘어선 츄샤 나무다.

"주렁주렁 열렸네요……."

그 광경에 미레유가 잠시 어안이 벙벙한 듯 눈을 깜빡인다.

눈앞에 펼쳐진 수백 그루의 거목이 정렬한 모습은 압권.

게다가 가지란 가지에는 대량의 열매가 맺혀 있어 바람이 불면 무거운 듯 흔들흔들 흔들린다.

"조국에서는 풍작이라고 했던 해에도 본 적 없는 양이에요."

나무를 올려다보며 멍한 표정으로 중얼거리지만, 그 시선은 곧바로 아래로 이동했다.

미레유는 풍요로운 결실을 가능하게 한 것이 흙이라는 사실을 금방 알아차린 것이다.

"이건 정말 훌륭한 토양이네요!"

감탄사를 내뱉더니 드레스를 더럽히지 않도록 조심하며 쭈그리고 앉아 흙으로 손을 뻗었다.

하얀 손가락으로 주저 없이 흙을 퍼, 확인하듯 엄지와 검지로 비빈다.

"어쩜 이렇게 푹신푹신한 흙이…… 보수성도 배수성도 좋을 것 같아. 이 흙이라면 얼마든지 좋은 작물을 수확할 수 있겠어."

미레유는 감명 깊은 목소리로 중얼거리더니, 화들짝 놀라고 제정신으로 돌아온 듯 일어섰다.

"죄, 죄송합니다. 흙장난이라니 꼴사나운 짓을……."

"그렇게 마음에 들었나?"

"네! 만지고 있기만 해도 마치 저까지 대지의 일부가 된 것 같은 따스함이 느껴져요. 게다가 비료처럼 미량의 마력이 포함되어 있어서……. 이건 마석의 힘을 사용하고 계신 건가요?"

"아니. 이건 아버님이 자주 책무를 내팽개치고 여기서 낮잠을 주무셔서 그럴 거다."

"……낮잠, 이요?"

"흑룡인 아버님은 대지를 관장하는 힘이 강한 탓인지, 흙에 닿기만 해도 그 땅을 비옥하게 하는 힘이 있거든."

적룡인 카인이 자신의 마력을 제어하지 않고 방심하면 순식간에 대지를 불바다로 바꿔버리는 것처럼, 흑룡인 아버지에게는 힘의 방출로 땅을 비옥하게 하는 힘이 있었다.

흑룡의 힘 방출은 카인처럼 공격성이 있는 것이 아니라서 일상적으로 방출되고 있었다.

그건 즉── 흙이 비옥해질수록 선대 용왕이 게으름 피우며 일을 포기하고 도망쳤다는 증거이기도 했다.

(아차……. 아버님 이야기는 실수였나…….)

처음 만났을 때도 나태한 아버지에 대해 푸념하고 있었지만, 왕답지 않은 행동에 미레유가 실망하지 않을까 초조해한다.

하지만 예상과 달리 미레유는 실망하기는커녕 눈을 빛내며 카인에게 다가왔다.

"어머, 정말 훌륭한 힘이네요! 닿는 것만으로 대지를 풍요롭게 하다니 존경스러워요!"

"그, 그런가?"

이렇게나 감격하는 미레유를 보긴 처음이다.

아름다운 드레스도, 빛나는 보석도, 고소하고 달콤한 과자도 사양하며 미안해하는 얼굴을 하고, 환희보다 곤혹스러운 빛을 띠던 미레유가 기쁜 듯이 흥미를 가지고 있다.

(재미없어…….)

그게 설령 친아버지라 해도 도무지 석연치 않다.

반대로 흙에서 뒹굴며 빈둥거리는 나태한 아버지에게 자신의 신부가 경애를 바치다니 분통 터지는 일이다. 돌아오면 묻지도 따지지도 않고 한 방 날릴 것 같다.

하지만 그런 흉흉한 생각도 문득 떠오른 기억에 지워진다.

"그러고 보니 처음 만났을 때도 토양 생성에 대해 깊이 생각하고 있었지."

"?! ……부, 부끄러워요."

미레유도 생각났는지 뺨이 확 빨개지고 쑥스러운 듯 몸을 뒤

척인다.

"부끄러울 이유는 하나도 없잖아. 그때 자신의 무지함을 부끄러워했던 건 나야."

"네?"

——10년 전, 미레유는 굶주리는 국민을 어떻게든 구하려고 필사적이었다.

『우리 나라는 국민 대부분이 농업으로 생계를 유지하고 있지만, 이 땅은 기온이 낮고 일조 시간이 짧아서 작물을 키우기에는 가혹한 기후 조건이야. 여름철 수확 배율도 보리는 두 배 정도. 이래서는 충분한 양을 충당할 수 없어……』

그렇게 말하고는 국민 1인당 필요한 보리 수확량과 그를 위해 필요한 경지 계산, 설부병 대책이나 영양가 높은 콩류 재배 촉진, 기후 문제의 위험 분산에 대해서까지 상세하게 이야기하기 시작했을 때는 어머니의 뇌격보다 강한 충격을 받았다.

자신과 동갑인 소녀가 나라를 근심하며 미래에 빛을 밝히려고 하고 있다——.

그것은 '아버님처럼만 되지 않으면 돼' 정도의 뜻밖에 가지고 있지 않았던 자신에게 가치관이 바뀌는 사건이었다.

"너는 예전에 '무엇 하나 이뤄낸 게 없다' 고 했지만, 그건 틀려. 글리레스의 농지를 봤는데 10년 전에 비해 정비되고 수확도 늘었지. 작업하던 자에게도 들었는데, 네가 고안한 비료나 재배 방법으로 수확량이 늘었다고 하더군."

처음에는 값비싼 옷을 걸친 카인을 무서워하며 벌벌 떨던 그들도 미레유의 약혼자임을 알리자 기쁜 듯이 가르쳐 주었다.

자기 나라의 왕녀를 자랑하듯 말하는 그 어조에서도 깊은 친애가 느껴졌다.

"너는 조국의 백성을 위해서라도 좀 더 자신을 자랑스러워해야 해. 자격지심을 느낄 이유는 하나도 없어."

힘차게 단언하자, 미레유의 눈빛이 흔들린다.

밤하늘 같은 색이 반짝이는 별을 더한 듯 빛나고, 이내 조용히 닫힌다.

눈을 감은 것을 보고 한순간 너무 세게 말했나 싶어서 불안해진 카인이지만, 미레유의 눈이 곧바로 뜨이고.

"카인 님은 항상 제 마음을 맑게 해주는 찬사를 주시네요……. 어린 시절부터 변함없이."

연분홍색 립스틱을 바른 입술이 이번에는 주눅 들지 않고 말을 엮어낸다.

"확실히 가슴에 새겨두겠어요. 저를 소중하게 생각해 주시는 당신의 말씀인걸요!"

그렇게 말하며 아주 조금 눈시울을 붉히면서도 입가를 풀고 만면의 미소를 준다.

언제나 부드럽게 말하는 미레유. 하지만 내면에 숨긴 강함이 드러난 목소리는 10년 전과 변함없이 카인의 마음을 사로잡고 놓아주지 않았다――.

아지랑이 숲에서 돌아온 카인은 기분이 좋았다.

며칠 전 혼례에 대해 설명했을 때 미레유의 눈에는 불안과 두려움이 있었지만, 오늘은 그게 누그러진 것 같다.

미레유의 근심을 조금이라도 털어낼 수 있다면 천만다행이다.

(이걸로 지나치게 격식 차린 말투가 없어지면 완벽하겠군.)

카인을 부름이 아니라 용족 왕으로 대했을 때의 잔재인지, 미레유는 서로의 마음을 확인한 뒤에도 정중한 태도를 허물지 않았다.

가능하면 옛날처럼 허물없이 말을 걸어 주면 좋겠고, 이름은 경칭 없이 불러 주길 바란다.

그렇다고는 하나 예전처럼 미레유의 마음을 내버려 두고 너무 서둘러서는 본말전도.

지금은 조금씩 멀어져 지낸 거리를 좁히는 게 상책이겠지.

어쨌든 혼례까지 시간도 충분히 있다.

너무 있어서 안타까울 정도로……!

"용족 수명으로 환산하면 1년 따위 오차 범위인데, 왜 이렇게 길게 느껴지는 거지?"

세상의 제왕이라고 해도 시곗바늘까지는 돌릴 수 없다.

누구라도 좋으니 시간을 빨리 가게 해주면 좋겠다며 집무실에 들어서자, 젤기스가 무언가 떫은 얼굴로 서간을 보고 있었다.

"무슨 일 있어?"

"아…… 다녀오셨습니까. ……아뇨, 방금 체포조에서 시급한 용건이라며 서간이 도착했습니다만."

"또 아버님이 뭔가 부쉈나?"

성인가, 논밭인가, 아니면 숲인가.

이제 뭘 '실수' 하든 놀랍지도 않다.

아버지는 나태왕이 아니라 '파괴왕' 이라든가 '실수왕' 으로 부르는 게 올바르지 않았을까 하는 생각조차 든다.

"그게…… 체포조에서 두 분을 놓쳐 종적을 알 수 없게 됐다고 해서……."

"뭐——?"

"용왕 계승 의식은 끝났으니 최악의 경우 형님이 안 계셔도 혼례는 치를 수 있습니다. 하지만 형수님이 안 계시면 신부의 《추상의 의식》을 치를 수 없습니다."

추상(追想)의 의식이란, 용왕 계승 의식과 마찬가지로 힘의 계승을 목적으로 한 의식이다.

이걸 먼저 하지 않으면 혼례는 치를 수 없다.

만약 생략하면 그 위험은 신부에게 미치고 만다.

"잠깐 기다려. 그건…… 그러니까……."

"당일까지 두 분을 찾지 못하면 ——혼례는 다음 해로 넘겨야 합니다."

무정하게도 고해진 말에 머릿속이 하얗게 된다.

몇 달도 긴데 내년까지 연기?

상상만 해도 참을 수 없는 격정에 휩싸인 채 카인은 외쳤다.

"우, 우, 웃기지 마아아아아아아!!!"

보너스 단편 신부의 의상

"저기, 혼례 드레스 말인데요. 줄일 수는 없는 건가요?"

티타임. 찻잔을 한 손에 들고 조심스럽게 묻는 미레유에게 여관장이자 혼례의 총책임자이기도 한 나일은 엄숙하게 고했다.

"불가능합니다."

짧고 단호한 거절이었다.

안 되면 말고라는 심정으로 물어보긴 했지만, 나일의 대답에는 일말의 주저조차 없었다.

(아무리 이 나라가 경제적으로 부유하다고 해도, 무지개석을 사용한 드레스 천 벌은 아무래도 양심에 찔려.)

물론 용족의 체면이라는 것도 있을 것이다. 무조건 절약하면 된다는 것은 아니다.

하지만 드레스에 드는 비용 말고도 미레유의 나라에 치른 지참금도 상당한 액수.

합친 금액만 생각해도 약소국에서 자란 미레유는 속이 쓰린다.

(적어도 조금이라도 부담을 줄일 수는 없을까…….)

"아! 그럼 혼례 의상 만드는 걸 돕게 해주실 수 없을까요?"

"돕다니요?"

"네. 이쪽과는 디자인이 다를지도 모르겠지만, 일단 혼례 의상도 지어 본 경험이 있으니까 조금은 보탬이 될까 해서요."

"그건 누구의 혼례 의상이었죠?"

"네?! 그게, 누구 건지는…… 저기, 친하게 지내는 상회에서 받은 의뢰라서요."

생각지 못한 나일의 질문에 미레유는 말을 얼버무린다.

사실은 상회의 의뢰가 아니라 아버지의 명령으로 에밀리아의 혼례 의상을 지은 거지만, 그게 나일에게 전해지면 큰 문제가 될 것 같았기 때문이다.

"미레유 님, 너무 신경 쓰지 마세요. 왕대비 마마의 혼례 때는 5천 벌의 드레스를 준비했습니다. 본래라면 당연한 양입니다."

터무니없는 양에 저도 모르게 '히익!' 하고 비명이 나올 뻔해 황급히 손으로 입을 막는다.

드레스 5천 벌이라니, 감탄보다 공포가 더 크다.

"그건 직접 아주 조금이라도 자수를 놓으신다거나……."

"어머, 그분은 바늘 같은 건 손에 잡지 않습니다."

"그, 그렇겠죠……."

카인의 어머니는 티거의 왕녀. 같은 왕족이라 해도 나라 규모가 너무 다르다.

미레유처럼 바늘과 실을 평생 잡지 않아도 될 신분이다.

아주 당연한 대답에, 그러나 나일은 이상한 말을 덧붙였다.

"바늘보다는 대검이 어울리는 분이니까요."

"네……?"

(잘못 들었나? 방금 대검이라고 들은 것 같은데?)

설마 그럴 리는 없겠지 하며 미레유는 흘려넘겼다.

“혼례 의상은 전 세계 상회를 통해 각 종족에서 바느질로 유명한 사람들을 기용하고 있습니다. 미레유 님의 솜씨가 훌륭하다곤 하나, 신부를 번거롭게 하는 실태는 범하지 않습니다.”

말만으로는 미레유의 기분도 풀리지 않을 거라며 나일은 세나에게 명해 한 권의 명부를 준비하게 했다.

“이것은 미레유 님의 의상을 담당하는 각 상회의 이름입니다. 약 3천 명이 혼례 의상 제작에 종사하고 있죠. 그 사람들의 이름도 여기에.”

“와아, 머리에 떨어지면 아플 것 같을 정도로 두껍네요!”

함께 차를 마시던 루루가 다 마셔서 심심해졌는지 흥미로운 듯 명부를 팔락팔락 넘긴다. 하지만 그 손은 곧바로 멈췄다.

이름 하나를 발견한 루루가 기쁜 듯이 미레유에게 내민다.

“이 명부, 공주님 이름도 있어요!”

“——?!”

나일과 그 자리에 있던 여관들이 일제히 루루를 돌아본다.

미레유의 이름이 명부에 있다니, 그럴 리가 없다.

용왕의 신부에게 바느질을 시키는 일은 도저히 있을 수 없으니까.

“어머, 정말이네.”

설마 했던 미레유의 대답에 나일과 의상 책임자이기도 한 세나가 황급히 달려왔다.

신부 의상은 혼례에서 가장 중요한 사항 중 하나.

결코 미비한 점이 없도록 세나가 주도해서 진행하고, 나일도 자세히 검토했다.

"그럴 리가……!"

"여기요. 라이라스 상회의 '다리나' 요. 이건 공주님의 또 다른 이름이에요!"

루루가 가리킨 것은 전혀 낯선 이름이었다.

"……무, 무슨 말씀입니까?"

돌아보는 두 사람에게 미레유가 다소 거북하게 입을 연다.

"다리나는 가명이에요. 나라 사정으로 자금을 조달할 일이 생길 때 라이라스 상회의 회장님에게 부탁드려서 일감을 받고 있었거든요."

소국이라 해도 왕족. 이름을 공표할 수는 없기에 가명을 등록해 달라고 했다는 미레유의 말에 나일과 세나가 아연실색한다.

"그러고 보니 아직 공언할 수는 없지만, 큰 의뢰가 들어올 것 같다고 말씀하셨었죠……. 그 건이었나?"

고개를 갸웃하는 미레유를 두고 세나가 모든 혼례 의상 자료를 꺼내 내용을 확인했다.

"나일 님, 라이라스 상회의 '다리나' 님에 대한 의뢰량이 전체 신부 의상의 5분의 1에 해당하는데요."

천 벌의 5분의 1이라 하면 엄청나게 많다.

그 의뢰 내용을 자세히 확인하니 '다리나' 에게 간 의뢰는 섬세한 레이스나 정신이 아찔해질 만큼 정교한 자수뿐. 하나같이 드레스를 아름답게 장식하려면 뺄 수 없는 부분이다.

"당, 당장 대신할 사람을 알아보세요!"

"솜씨 좋은 사람은 전부 계약이 끝났습니다. 더 찾으려면 시간이……."

언제나 냉정하고 침착한 나일의 안색이 변한다.

이대로라면 천 벌의 드레스조차 준비하지 못할 수 있다.

용왕의 신부에게 혼례 의상 바느질을 돕게 하다니, 있어서는 안 되는 일.

하지만 미레유가 없으면 궁상맞은 드레스가 될 수도 있다.

궁극의 양자택일에 나일은 골머리를 앓았다.

착각 결혼
가짜 신부인데, 어째서인지
용왕 폐하가 엄청 사랑해줍니다?!

후기

오버랩에서는 처음 뵙겠습니다, 모리시타 링고라고 합니다.

이번에 졸작을 찾아주셔서 감사합니다!

본 작품은 가치관이나 수명, 성장 환경이 전혀 다른 두 사람의 사랑 이야기를, 시리어스를 약간 섞어 완성한 러브 코미디입니다.

연애가 주축인 이야기를 잘 쓴다고 말할 수 없는 모리시타인데, 오버랩의 수많은 멋진 작품 속에 잘 녹아들 수 있도록 기합을 넣고 임했습니다.

결과—— 격침!

크, 역시 갓파 요괴가 아무리 노력해도 요정은 될 수 없는 건가! 하고 자신의 재능 없음에 이를 갈았던 밤이 셀 수 없습니다.

그런 우여곡절을 거쳐 완성된 한 권인데, 어떠셨을까요?

서로의 마음을 확인했다고는 하나, 과연 무사히 혼례를 올릴 수 있을지. 아직 불안한 요소로 가득한 두 사람이니 부디 끝까지 지켜봐 주시면 좋겠습니다!

자, 거의 무명인 모리시타의 작품을 찾아주신 여러분은 분명 m/g 선생님의 아름다운 그림에 끌려 페이지를 넘기셨겠지요.

안심하십시오. 글을 쓴 녀석의 로맨스성은 갓파 요괴급이지만, m/g 선생님의 일러스트는 틀림없는 요정급입니다!

캐릭터 디자인, 의상 모두가 사랑스럽고 화려해서, 처음 봤을 때는 어휘력이 소실될 정도의 충격이었습니다.

이런 멋진 그림을 그려 주신 m/g 선생님께는 고마울 따름입니다.

진심으로 감사드립니다!

마지막으로 한꺼번에 말씀드려 죄송하지만, 감사의 말씀을.

인연이 닿아 여기까지 읽어 주신 독자 여러분.

제 입으로 말한 마감을 한 번도 지키지 않는 열등생을 끈기 있게 지켜봐 주신 담당자님.

이 책을 제작하는 과정에서 협력해 주신 분들.

모리시타의 무리한 요구에 응하며 응원해 준 친구.

정말 감사합니다. 최대한의 감사를 담겠습니다!

모리시타 링고

착각 결혼

가짜 신부인데, 어째서인지 용왕 폐하가 엄청 사랑해 줍니다?! 1

2026년 02월 10일 제1판 인쇄
2026년 02월 20일 제1판 발행

지음 모리시타 링고
일러스트 m/g

편집 · 제작 노블엔진 편집부

발행 미스터블루(주)
등록번호 2008-000093호
주소 07551 서울특별시 강서구 양천로 570 NH서울타워 19층
대표전화 02-2013-5665

ISBN 979-11-380-6680-8
ISBN 979-11-380-6679-2 (세트)